초보자를 위한

논문 쓰기 교실

▶ 일러두기

• 본서에서는 독자의 이해를 돕기 위해 예문, 연습 문제 등은 역자가 한국 실정에 맞추어
  내용을 수정했다.

• 원서에는 각주가 없지만 독자의 이해를 돕기 위해 역자가 주를 새로 달았다.

이것이
논문 작성의 정석이다!
일본에서 **17만 부** 이상 판매된
논문 쓰기 최강 입문서!

초보자를 위한
논문 쓰기
교실

도다야마 가즈히사 지음
홍병선 • 김장용 옮김

어문학사

| 차례 |

들어가기　　　8

I 당신은 논문이 무엇인지 알고 있는가

제1장　논문 과제가 주어졌다!　　　17

1-1 한석봉 군 등장!　　　17

1-2 어쨌든 중요한 것은 사전에 투자하라는 것이다　　　27

1-3 표절이란 무엇인가? 그것은 왜 파렴치한 행위인가?　　　34

제2장　논문에는 '물음·주장·논증'이 필요하다　　　38

2-1 논문이란 어떤 문장일까?　　　39

2-2 논문 작성할 때 절대 잊지 말아야 할 점　　　45

제3장　논문은 진행 순서도 중요하다　　　56

3-1 논문을 작성할 때 호쾌 씨는 조금 곤란하다　　　57

3-2 [진행 순서 1] 과제의 취지를 잘 이해하기　　　59

3-3 [진행 순서 2] 테마를 알 수 있게 하는 자료를 찾아서 읽기　　　61

3-4 [진행 순서 3] 문제를 도출해 내기 위해 기본 자료 다시 읽기　　　68

3-5 [진행 순서 4] 물음을 제대로 정식화하기　　73

3-6 [진행 순서 5] 문제를 해결하기 위한 탐구 과정　　78

3-7 교수와 가위는 사용하기 나름　　82

제4장　논문이란 '틀에 박힌' 문장이다　　84

4-1 우선 모방부터 접근해야 한다　　86

4-2 논문의 구성요소는 5가지　　88

4-3 초록이란 논문 내용을 요약한 것이다　　90

4-4 문제 제기·주장·논증 ― 본론에서는 이 세 가지를 해야 한다　　98

4-5 틀(型)에 맞추는 것이 갖는 의미　　105

II　논문의 씨앗(種)을 심어 보자

제5장　아우트라인은 논문의 씨앗이다　　112

5-1 논문은 구조화된 글이다　　112

5-2 논문이 구조를 갖추기 위해서는 반드시
　　아우트라인이 있어야만 한다　　114

5-3 아우트라인은 성장하고 변화한다　　116

5-4 보고형 과제를 위한 아우트라인　　127

5-5 하지만 도대체 아우트라인을 어떻게 만들 것인가?　　131

5-6 범주의 계층 구조　　148

제6장　논증의 기술　　　　161

6-1　논증이란 무엇인가?　　　　162

6-2　좋은 논증과 나쁜 논증의 차이　　　　166

6-3　타당한 논증 형식의 사례　　　　179

6-4　조금은 약한 논증 형식의 사례 ① – 귀납 논증　　　　184

6-5　조금은 약한 논증 형식의 사례 ②
　　 – 귀추법(가설추리) / 가설연역법 / 유비추론　　　　189

6-6　논증 형식을 논문에 응용하는 방법　　　　198

Ⅲ　논문 키우기

제7장　'패러그래프(paragraph) 작성'의 개념　　　　209

7-1　패러그래프와 단락의 차이　　　　209

7-2　패러그래프의 내부 구조　　　　211

7-3　안 좋은 패러그래프　　　　217

7-4　패러그래프의 분할　　　　222

7-5　아웃라인이 성장해서 패러그래프가 되고,
　　 패러그래프가 성장해서……　　　　224

제8장   알기 쉬운 문장 작성을 위해   235

8-1 알기 쉽게만 하면 되는 것일까?   237

8-2 문장 괴기 대사전   238

제9장   최종 마무리   258

9-1 주(註)를 붙여야 한다   260

9-2 인용 방법   261

9-3 가장 귀찮은 것 가운데 하나가 참고문헌이다   267

9-4 내용이 조금 부족하다면 적어도 형식만이라도
    깔끔하게 해두어야 한다   274

9-5 마지막으로 다시 한 번 더 읽어 보라   279

연습문제의 해답   292

부록   313

A. 논문 제출 직전의 체크리스트   313

B. 논문 완성 흐름표   315

C. 여기서만 알려주는 알짜 정보: 논문의 평가 기준   316

D. 반드시 피해야 하는 표현! 한석봉 군의 제멋대로 표현 톱 10+α   319

저자 후기   323

역자 후기   328

 들어가기

이 책의 차별성과 기대효과

세상에는 논문 작성에 관한 책들이 셀 수 없이 많다. 그리고 그 많은 책들과 이 책의 가장 큰 차이점은 수많은 책들 가운데 이 책만큼은 나만의 고유한 색깔로 구성되었다는 점이다. 독자 여러분이 어떻게 받아들일지는 모르겠지만, 그 차이가 나에게는 매우 중요하다. 왜냐하면, 이 책이 얼마만큼 팔리느냐에 따라 나의 경제적 상황이 달라질 수 있기 때문이다. 그런 이유에서 가능하면 많은 독자가 읽어주기를 기대하면서 본서를 집필하였다. 솔직히 말해서, 많은 독자가 이 책을 읽어줄 거라는 기대를 가지고 온 신경을 기울였다.

그렇다면 책이 잘 팔리려면 어떻게 하면 좋을까? 제목을 『해리포터와 마귀의 논문 지도』로 해서, 책 표지에 '워너브러더스 사에서 영화화 결정!'이라는 문구를 넣는다면 좋지 않을까? 그렇게 할 수만 있다면, 틀림없이 구매하려는 사람이 많을 것이라는 생각도 했었다. 하지만 이 계획은 NHK 출판사가 찬성하지 않아 결국 좌절되었다.

그다음 아이디어는 마케팅 정공법(正攻法)으로, 고객 타깃을 압도적인 계층으로 정하는 것이다. 그렇다면 압도적인 계층이란 어떤 부류일까? 그것은 바로 '논문을 제대로 쓰지 못하는 계층'일 것이다. 나는 대학에서 학생들을 가르치면서 이러한 부류가 많다는 것을 절실히 느꼈고, 이에 이 책의 타깃을 다음과 같은 계층으로 정했다.

　　대학생(또는 대입 논술 수험생)이 되면 수업에서 논문 과제가 주어진다. 그것도 400자 원고지 10장이나! 괴롭다. 제출하지 않으면 학점을 받을 수 없기 때문에 어떻게 해서라도 작성해야만 할 것이다. 하지만 "어떻게 써야 좋을지 모르겠어요"라고 말하는 사람을 포함하여 지금까지 논문을 써본 적도 없고, 논문 작성법에 대해 배우지 못한 사람, 글쓰기를 특별히 좋아하지도 않고, 글쓰기에 서툰 학생. 즉, 지금 이 책을 손에 들고 있는 바로 당신이 그 대상이다.

　　당신의 기분은 누구보다 내가 잘 안다. 나는 대학에서 학생들을 가르치면서, 과학철학을 연구하고 있다. '학자 나부랭이'라고 말해도 좋다. 거창하게 말하면, 철학자는 '지혜(知慧)를 사랑하는' 사람이다. 그렇지만 나 자신도 논문 쓰기를 좋아하지 않는다. 물론 타인(철학자들)의 책이나 논문을 읽거나, 토론하거나 혹은 연구하여 사람들 앞에서 발표하는 것은 매우 좋아한다. 그래서 이 길을 선택하기를 잘했다고 마음 깊이 생각한다. 이처럼 연구하는 것 자체를 즐기고 좋아하기는 하지만, 그 성과를 논문으로 정리해야만 하는 때가 되면, 한순간에 기분이 암울해진다. 왜 석유 재벌이나 베를린 필하모닉 오케스트라 수석지휘자의 길을 가지 못했는지 원망스러울 정도다. 하지만 논문을 쓰지 않으면 학문의 세계에서 살아남을 수 없기 때문에 어쩔 수 없이 쓰는 경우가 대부분일 것이다. 즉, 단순히 지혜(知慧)를 사랑하는 것만으로는 부족하기 때문에 그 결과를 글로 남기면서 살아간다고 할 수 있다.

하지만 제아무리 싫어하는 것이라도 계속해 나가다 보면 그 실력이 어느 정도 향상되는 것이 일반적이다. 나 역시 욕조 속 곰팡이 제거, 타지 않는 쓰레기의 분리수거도 계속하다 보니 능숙해졌다. 이러한 이유로, 배운 것이 도둑질이라고 논문 쓰기가 주 업무인 내가 미력하지만 논문 작성 노하우를 알려주고자 이 책을 쓰게 되었다. 이 책을 꼼꼼하게 읽고 적절히 활용한다면, 논문을 잘 쓰지 못해서 애를 먹고 있던 당신도 어떻게든 논문을 쓸 수 있는 방법을 터득하게 될 것이다. 'C' 학점을 받았던 당신도 조금만 노력을 기울인다면, 'B'나 'A' 학점을 받을 수 있게 될 것이다. 만약 그렇게 안 될 경우, 평가하는 당신의 담당 교수에게 문제가 있는 것이니 그런 학교는 당장 그만두는 것이 좋다.

나는 모든 독자가 이 책을 끝까지 읽어 나갈 수 있도록 가능한 한 읽는 재미를 살리기 위해 최선의 노력을 기울였다. 이것이 다른 책들과의 두 번째 차이점이다. 이 책을 쓰기 위해 다양한 논문 작성에 관한 책들을 샅샅이 찾아 처음부터 꼼꼼하게 읽어보았지만 마지막 부분까지 읽은 책은 단 한 권도 없었다. 너무 지루했기 때문이다. 유일하게 예외인 책이 있다고 한다면 그것은 아마도 이 책일 것이다. 이 책은 내가 마지막 부분까지 읽을 수 있었던 유일한 '논문 작성법 책'이다. 반복해서 읽을 수 있었고 그래서 출판까지도 가능했던……. 아아, 잠깐! 책장에 다시 넣어두면 안 되지! 지금부터가 본론이라고.

이 책에서 다루려는 '논문'의 성격

이 책이 대상으로 삼고 있는 '논문'이라는 것은 대체로 다음과 같은 유형의 글이다.

(1) 대학(혹은 고교) 강의에서 중간시험이나 기말시험 대신에 제출하는 과제로서 스스로 탐구하고 연구해서 작성하는 일종의 소논문. 이 것을 보통 '리포트'라고 한다. 내가 대학에 다니던 시절에는 시험문제를 만들기 귀찮아하는 대부분의 교수님들이 "자 그럼, 학점이 필요한 사람들은 리포트를 쓴다. 그러면 통과다"라고 말하는 것이 일반적이었다. 하지만 그것은 옛날 얘기다. 지금은 리포트를 제대로 채점·평가하고, 코멘트까지 써서 되돌려주는 것이 일반적이기 때문에 교수 또한 학생 못지않게 수고해야 한다.

(2) 대학의 연습(演習)·세미나에서 일 년 동안 자신이 수행한 조사나 연구에 기초해서 정리 차원에서 작성하는, 조금은 딱딱한 소논문. 최근에는 이러한 논문을 쓰게 하고 학년 말이 되면 학생들의 논문집을 발간하는 수업도 유행하고 있다.

(3) 4년 동안 대학에 다니면서 공부한 것을 총결산해서 써야 하는 학위논문. 거의 대부분의 학생이 4학년 여름방학이 끝나 갈 즈음까지 넋 놓고 있다가 가을 문턱에 접어들기 시작하면서 발을 동동 구르기도 한다.

이 세 가지 글들의 공통점은 주어진 물음에 대해 명확한 답변을 제시하고, 그것을 논증하기 위한 글이라는 점이다. 즉, 논리적으로 써야 하는 글인 것이다. 인문사회계열 학생이라면, 분명 (3)까지는 반드시 써야 할 것이고, 이공계열(예체능 계열 포함) 학생도 4년간의 대학생활에서 (2)까지는 작성하게 될 것이다. 이공계라고 해서 실험 리포트만 쓰면 되는 것이 아니다. 왜냐하면 간단한 논문 쓰기는 계열에 상관없이 현대사회에서 기본적으로 갖추어야 할 핵심 역량이기 때문이다. 나 역시 한때는 이공계열 학생이었기에 이러한 사실을 잘 알고 있다.

현대 사회는 하루가 다르게 급변하고 있으며 매우 복잡해지고 있다. 얼마 전까지만 해도 누구나가 글을 쓴다는 것 자체도 쉽지 않았는데 논리적으로 글을 쓰라니……. 이러한 시대에 태어났기 때문에 논문을 쓸 수 있는지에 따라 즐거운 대학 생활을 보낼 수 있을지 없을지가 좌우될 수도 있고, 어쩌면 졸업 후 사회에서 생존할 수 있는 능력과도 연관될 수 있다. 왠지 협박처럼 들릴지도 모르겠지만 이것이 현실이다. 그런 이유에서 이 책은 기본적으로는 대학생과 대입 수험생을 대상으로 하고 있지만, 다양한 이유로 상대방을 논리적으로 설득시키기 위한 글을 써야 하는 입장에 있는 사회인들이나, 입학 및 편입시험 수험생들까지도 응용할 수 있도록 구성되어 있다.

이 책의 구성과 이용법

이 책은 1, 2, 3부와 부록으로 구성되어 있다. 제1부는 '이론 편'으로, 논문이란 어떤 글이고, 어디에 특히 신경을 써야 할지에 대해 논하고 있다. 제2부는 '실천 편'의 전반부로서 논문의 원형이 되는 아우트라인을 어떻게 설정할 것인지에 대해 언급하고 있다. 제3부는 그러한 아우트라인을 발전시켜 그 나름의 논문을 마무리하기까지의 과정에 대한 해설이다. 권말 부록에는 논문 쓰기에 도움이 되는 다양한 정보를 수록했다.

이 책의 핵심적인 주장은 논문이란 아우트라인을 풀어내면서 써나가는 것이라는 점과 논문의 생명은 논증에 있다는 점이다. 그러기 위해서 아우트라인 만들기와 논증하는 방법에 많은 지면을 할애했다.

1, 2, 3부는 작문에 어려움을 겪는 학생들이 어떻게든 인내하고 정독한다면 충분히 그 성취감을 맛볼 수 있을 것이고, 학기 말 논문을 마무리하는 과정에서는 감동을 느낄 수 있을 것이다. 나 또한 이 이야기를 쓰면서 등장인물과 함께 화내고, 절망하고, 울고, 웃으면서 나의 감정을 드러내기도 했다. 독자 여러분도 이 이야기 속에 함께 들어가 문제 풀이를 통해 논문 쓰기 유사 체험(疑似體驗)을 하기 바란다.

소설 중에도 이 같은 등장인물들의 성장을 추체험(追體驗)하는 것이 있는데, 이를 '교양소설(Bildungsroman)'이라고 부르기도 한다. 예를 들면, 괴테의 『빌헬름 마이스터(Wilhelm Meister)』 등이 대표적이다. 이 책의 집필을 계기로 '논문 작성계의 괴테'로 불리게 될 것을 기대해 본다.

I

당신은 논문이 무엇인지 알고 있는가

제 I 부의 기본 방침

　대학생들이 논문을 제대로 쓰지 못하는 가장 큰 이유는 논문이 어떤 글인지 모르는 데 있다. 따라서 제 I 부에서는 몇 가지 관점에서 논문이 무엇인지에 대해 명확하게 제시하고자 한다.

　1장에서는 논문을 작성할 때의 마음가짐에 관해, 2장에서는 내용적인 측면으로 '논문은 무엇인가?' 에 대해 접근하고자 한다. 특히 논문은 '물음－주장－논증'이 반드시 필요하므로 '베끼기'가 불가능한 유형의 글이다. 이 점은 특히 3장에서 강조할 것이다. 4장에서는 형식적인 측면에서 '논문이란 무엇인가'에 접근할 것이다. 논문이란 논문의 형태로 된 문장이다. 그렇다면 '논문의 형태'란 무엇일까? 이와 같이 문제를 제기하는 형식으로 논의를 펼치고 있기 때문에 글을 읽어나가는 재미가 쏠쏠할 것이다.

논문 과제가 주어졌다!

1-1 한석봉 군 등장!

자, 이제 수업을 시작할까. 우선 이 책의 주인공을 소개하지. 그의 이름은 한석봉이다.

한석봉 군은 특정 인물을 모델로 한 것이 아닌, 내가 지금까지 교수 생활을 해오면서 만난 엉터리 논문이나 리포트의 필자를 합성해서 만들어 낸 캐릭터다.

한석봉 군은 모 대학 공학부에 올봄에 입학했다고 해두자. 수학과 물리학을 비교적 잘하는 것 같다. 강의실에는 남학생들만 득실대고, 학생식당에서 길게 줄 서는 것이 좀 불만이기는 하지만, 대학 생활을 나름대로 즐기고 있는 것으로 보인다. ……잠깐, 한석봉 군. 자기 소개 좀 하지그래.

─ 네? 갑자기 지금요? 어, 그러니까…… 한석봉입니다. 음~, 공학부 전자공학과 1학년이고, 하숙하면서 자전거로 통학합니다. 좋아하는 것은 게임과 휴대폰이고, 어, ○○고교 출신이고……. 저는 정말 논문을 못 쓰기 때문에 잘 쓰고 싶습니다. 앞으로 열심히 노력할 것이며 잘 부탁합니다.

─ 무슨 자기소개가 저래. 내가 만든 캐릭터지만 정말 창피하군. 한석봉 군, 가장 최근에 어떤 글을 썼지?

─ 아마 고등학교 때 쓴 '수학여행 감상문'일 거예요.

─ 그렇다면, 지금까지 초·중·고 선생님들로부터 작문하는 법을 배운 적은 있었나?

─ 딱히 없었던 거 같아요. 생각한 것에 대해 자유롭게 적으라는 정도였거든요…….

─ 그 정도로는 논문을 쓸 수 없는 것도 무리가 아니지. 하지만 대학생활이란 논문과 리포트가 계속되는 나날들, 아무튼 거의 매일 글쓰기에 쫓기는 것이 현실이다(만약 자네가 다니는 대학이 그런 학교가 아니라면 되도록 빨리 탈출하길 바란다). 한석봉 군, 지금은 입학 초라서 여유가 있지

만, 얼마 안 돼서 여러 가지 수업 과제가 나오기 시작하면, 자네는 그야 말로 매우 힘들게 대학생활을 하게 될 것이다.

예상했던 대로 이제 곧 연휴가 끝나 어두운 얼굴로 걷고 있는 한석 봉 군.

— 하아~. 이제 곧바로 논문 숙제를 해야 해요. 윤리학 수업이요.
— 거 봐. 그래서 어떤 과제지?

한석봉 군이 보여준 것은 바로 다음과 같은 과제다.

 교양 교과목: 현대 윤리: 중간논문 과제

다음 과제 중 하나를 선택하여 글을 작성하시오.

(1) 피터 싱어 저, 황경식·김성동 역 『실천윤리학』(연암서가, 2013년) 제3장을 읽고, 요약하라.

(2) 네덜란드의 '안락사' 법을 조사하여 보고서를 작성하라.

(3) 동물의 권리를 인정할 것인지 아닌지에 대해 자신의 생각을 자유롭게 기술하라.

(4) 그 밖에 생명윤리와 관련된 주제에 대해 자유롭게 논하라.

― 생명윤리에 관한 주제로군. 그래서 자네는 어떤 주제를 선택했지?

― (1)은 책 읽기 귀찮고, (2)도 무엇을 찾아봐야 할지 모르겠어서, 결국 (3)을 선택했어요. 이 주제라면 자신의 생각만 적으면 되기 때문에, 어떻게든 될 것 같아서요.

― 흠……('역시 뭐가 뭔지 모르네'라고 마음속으로 생각한다). 매수는? 몇 장을 써야 하지?

― 2,000자 이상이니까 400자 원고지 5장 정도 됩니다. 제 생각에는 한 장에 한 시간 정도로 계산하면 대략, 대여섯 시간이면 쓸 수 있을 것 같아요.

이 시점에서 조언하고 싶은 것이 수두룩하지만, 스스로 해결하게 놔두고 차분히 관찰하도록 하자. 한석봉 군은 다양한 실패를 통해 극복해 나가도록 만든 캐릭터이기 때문이다. 물론 그는 '캐릭터에게는 인권도 없나요'라고 말하고 싶겠지만…….

어쨌건 드디어 내일이 과제 마감일이다. 친구와 저녁 식사를 마치고 하숙집으로 돌아온 한석봉 군의 행동을 살펴보자. 돌아와서 우선, 손 씻고 양치하고…… 의외로 위생 관념은 제대로 박힌 것 같군. 그다음에 아끼는 최신 컴퓨터 앞에 앉아 전원을 켠다. 컴퓨터는 학생들의 필수품이다. 대학에 합격했을 때, 저축한 돈을 자동차 학원에 등록하지 않고 컴퓨터에 투자한 것은 칭찬해야 할 일이다.

한석봉 군은 워드프로세서를 열고, 우선 '동물의 권리를 인정해야만 하는가?'를 입력한다. 생각하고 또 곰곰이 생각하면서, ……잠시 숙고하다가, 묵묵히 입력하고 있다.

'내가 왜 이 과제를 선택했는가 하면…….' 대체 무슨 서두가 이렇지? 이것이 논문 표제어일까? 예상은 빗나가고 있다. 잠시 입력한 뒤, '저장' 버튼을 누르고 또다시 작업을 멈추어버리고 만다. 또다시 심사 숙고하면서. 1분, 2분, 시간은 무정하게 계속 흐른다. 20분 후에 한석봉 군은 조용히 일어난다. 책장이 있는 곳으로 다가가 꺼내 든 책은 사전이다. 훌륭해! 모르는 단어가 있으면 당연히 찾아봐야지! 나는 한석봉 군이 다르게 보이기 시작한다. 사전을 앞에 놓고 열심히 입력하기 시작한다. '권리'란 무엇일까? 사전을 펼쳤다. '그것에 따르면…….' 찾았다! 엉터리 논문의 전형적인 사례라고 할 수 있는 '사전 공격'이다. 이런 식으로 동물에 대해서도 사전을 찾아볼 계획인가? 걱정이 앞선다. 하지만 가만히 바라보기만 한다. 또다시 움직임이 없다. 문자 크기를 크게도 해 보고 작게도 해 보지만 아이디어가 빈약한 모양이다. 아! 한석봉 군, 결국 심시티(simcity) 게임으로 건물을 올리고 놀기 시작한다. 그것은 정말 시간을 잡아먹는 게임인데……. 그렇게 밤은 깊어가고 있었다.

그리고 다음 날, 날밤을 새운 한석봉 군이 제출한 논문은 다음과 같다(원문 그대로).

동물의 권리를 인정해야만 하는가?

공학부 전자공학과 1학년

학번: 1234567

한석봉

　내가 이 과제를 선택한 이유는 과제 (1)의 피터 상어의 책을 도서관에서 찾을 수 없었고, 이탈리아의 안락사 법안의 자료를 가지고 있지 않았고, 내가 고등학교 때까지 부모님 집에 함께 살았는데 그때 개를 길렀었고, 가족 모두가 너무 예뻐해서 가족과 차별하지 않았기 때문에 동물의 권리라고 하는 내용에 흥미가 있어서 이 주제를 선택한 것이다.

　'권리'란 무엇일까? 백과사전을 찾아보았다. 그것에 따르면【권리】(1) 권세와 이익. 권능. (2)〔법〕(right) ① 일정의 이익을 주장하고 또 그것을 향유하는 수단으로서 법률이 일정한 자격을 갖는 것에 부여하는 힘. ② 或(혹)하는 일들을 하는, 또는 하지 않는 것이 가능한 능력. 의무와는 상반되는 개념.

　(1)은 관계없기 때문에 동물의 권리라고 말하고 있는 사람은 (2)의 의미로 사용하는 것이라고 생각한다. 따라서 동물의 권리란 동물이 일정한 이익을 주장하여, 또 그것을 향유하는 수단으로서 법률이 일정한 자격을 갖는 것에 부여하는 힘, 또는 동물이 어떤 일을 하거나 하지 않을 수 있는 능력·자유를 의미하는 것이다. 동물은 먹거나 놀거나 여러 가지 일을 수행하고 그러한 능력을 갖기 때

문에 권리를 갖는 것은 물론 당연한 것이라는 느낌이 든다. 하지만 ①에서는 법률이 그 권리를 부여한다고 적혀 있고 그러한 법률은 확실하지 않기 때문에 동물에게 역시 권리는 없지 않을까 생각한다. 권리라는 말은 철학적으로 매우 심도 있는 개념이기 때문에 접근하기가 쉽지 않다고 생각한다.

하지만 나는 동물에게 권리가 있다고 생각한다. 앞에서도 언급했듯이 예전에 개를 길렀었고 개는 사람처럼 상대를 생각해주거나 친구의 죽음을 슬퍼하는 마음을 갖고 있기 때문이다. 차이점에 대해서는 구체적으로 말하기 어렵지만, 짖는 소리가 상황에 따라 다르기 때문에 그것은 일종의 언어와 같은 것일지도 모른다. 얼마 전 텔레비전에서 침팬지에 대한 방송을 보았을 때 학자가 침팬지에게 수화를 가르쳐주고 있었다. 침팬지는 수화로 자신의 의지를 전달하거나 감정을 전하고 있었다. 하지만 이렇게 사고, 감정을 갖고 있는 침팬지가 동물실험에 쓰이고 있다. 개나 원숭이를 동물실험에 사용해서 산채로 해부하거나, 뇌를 꺼낸 상태로 전기를 연결하거나, 병원균을 넣어서 병들게 하는 등의 연구가 진행되고 있다는 점에 대해 수업 시간을 통해 들었다. 상어처럼 동물에게 권리가 있다고 주장하는 사람들의 마음도 이해가 간다. 인간 자신들의 건강이나 이익을 위한 실험일 텐데, 그렇다면, 인체실험을 하면 될 텐데, 동물실험을 한다는 것은 인간의 에고이즘이라고 생각한다. 팀 버튼 감독의 「혹성탈출(2011)」에서 어린 원숭이가 인간 어린이를 애완동물로 삼아 쇠 목걸이를 채우고 있는 장면처럼 인간과 원숭이의 입장을 바꾸어 생각해 보면 그 점은 명확해진다. 어린이는 울고 있는데 어린 원숭이는 '예쁘다'라고 하면서 인간을 바라보는 장면도 있다. 만일 내가 그 어린이였다면 매우 끔찍할 것이다.

　이상의 이유로 나는 동물의 권리에 찬성한다. 동물실험도 하지 말고 동물원에서 동물을 해방시켜야 한다고 생각한다. 인간과 동물이 정말 평등하고 서로를 배려하며 살아갈 수 있게 되었으면 좋겠다는 생각이 든다.

　하지만 나는 고기를 너무 좋아하기 때문에 동물의 권리가 너무 확대된다면 곤란할 것이라고 생각한다. 첫째, 고기를 먹을 수 없게 된다면 인류는 멸종할지도 모르기 때문이다. 이런 점을 감안한다면 무엇이든 극단적인 것은 안 된다는 생각이 옳을지도 모른다. 이 문제는 어렵기 때문에 더 많이 배워야 할 것이다. 제대로 잘 정리가 안 돼서 죄송합니다. 되도록 좋은 학점을 받고 싶습니다. 그럼 분량을 채웠기 때문에 여기서 끝내도록 하겠습니다.

독자들을 위한 한석봉 상태 확인

　벌써 독자들의 실망한 얼굴이 눈에 선하다. 하지만 이 책을 더 읽기 전에 우선 한석봉 군의 '글'을 읽고 어떻게 생각하고 있는지 다음 보기에서 골라보자.

① 독자를 바보 취급하지 말고 책값을 환불해 달라.
② 정말, 이런 문장을 쓰는 대학생이 있다는 것이 믿기지 않는다.
③ 이런 글도 있을 수 있다.

④ 나도 나의 글에 이렇게 적을 것 같아서 반성하게 되었다.

⑤ 흠, 어딘가 이상한데?

⑥ 한석봉 군의 기분을 아주 잘 알 것 같아. 나도 동물실험은 반대!

①, ②를 선택한 사람에게는 이 책이 필요 없을 것이다. 앞으로도 좋은 글을 써 주길 바란다.

③, ④, ⑤를 선택한 사람들을 위해서 이 책이 탄생한 것이다. 함께 노력하자.

⑥을 선택한 사람은 토론이나 논쟁과는 무관한 인생을 살아갈 것을 권한다. 아마 그 나름대로 재미있을 것이다.

공포의 진실

'해도 너무 하잖아!'라고 생각할지도 모른다. 하지만 재미있는 점은 대학교수를 하다 보면 이러한 논문과 자주 마주하게 된다는 사실이다. 그렇기 때문에 나도 이렇게 잘못된 글의 표본을 완벽하게 만들 수 있는 것이다. 한석봉 군의 논문에는 내가 십여 년 이상의 교수 생활에서 체득한 엉터리 논문 작성법의 비법이 응축되어 있다.

특히 (1) 과제를 선택한 이유로 시작하는 글, (2) '여기서 끝내도록 하겠습니다'로 끝내는 결혼식 연설과 같은 글, (3) 사전(辭典) 공격을 포함한 글, (4) 성적을 요구하는 내용이 적혀 있는 '주세요! 주세요! 글'을 수없이 보았다. 교수는 '성적 주세요'라고 하면 반대로 '안 줘야지'라고 생각하기 때문에 정말로 성적이 필요하다면 절대 이러한 내용을 적어 서는 안 된다.

개인적으로는 사전 공격이라고 하니 옛날 생각이 새록새록 난다. 나고야 대학에 취임했을 당시 몇몇 학생이 일제히 이러한 공격을 해온 적이 있었는데, 나고야의 고등학교에서는 어떤 과제가 주어져도 우선 은 사전을 찾아서 인용하라고 지도하는 선생님이 계신 것은 아닐까 생 각하기도 했다. 그러나 이러한 네 가지 조건 가운데 어느 한 가지도 제 대로 채운 논문은 없었다. 하지만 한석봉 군의 논문에는 네 가지 모두 들어가 있으므로, 그야말로 대단한 한석봉 군이라고 말할 수 있다.

나는 '마음의 철학(Philosophy of Mind)'에 대해 강의한 적이 있었다. 그때 기말시험 대신 논문으로 제출하도록 했는데, 몇몇 학생이 '마음 이란 무엇일까? 국어사전에서 찾아보았다. ……'라고 적어낸 것을 보 고 '한 사람 한 사람 숨통을 조여 볼까'라는 생각마저 들었다. 마음이란 무엇일까? 지금까지 수없이 많은 철학자가 몇백 년에 걸쳐 마음과 몸 의 관계에 대해 '이것도 아니고 저것도 아니야'라고 머리를 싸매고 고 민하며 수천 권의 책이나 논문을 써 왔다. 그 정도로 '마음'이란 무엇이 라고 정의하기 어렵다는 취지의 강의를 반년 동안이나 듣고 난 이후의 일이다. 그런데도 '마음이란 무엇인지 모르기 때문에 국어사전에서 찾 아보았습니다'라니! 그것이 얼마나 그 강의 전체를 우스꽝스럽게 만들 었는지 독자들은 그 의미를 이제 알 수 있을 것이다.

1-2 어쨌든 중요한 것은 사전에 투자하라는 것이다

하지만 글을 작성할 때 사전을 찾아보는 행위 자체는 매우 바람직하다. 말하자면 사전을 이용해서 문장을 쓰는 것과 사전에 기술된 것을 그대로 자신의 논문에 베껴 적는 것은 전혀 별개의 문제라는 점을 알았으면 좋겠다. 따라서 타인의 글을 읽을 때뿐만 아니라, 자신이 글을 쓸 때도 국어사전을 꼭 옆에 두자. 어떤 문장을 쓰든지 항상 사전을 꺼내서 책상 위에 놓고 시작하는 습관을 들이는 것이 좋다. 그렇게 하지 않으면 술술 써 내려가다가 갑자기 '이런 표현을 써도 괜찮나?'라는 생각이 들 때 사전이 멀리 있을 경우 '뭐 괜찮겠지'라고 넘겨 버려 결국에는 우스운 일을 겪게 될 것이다.

— 그것은 오래된 방식 아닌가요? 저는 컴퓨터를 사용하기 때문에 한자를 틀리는 경우는 없어요. 컴퓨터에 언어 변환 시스템이 있기 때문에 어떤 단어를 써야 할지 사전을 찾지 않아도 크게 문제가 되지 않아요.

— 사전의 기능이 단순히 글자를 찾는 것에 제한되지는 않는다. 상황과 변화에 따라 얼마든지 그 쓰임이 달라질 수 있기 때문이지. 물론 그런 용도라면 언어 변환 시스템에 의존하는 것도 좋다. 하지만 사전의 용도가 여기에 한정되는 것은 아니다. 예를 들어 '그는 대기업 사장이다'를 자네는 '土長'의 의미로 사용하고 있지? 하지만 정확하게는 '社長'이다. 사전을 찾아보면 '土長'은 '궁중에서, 내시를 감독하는 사람을

이르던 말'이라고 적혀 있다. 특히 특정한 상황에서 같은 발음이면서 의미가 다른 언어가 있을 때, 어느 것을 선택하는 것이 좋을지 결정할 때 아직 사전은 필요하다.

　— 하지만 최신 변환 프로그램에는 동음이의어의 의미 차이를 설명해주는 기능도 있는 것 같은데요?

　— 아 그래? 여러 가지로 편리해졌네. 하지만 사전은 구입하는 것이 좋다. 특히 전자사전뿐만 아니라 종이사전도 소유하고 있는 것이 좋다.

　— 그것이야말로 낭비가 아닌가요?

　— 종이사전은 특정한 단어 외에 다양한 것을 배울 수 있다는 이점이 있다. 예를 들면, 종이로 된 국어사전에서 '사장'을 찾아보면 펼친 쪽에는 '사장 1, 사장 2, 사장 3……'과 같이 많은 단어들이 나온다. 그렇게 눈에 들어오게 되면 찾는 단어 외에 그 밖의 단어들도 어쩔 수 없이 읽게 되고, '사장 2, 사장 3…… 이것들은 어떤 의미일까?'라는 의문이 생기게 된다. 일종의 '보너스' 공부를 하는 이점이 있다. 이렇게 우연히 체득한 지식이 의외로 오래도록 남는 것이다.

　— 그러고 보니, 영어 교수님도 사전을 구매한다고 하셨어요.

　— 종이사전이라면 concept와 conception은 어떻게 다른지, real의 명사형이 무엇인지도 부수적으로 배울 수 있기 때문에 아직은 버려서는 안 된다. 논문을 쓰는 와중에 바퀴벌레가 나타나면 그 위에 던져서 잡을 수도 있고.

　— 그것이야말로 '사전 공격'이네요.

연습문제 1

우선 국어사전을 옆에 가져오자! 뭐야, 없어? 정말 할 말이 없군. 없는 사람은 보던 책을 덮어두고 가까운 서점에서 즉시 사와야지! '저녁밥값이……'라고 생각하는 사람은 한 끼 정도 안 먹어도 죽지 않는다. 있는 돈 다 써도 좋으니 우선 국어사전을 사고 보자. 사 왔으면 사전을 활용하여 다음 문제를 풀어 보자.

(1) 다음 동음이의어를 사전을 펼쳐 의미를 확인하고, 각 문장의 괄호 안에 들어갈 적절한 의미를 생각해 보자.

① 가공(加工, 可恐, 架空)
 - 이 제품은 나무로 가공(   )된 것이다.
 - 그 소설은 가공(   )된 창작물이다.
 - 쓰나미의 위력은 가공(   )할 만한 위력을 지녔다.

② 원수(元首, 元帥, 怨讐)
 - 부모님의 원수(   )를 갚는 길만이 유일한 대안이다.
 - 이분이 바로 대한민국의 원수(   )이시다.
 - 인천상륙작전은 맥아더 원수(   )의 전공(戰功)이다.

③ 고수(固守, 高手, 鼓手)

　– 이것마저 고수(　　)하지 못한다면 모든 것을 잃는다.

　– 조치훈은 바둑계의 고수(　　)임이 분명해.

　– 농악에서 그 사람의 역할은 고수(　　)야.

　(2) 동음이의어의 의미 차이를 찾거나 바퀴벌레를 퇴치하는 것 외에 문장을 작성하는 도중에 국어사전으로 할 수 있는 일은 무엇이 있을까? 다른 활용법에 대해 생각해 보자.

　만약 좀 더 여유가 있다면 유의어 사전을 사두는 것도 좋다. 그것은 단어를 찾을 때 매우 편리하다. 예를 들어, 혈관 속 적혈구가 단자가 되어 버리는 것 같은 사태를 말하고자 하는데 어떻게 표현했었는지 잊어버렸다고 하자. 음, '단자가 되다'로 해도 뜻이 통하긴 하겠지만, 이는 자신의 무식함을 드러내는 것이다. 바로 그때 유의어 사전을 활용하는 것이 좋다. 유의어 사전을 살 돈이 없다면 놀라운 방법을 알려주겠다. 영어사전을 활용하는 것이다.

　"네? 한국어 문장을 쓰는데 왜 영어사전을 사용합니까?"라고 의아해할 필요는 없다. 이것은 단어를 찾는 데 많은 도움이 된다. 내가 문장을 쓸 때 사용하는 노트북에는 '랜덤 하우스 영어 사전'이 설치되어 있다. 그것은 한국어와 영어 모두 검색이 가능하다. 거기에서 우선 검색창에 '모이다'라고 입력한다.

그러면 검색 결과가 'aggregation, assemblage, assembly, assort-ment, bee, body, breed……'로 나타날 것이다. 그것을 순서대로 읽어 나간다. 그렇게 하면 'aggregation' 항목에 '【1】집단, 집성(体), 종합 【2】[생태] 집단, 집합, 모임, 어떤 생물이 있는 환경조건에 따라 모인 군집【3】[의학] (적혈구 등의) 응집(物)……'과 같이 뜻이 나타난다. 이를 확인하면 내가 사용하려던 단어가 '응집'이라는 것을 알 수 있다. 물론 다른 최신 소프트웨어를 활용해도 좋다.

— 의도적으로 '응집하다'라는 말을 쓰지 않아도 되지 않나요? 적혈구가 '모이다' 또는 '굳다'로도 충분히 뜻이 통하지 않을까요?

— 어이구, 바로 이의신청이 들어오네. 음, 여기서는 사람에 따라 생각이 다르다. 어떤 이들은 '일반적으로 젊었을 때는 굳이 어려운 단어를 찾아서 사용하려고 하는데, 만일 어려운 단어를 잘못 사용할 경우 문맥이 부자연스러워질 뿐만 아니라, 오히려 자신의 무식을 폭로하는 상황이 발생할 수도 있다. 이런 무리한 단어 사용은 결과적으로 스스로를 깎아 내리는 오류를 발생시킬 수 있기 때문에 특히 경계할 필요가 있다'고 말하기도 한다. 물론 이러한 견해는 일리가 있다. 하지만 그렇다고 해서 반드시 그렇다고 단정 짓기도 어렵다. 자네들은 무엇을 위해 논문을 쓰지? 바보 같은 면을 드러내지 않기 위해서? 그렇지는 않을 것이다. 분명 어리석은 모습에서 벗어나기 위해 생각을 제대로 한

다음 논문을 쓸 것이다. 따라서 담당 교수를 허허 웃게 만들거나, 비록 이후에 수정될지라도 조금은 어려운 단어를 사용해볼 필요가 있다. 예를 들어, 어떤 책에서는 문맥상 '드러나다'라고 해도 뜻이 충분히 통하는데 '노정(露呈)되다'라는 단어를 사용하고 있다. 그 책의 작가 또한 태어나면서부터 '노정'이라는 단어를 알지는 않았을 테고, 지금까지 살아온 인생의 여정 속에서 습득된 것을 사용했을 것이다.

이것과 관련해서 나는 한 영화 장면이 떠오르는데, 바로 「페이 포워드」*라는 영화다. 원제는 「Pay it forward」지만, 일본에서는 「페이 포워드」라는 제목으로 개봉됐다. 왜 영화 배급사는 'it'이라는 한 단어를 삭제해서 의미 불명의 비문법적인 영어를 제목으로 달았을까? 이해하기 어렵다…… 는 거짓말이고 사실은 이해가 잘 된다. 어딘가 영어처럼 보이기만 하면, 의미는 어떻게 돼도 상관없다는 것이다. 그리고 이것은 단어를 늘려서 다채로운 언어를 구사하기 위해 노력하는 것이 우리 사회에서 통용되지는 않는다는 것과 연관성이 있다.

아, 무슨 얘기를 하고 있었지? 그래, 맞아. 「페이 포워드」였다. 이 영화에서 헬렌 헌트(Helen Hunt)가 맡은 역할은 알코올 중독의 싱글 마더다. 그녀는 자녀의 숙제에 대해 초등학교에 항의하러 갔는데, 담임 선생님인 케빈 스페이시는 그녀를 하찮게 대한다. 이에 그녀가 "You're really something(당신은 정말 대단한 사람이네)"이라고 격하게 신경질을 부리자, 담임선생은 "'euphemism'하게 표현해 주셔서 감사합니다"

---

* 한국에서는 「아름다운 세상을 위하여」라는 제목으로 개봉했다.

라고 툭 던지듯 말한다. 그러나 그 단어의 뜻을 모르는 그녀는 바보 취급을 받고 싶지 않아, 아는 체를 하고 돌아서지만 왠지 모를 굴욕감을 느낀다. 다음 장면에서 그녀는 자신의 회사 본관에 서서 열심히 사전을 뒤진다. 나는 이 장면에서 가슴이 뭉클했다. 상대방이 모르는 단어를 사용하면 듣는 입장에선 매우 창피하다. 따라서 조금이라도 많은 단어를 사용할 수 있도록 하자. 실력을 키워서 의식적으로라도 어려운 단어를 사용해 보자. 그런데 'euphemism'은 무슨 뜻이지?

여기까지의 이야기를 이해한 독자라면 이미 영어사전을 찾고 있을 것이다.

확인해 두자. 고등학교, 대학에서 열심히 글(논문)을 쓰도록 하는 이유는 무엇일까? 그것은 어리석은 사람이 되지 않기 위해 필요하기 때문이다. 따라서 논문 쓰기를 단지 학점을 따기 위해 필요한 고행쯤으로 여긴다면 매우 안타까운 일이다.

철칙 1 ▶ 자신의 지성을 높이기 위한 수단으로 논문 쓰기를 생활화하자.

그래서 사전은 무기인 것이다. 바퀴벌레를 잡기 위한 무기일 뿐만 아니라, 당신이 보다 큰 정신적 자유를 얻기 위한 무기다. 따라서,

철칙 2　사전에 투자하는 시간을 아껴서는 안 된다.

1-3 표절이란 무엇인가? 그것은 왜 파렴치한 행위인가?

― 최근에 쓴 논문도 불합격이에요.

― 아, 그것참 안타까운 일이군.

― 선생님이 채점하셨다면 어떤 점수를……?

― 불합격!

― 전혀 주저하지 않고 잘라 말하시네요. 조금이라도 괜찮은 부분은 없나요? 조금이라도?

― 한 가지는 있다. 다른 사람이 적어 놓은 글을 그대로 베껴 쓰지 않고 당당하게 스스로 생각해서 보기 좋게 망쳤다는 점.

― 그거 칭찬 아닌 거 맞죠?

― 아, 아니, 칭찬이야, 한석봉 군! 교수를 하다 보면 논문에서 제일 골치 아픈 것이 '표절' 문제다. 최근에 과제 키워드 몇 개를 조합해서 인터넷 검색으로 찾아낸 문장을 무단으로 차용한 표절논문을 보게 되었지. 그러니까 교수를 우습게 보면 안 돼. 그런 행위는 결국에는 들키게 된다. 우선 교수는 학생들이 사용할 수 있는 표현인지 아닌지를 금방 알 수 있다. 적어도 일 년에 수백 권의 논문을 채점하기 때문만은 아니다. '이 문체에서 느낌에 딱 오면 무조건이다!'라고 할 정도로 교수도

그러한 논문들의 특징적인 언어 표현을 어느 정도 선택해서 검색한다. 그러면 표절논문의 근거는 금방 찾을 수 있다. 또한 자기 혼자만 인터넷을 보고 베낀다고 생각하면 큰 오산이다. 대체로 많은 학생이 똑같은 문장을 찾아서, 동일한 표절논문을 제출하기 때문에 인터넷을 이용한 표절은 쉽게 드러날 수밖에 없지. 인터넷에서 쉽게 표절한 것처럼, 그 표절 여부 역시 간단히 찾아낼 수 있는 것이다. 하지만 그러한 행위가 너무 많이 이루어지고 있기 때문에 어쩌면 어떤 행위가 표절인지 학생들이 의식하고 있지 못하는 것은 아닐까 싶기도 하다. 그래서 이 시점에서 다시 밝혀 두겠지만, 다음과 같은 행위를 하게 되면 그것은 표절이라고 판단되어 0점을 받거나, 그 학기 성적이 모두 무효 처리되거나, 그 이상의 '처분'을 받게 되니 불평해서는 안 된다.

표절이란 무엇인가

(1) 그대로 베껴 쓰기: 친구가 쓴 논문을 전체, 또는 일부를 베껴서 자신이 쓴 글이라고 제출하거나 또는 인터넷 사이트에 공개되어 있는 문장을 전체 또는 일부를 베껴 자신의 글이라고 제출한 경우.

(2) 자기 표절: 자신이 쓴 글이라고 하더라도 여러 수업에 같은 글을 제출하면 일종의 표절로 간주한다.

(3) 무단 차용: 매우 중요한 논점이나 아이디어를 참고문헌 또는 인용문헌으로 언급하지 않고 차용한 경우.

여기에서만 밝히는 비밀 정보! 많은 교원들이 사용하는 '티칭 팁 (teaching tip)', 즉 교수들은 표절이 의심되지만 결정적인 증거가 없는 경우에는 학생에게 면담 요청을 하게 된다. 즉, "자네 논문에 대해서 조금 물어볼 게 있는데 괜찮을까?"라는 얘기에 떨리는 마음으로 찾아 가면 "여기서 자네는 칸트적인 계몽(啓蒙)과 영화 「매트릭스」를 관련지 어 말하고 있는데, 칸트적인 계몽이 무엇을 의미하는 것이지?" 등등의 질문을 받게 됨으로써 세상에서 그야말로 가장 어려운 상황에 직면하 게 될 것이다.

그렇다면 들통 나지 않으려면 어떻게 해야 할 것인가?

우선 '칸트적 계몽(啓蒙)'이란 무엇인지를 명확히 조사해서 본래의 의미를 완전히 이해한다. 그것을 자신만의 언어로 고쳐 원형에 한정되 지 않는 논문으로 만들고, 그다음에 자신이 작성한 것에 대해서는 어 떤 질문을 받더라도 확실하게 답변할 수 있게 만들면 된다. 다음에 '이 논점은 ○○○의 사이트 http://www……에서 논문 「칸트적 계몽이 란 무엇인가」에 있었던 것이다'라고 적는다면 완벽하다. 아, 이렇게까 지 하면 표절이 아닌 게 되는 건가? 어쨌든 성실하게 하는 것이 최선의 전략이다.

대학교수가 표절에 대해 심각하게 생각하는 이유는 무엇일까? 학 문 세계에는 '사람들이 나름대로 노력해서 조사하거나, 고민해서 도달 한 진리·지식은 기본적으로는 인류 전체에 공유되어야만 하는 것이 다. 하지만 그 대가로서 그것을 창출한 사람에게는 그에 상응하는 존

경심이 부여되어야 한다'는 기본 원칙이 존재한다. 표절은 그 원칙을 위반하는 것이다. 논문 표절이 엄격하게 비난받는 것은 학생도 그러한 학문 세계의 일원이라고 생각하기 때문이다. 더욱이 '철칙 1'을 떠올리길 바란다. 논문을 그대로 베끼는 것은 자신의 생각을 만들어서 그것을 문장으로 완성하는 것을 통해 어리석음으로부터 벗어날 수 있는 절호의 기회를 스스로 놓치는 것이다. 나는 이 점이 무엇보다 안타깝다.

표절은 자신을 높일 수 있는 기회를 스스로 포기하는 불행한 행위다. 자신의 자존심을 지키려면 결코 해서는 안 될 행위다.

제 2 장

논문에는 '물음·주장·논증'이 필요하다

― "자네의 '논문'은 전혀 논문이 아니다"라고 말씀하시는데 그렇다면 어떤 것이 논문입니까?

― 음, 논문이란 독후감도, 졸업문집의 작문도, 연애편지도, 결혼식 축사도 아닌, 기획서도, 소설도, 에세이도, 만담 대본도, 신문 투고도, 해설도 아닌, 더군다나 의사록도, 비서의 일기도, 교과서도, 상심한 친구를 달래는 메일도, 호소문도, 대출금 신청서도, 인터넷 커뮤니티에 올리는 글도 아닌…….

― 논문이란 다른 장르의 글과는 명백히 구분된다는 말씀인가요?

― 그렇다. 특히 과제에서 요구하는 것은 논문 쓰기를 항상 되새기게 하는 첫걸음이다. 하지만 한석봉 군은 지금까지 논문 작성법에 대해 배운 적이 없었을 것이다.

― 맞아요. 논문이 무엇인지에 대해 제대로 배운 적이 없어요.

― 초·중·고등학교에서 논문이란 무엇인지에 대해 전혀 지도받지 않은 상태로 대학에 와서 논문 쓰기 과제를 받게 되면 논문에 대한 열등감만 쌓이고, 나와 같은 대학교수의 입장에서는 '욱!' 하고 열 받게 되는 것이다.

― 제가 이런 말을 할 처지는 아니지만 정말 끔찍한 일이네요.

― 매번 자네들의 과제를 받고 수정해 준다고 해도 자네들이 이해하기가 쉽지 않을 것 같아서, 성질이 나기는 하지만 글을 작성하는 방법에 대해 알려주는 것이 나을 것 같다. 어! 그러고 보니 '성질이 나기는 하지만 알려줘야겠다!'는 내 고교 시절 선생님이 자주 하시던 말인데. 지금 생각해 보면 그때 매우 소중한 것을 많이 배웠다는 생각이 든다. 그렇다면 논문이란 무엇일까?

2-1 논문이란 어떤 문장일까?

(1) 논문에는 물음이 있다

논문이란 '왜 ……일까', '우리는 ……해야만 하는가?', '……와 ……의 차이점은 무엇일까?' 등등 명확한 질문을 제시하고 그 질문에 대한 해결을 목표로 하는 문장이다. 한석봉 군은 '동물의 권리를 인정해야 하는가?'라는 문제를 선택했기 때문에 그 최소한의 조건은 충족되었다고 말할 수 있다.

(2) 논문에는 주장이 있다

질문이 있다는 것은 그 질문에 대한 답변이 존재한다는 것이다. 따라서 논문을 쓰기 위해 중요한 것은 자신의 주장을 자신의 책임으로 받아들이는 용기, 즉 '어떠한 것이라고 단언할 수 있는 용기'다. 한석봉 군은 중간까지는 동물의 권리를 인정하는 점에 대해 망설이고, 주저하고 있었다. 또 마지막 부분에서는 "이 물음은 어렵기 때문에"라는 말로 얼버무리고 말았다. 결국 주장이 없는 내용은 논문이 아니다.

(3) 논문에는 논증이 있다

'동물에게 과연 권리가 있는가? 나는 있다고 생각한다. 끝.' 이것만으로는 논문이 될 수 없다. 즉, 문제와 답만으로는 논문이 될 수 없는 것이다. 논문은 자신이 제시한 답변에 대해 읽는 상대로 하여금 납득시키기 위한 논증이 필요한 것이다. 논증이란 자신의 답변을 논리적으로 지지하는 증거를 효과적으로 배열한 것이다. 논증의 구체적인 진행과정에 대해서는 제6장에서 다룰 것이다. 여기에서는 다음에 유의하기 바란다. 이성에게 고백할 때 '……와 같은 이유로 당신은 나와 만나야 한다고 생각해'라고 한다면 우선 성공할 수 없다. 따라서 사람을 설득하려고 할 때는 통상 가능한 방법을 모두 동원한다. 강요하기도 하고, 울먹이기도 하고, 웃기기도 하고, 치켜세워주기도 하고, 상대방의 감정에 호소하는 경우도 얼마든지 있을 수 있다. 그렇게 하는 것이 오히려 성공률이 높다.

하지만 논문의 경우 그렇게 감정에 호소하게 되면 오류를 범하기 쉽다. 한석봉 군은 동물실험 영상을 보고 침팬지를 동정하다가 감상(感傷)적인 자기고백에 빠지게 된다. 동물실험이 잔인하다고 느꼈던 점은 한석봉 군이 동물에게도 권리가 있다고 생각하게 된 원인이거나 근거가 될 것이다. 하지만 그것은 동물의 권리를 인정하는 근거나 이유가 되지 못한다. 관련 주장을 논리적으로 뒷받침하는 근거나 이유에만 국한된다. 제아무리 감정을 자극하는 것이라 해도, 우리의 이성을 움직일 수 있는 것이 아니라면 그것은 근거가 될 수 없다.

사실 이러한 방식의 '논문'은 매우 많다. 동물실험이나 테러리즘, 장기이식이나 아동학대와 같은 중요한 문제를 논의할 때, 우리는 피가 거꾸로 솟곤 한다. 하지만 그와 같은 중대 사안이야말로 감정에 호소하지 않는 합리적인 논증이 필요한 것이다.

철칙 4

논문은 설득을 위한 문장이지 누군가의 주장도, 사랑 고백도 아니다. 뜨거운 마음은 깊숙이 감추고, 냉철한 두뇌로서 논리적 설득을 지향해야 한다.

― 논문은 자신의 느낌(기분)을 적으면 안 되나요?

― 사실과 의견만이 논문의 기본이다. 사실과 의견을 적는 것이 어떤 의미에서 느낌을 적는 것보다 간단하다. 어렸을 때 캠프장 화장실에서 눈앞에 엄청나게 큰 거미를 발견했을 때 심장이 쪼그라드는 듯한 긴장과 공포, 첫사랑 상대가 다른 반 친구와 만나고 있다는 것을 알았을 때의 충격과 굴욕감, 단념과 배신감이 교차되어 그저 울고 싶은 느낌을 적절한 언어로 표현할 수 있다면 자네는 작가가 되기에 충분할 것이다.

― 이상한 사례 좀 들지 마세요. 하지만 무슨 말씀이신지 알 것 같긴 하네요.

― 그렇다. 기분을 적는 것이 훨씬 어려울 수 있다. 따라서 논문이란 오히려 매우 간단하고 명료한 문장이다. 전혀 글 쓰는 재주가 없는 대학교수라 할지라도 그렇게 척척 글을 쓰기도 하는 것이 이를 입증하는 것이다.

― 아! 그렇다면 저도 쉽고 간단하게 쓸 수 있겠네요.

― 하하, 물론 그것은 착각이다.

― 그건 그렇고 원인과 논거의 차이를 아직 모르겠는데 좀 더 설명해주세요.

― 논문이라고 해서 자신의 의견을 적지 말라는 법은 없다. 오히려 적기를 바라는 쪽이지. '동물실험을 반대한다'는 것이 자네의 생각이라고 말했지? 그렇다면 자네가 왜 그런 의견을 갖게 되었는가? 즉, 텔레비전에서 잔혹한 장면을 보고 나서 충격을 받았기 때문이라거나, 아

르바이트로 실험동물을 보살핀 경험이 있기 때문이라거나, 자네에게서 그녀를 뺏어간 녀석이 농학부에서 동물실험을 하고 있기 때문이라는 등의 내용은 논문에 적어서는 안 된다는 것이다. 즉 자네가 어떤 경위로 그러한 의견을 갖게 되었는지를 아무리 열 내서 주장한다고 해도 그것이 동물실험을 그만두어야 한다는 자네의 주장을 뒷받침하는 논거가 될 수는 없기 때문이다.

— 그렇다면 어떤 것들이 논거가 될 수 있나요?

— 예를 들어 '동물실험이 수없이 많이 자행되고 있지만, 그 대부분은 안 해도 되는 불필요한 실험이기 때문이다'라든가 '동물에게 고통을 주는 것은 동물의 권리를 침해하는 것이다'라고 제시하는 것은 논거가 될 수 있지.

— 어! 그렇다면 그 논거에는 또 다른 논거가 필요하지 않나요?

— 그렇다고 할 수 있지. 지금 행해지고 있는 동물실험의 거의 대부분이 불필요한 것이라고 말하기 위해서는 지금 어떤 동물실험이 어느 정도로, 무엇을 위해서 진행되고 있는가에 대한 사실이 뒷받침되어야만 할 것이다. 그리고 동물들에게 고통을 준다는 것이 동물의 권리를 침해하는 것이라고 말하기 위해서는 동물에게 권리가 있다는 또 다른 논거가 필요할 것이다. 더욱이 이러한 논거 자체를 주장하려면 '권리의 주체가 되기 위해 이러저러한 것이 필요하다는 조건이 충족되면 좋고, 동물은 그 조건을 충족시키고 있기 때문에 권리를 갖는다'와 같은 형식으로 더 많은 이론적 근거의 제시가 요구된다.

— 그런 흐름으로 논거를 제시하고, 그 논거의 논거를 제시하는 방

법으로 계속 만들어 나간다면 영원히 끝나지 않는 것은 아닌가요?

— 앗! 예리하네! 원리적으로는 그럴지도 모른다. 하지만 대부분의 경우, 이러저러한 것은 그 이상으로 논거를 제시하지 않더라도 대부분의 독자가 인정해줄 수 있는 정도에서 마무리하게 된다. 예를 들면, '국가 기관이 조사한 통계이기 때문에 이 정도면 신뢰할 수 있겠지'라든가, '이러저러한 것은 매우 당연하고 상식적인 생각이기 때문에 모두가 받아들일 수 있겠지'라고 생각되는 부분에서 마무리한다. 그렇게 하지 않는다면 어떤 논문이라도 무한정으로 길어지게 되겠지.

논문에는 다음 3가지 축이 존재한다.

(1) 주어진 물음, 혹은 자신이 선택한 물음에 대해서,

(2) 하나의 명확한 답변을 제시(주장)하고,

(3) 그 주장을 논리적으로 뒷받침할 수 있는 사실적·
    논리적 근거를 제시해서 그 주장을 논증한다.

이것이 논문에 대한 정의(定意)다. 논문의 목적을 명확하게 했으니, 이제 그 목적을 제대로 달성하기 위해 어떤 점에 신경을 써야 할지 고민해 보자.

2-2 논문 작성할 때 절대 잊지 말아야 할 점

철칙 6 ‘모호함’과 ‘얼버무림’은 절대 금물.

우선 질문이나 답을 가능한 한 명확하게 하는 것이 중요하다. ‘동물과 인간의 관계를 어떻게 생각하는가?’라는 물음은 너무 모호하기 때문에 논문 주제로는 적절치 않다. ‘동물실험은 윤리적으로 허용할 수 있는가?’라고 한다면 가능하다. 또한 물음에 대한 답변도 이와 마찬가지로 명확해야 한다. 즉, 동물실험에 찬성인지 반대인지가 명확해야만 할 것이다. 결국 결론이 어느 쪽인지 알 수 없는 ‘논문’을 보게 된다면 읽는 사람은 몹시 짜증이 날 것이다. 물론 경우에 따라 흑백이 명확하지 않은 문제도 있다. 그런 경우에도 ‘기본적으로는 반대하지만 다음과 같은 경우에는 예외적으로 동물실험이 허용된다’ 또는 ‘이러저러한 조건에 맞을 경우에만 동물실험을 허용할 수 있다’와 같이 부대조건(附帶條件)이나, 양보 가능한 범주를 명확히 해야 한다는 점을 명심하자.

또한 ‘○○에 찬성인가? 반대인가?’라고 물으면 ‘찬성’ 또는 ‘반대’, ‘왜 그런가?’라는 물음에는 ‘……때문에’라는 형식으로, 물음에 대해 정확하게 대답해야 한다. 즉, 얼버무리는 방식의 답변은 논문 규칙에 위배된다. ‘○○에 대한 당신의 의견은?’이라는 물음에 ‘칸트는 ○○에 대해서 이렇게 말하고 있다’라고 답하는 것은 얼버무림이다. ‘페이오프(pay-off) 해금(解禁)의 시비(是非)에 대해서 논하시오'라는 물음에 '나는 어차피 저금한 것이 없기 때문에 아무래도 상관없다'라고 답변하는 것도 얼버무림에 속한다.

철칙 7 '질문+답변+논거' 이외의 내용을 적어서는 안 된다.

좀 더 구체적으로 말해서 그 과제를 선택하게 된 배경, 자신이 그 의견을 주장하게 된 이유(이 점에 대해서는 이미 설명하였음), 그 외에 '자신의 이야기', 예를 들어, 추억이나 에피소드, 필요한 참고문헌이나 자료를 가지고 있지 않다는 핑계, 제대로 적지 못했다는 핑계, 통속적인 말('역시 철학은 아주 심오하다고 생각했습니다'와 같은 내용 등은 언급하지 않아도 이미 알고 있다니까!) 등은 논문에 적어서는 안 된다. 수업에 대한 감상이나 제안이라면 교수의 입장에서도 알고 싶은 부분이기 때문에 쓸 필요가 있다. 하지만 논문 중간이나 말미에 적는 것은 절대 금지다. 그런 것은 별지에 적도록 하자.

철칙 8 결론의 정확성에 집착하지 말 것. 중요한 것은 논증의 설득력이다.

논문 평가는 주로 논증이 정확하게 이루어졌는지에 따라 결정된다. 즉, 주장(결론)을 뒷받침하는 논거가 제대로 구성되어 있는지가 중요하다. 반면 결론의 정확성은 이에 비해 그렇게 중요하지는 않다. 대체로 정답이 한 가지로 정해져 있는 문제를 논문 과제로 내는 경우는 거의 없다.

예를 들어, 내가 사형폐지론자로서 열심히 사형폐지운동에 온 힘을 기울이고 있다고 하자. 하지만 「어둠 속의 댄서(Dancer In The Dark)」에서 비요크가 교수형에 처해지는 장면에서 눈물이 멈추지 않았다. 사람이 사람의 목숨을 빼앗아서는 안 된다고 생각한다. 그러므로 나도 사형폐지론에 찬성한다'와 같은 글과 '사형은 존속되어야 한다. 왜냐하면……'이라고 확실하게 논증이 이루어진 글이 제출되었다고 한다면 망설임 없이 후자의 글을 더욱 높게 평가할 것이다. 결론이 어느 쪽이든 사실상 중요하지는 않다.

철칙 9 　논문이란 자신의 생각을 보편화시킨 형태로 작성된 것이다.

논문은 '객관적'이어야 한다고 자주 이야기한다. 그것은 물론 맞는 말이지만, 그 '객관적'이라는 말이 좀 의아하다. '객관적'의 반대는 '주관적', 그렇다면 논문을 객관적으로 쓰기 위해서는 주관적 기술을 배제해야 한다는 말이 된다. 예를 들면,『턱걸이 합격을 위한 논문 매뉴얼』에서는 '나는 절대 옳다고 믿는다'를 '……라는 것은 확실하다고 생각한다'라는 형태로, 또는 '……라는 의견은 잘못됐다고 생각한다'를 '……라는 지적에 대해서는 많은 논자가 의구심을 갖고 있다'와 같은 형태로, 즉 주관적 기술(記述)을 '객관적 기술'로 바꾸라고 권유하고 있다.

하지만 이것은 매우 이상하다. '이러이러한 생각은 잘못되었다'고 생각하는 것이 나뿐이라고 하자. 다른 논자는 모두 그것을 당연하다고 생각하고 있고, 나 혼자서 그 점에 대해 비판하고 있는 것이다. 이와 같은 경우에 '……라는 지적에 대해 많은 논자가 의구심을 가지고 있다'라고 말하는 것은 한마디로 거짓이 되어 버리고 만다. 즉 '나는 ……라고 생각한다'라는 말을 '……라는 생각을 많은 논자가 공감하고 있다'라는 말로 바꾸었다고 해서 주관적 기술이 객관적 기술이 되는 것은 아니다.

이른바 논문에서 인정할 수 없는 주관적 기술이란 '나'를 주어로 한 문장을 뜻하는 것이 아니라 논거가 제시되지 않은 판단이나 주장을 의미한다.

논거가 제시되지 않는다면 읽는 입장에서는 '아, 그렇구나!'라고 밖에 달리 받아들일 수가 없다. '나는 ○○가 절대 옳다고 믿고 있다'라는 것만 쓰여 있고 그 논거가 제시되지 않았다면 그것은 단순히 주관적인 기술에 지나지 않는다. '누가 뭐래도 내가 옳다고 생각하니까 옳은 것이다'라고 주장하더라도 '나는 ○○은 절대 옳다고 믿는다. 왜냐하면······'이라고 ○○가 옳다고 생각할 수밖에 없는 근거가 명확하게 제시된다면 그것은 훌륭한 객관적인 진술이 되는 것이다.

같은 맥락에서 자신의 주관적인 가치판단이 포함될 경우 그것은 주관적인 기술이기 때문에 논문에는 맞지 않는다고 말하는 사람들도 있다. 이것도 문제가 있기는 마찬가지다. "이광수의 소설 중에서 「흙」이 「사랑」보다 훌륭하다"라고 말하는 것은 필자의 개인적인 판단에 따른 것이다. 만일 논문에서 느닷없이 이와 같이 언급한다면 독자는 '나는 「흙」이 더 좋은데 불만 있어?'와 같이 받아들일 수 있기 때문에 이것을 객관적인 기술이라고는 결코 말할 수 없다. 하지만 「흙」이 「사랑」보다 훌륭한 작품이라고 판단되는 많은 증거를 문장 말미에 제시하여 언급한 것이라면 분명 객관적인 기술이 된다. 다시 말하면 기술의 객관성은 얼마만큼 확실한 논거를 깔고 있느냐에 따라 결정된다. 주어가 '나'인지 아닌지는 상관이 없다.

자신의 생각이나 가치판단을 적으면 논문이 될 수 없다고 한다면, 그것은 사실을 보고한 것, 모두가 그렇다고 생각하는 상식만을 이야기한 것, 과거 학자들의 텍스트를 모아서 정리한 것, 이러한 것들만 논문이 될 것이고, 논문 쓰기 자체가 거의 무의미한 것이 되고 말 것이다. 결국 '논문이란 자신의 생각을 제시하는 것'이라고 할 수 있다. 다만, 자신의 생각을 보편화하여 작성하는 것이다. 즉, 이러저러한 증거를 모아서 이러저러하게 논리적으로 설득해 간다면 모두가 나와 같은 생각에 도달할 것이라는 '보편화된 나의 생각'을 제시하는 것이 논문인 것이다.

철칙 10　　논문은 제삼자가 확인할 수 있는 것이어야 한다.

　　논문이 이러한 보편화 가능성을 특징으로 한다는 것을 이해하게 되면, 객관적인 논문이 되기 위한 조건이 한 가지 더 덧붙여진다. 그것은 필자가 생각한 본질적인 의미를 모든 독자가 스스로 파악해서 확인할 수 있어야 한다는 것이다.

　　예를 들어, '한 통계에 따르면 흡연자의 99%가 가정 내 폭력을 행사한 경험이 있다고 한다. 따라서……'라고 쓰여 있다고 하자. 이것은 어디까지나 논증의 형태를 하고 있는 것처럼 보인다. 하지만 어떤 독자가 '그 통계 수치가 사실일까?'라고 생각해도 그것을 스스로 확인할 방법이 없다면, 그것은 자의적으로 통계나 조사 결과를 제시해서 '논증'한 것이 되고 만다.

　　또는 '칸트에 따르면 동물의 행복에 대해 고려하는 것은 이성적 동물로서 인간이 해야만 하는 가장 기본적인 정언명법(定言命法)의 일부라고 언급했다(거짓말! 사실은 그러한 것을 말하고 있지 않았다)'라고만 쓰여 있다면 독자는 '어? 칸트가 그런 말을 했었나? 어디에 쓰여 있는 거야'라고 생각해도 그것을 확인해볼 방법이 없다. 만약 그런 것이 허용된다면 당신은 또다시 자의적으로 논증하고 있는 셈이다.

　　즉, 논문은 제삼자가 확인할 수 있어야 한다. 그것은 논문이 객관적이어야 한다는 또 다른 의미인 것이다. 자신이 어떤 소재(조사, 통계, 텍스트, 선행 논문 등)를 사용했는지를 명시하고, 그 출처가 어디인지, 그것의 어떤 부분을 인용했는지, 제삼자가 필요로 한다면 언제라도 확인할 수 있도록 그러한 것들을 논문에 정확하게 명시해야 한다. 논문에서 인용 방법이나 참고문헌의 예시 방법 등을 거듭 강조하는 이유가 바로 여기에 있다(제9장 참조).

— 와우, 복잡하네요! '동물에게 권리를 인정할지, 안 할지에 대해 당신의 생각을 자유롭게 쓰시오'라고 말하지만, 사실은 조금도 자유롭지 않네요. '자유롭게 쓰시오'라는 말은 거짓이네요.

— 그렇다. 자네 말이 맞다. 만약 '자유롭게 쓰시오'의 '자유'를 '마음대로'라는 의미로 해석했다면 '자유롭게 쓰시오'는 거짓이 되고 만다.

 '자유롭게 쓰시오'를 있는 그대로 받아들이는 것은 어리석은 일이다.

한석봉 군, 자네도 초등학교 때부터 '작문 교육'을 통해서 '자유롭게 서술하시오'라는 말이 거짓말이라는 것을 이미 알고 있을 것이다.

예를 들면 "수학여행에서 느낀 점들을 자유롭게 서술하세요", "아무거나 적어도 괜찮나요?", "좋아요. 생각나는 점들을 생각나는 대로 솔직하게 적으세요"라고 말하는 것을 그대로 받아들여서 다음과 같이 작문을 한 학생이 있다고 하자.

"수학여행의 마지막 날은 도쿄 디즈니랜드에서 자유 시간을 가졌다. 나는 미국에 살았을 때, 몇 차례 마이애미와 캘리포니아에 있는 디즈니랜드에 간 적이 있었기 때문에 별로라고 생각했다. 마이애미나 캘리포니아와는 달리 잔뜩 찌푸린 하늘, 지저분한 체육복을 입고 단체로 움직이는, 뭐라 말할 수 없는 기묘함이 있었다. 같은 반 친구들은 '평생의 추억이 될 거야'라고 말하면서 들떠서 떠들었지만 나는 그저 별로라고 느꼈다."

— 하하, 아무리 생각해도 이렇게 글을 쓰면 곤란할 거 같아요.

— 왜? 생각한 점들을 자유롭게 기술한 것인데.

— 아니, 아무리 자유롭게 쓰라고 했어도 통상 이러저러한 느낌들을 써야 한다는 주문이나 암묵적인 이해가 있잖아요. 예를 들어, "재미있었다. 중학생 때의 추억 속 친구들을 만나서 좋았다. 모두가 고마웠다"와 같은 거 말이에요.

— 그래, 맞아. 그래서 논문을 쓸 때 자유롭게 쓰라고 하더라도 논문이 되기 위한 최소한의 조건은 갖추어야 한다. 물론 수학여행 감상문과 달리, 논문의 틀이란 어쩌면 문장을 쓰는 방법이나 형식에 대한 것이기 때문에 내용이나 쓰는 사람의 생각까지 제한하는 것은 아니다. 이 점을 분명히 이해하기 바란다.

그렇다면, '자유롭게 논문을 쓰시오'라는 것은 어떤 의미일까?

— 이렇게 많은 조건이 있는데, 논문을 '자유롭게 쓰시오'에서의 '자유'는 어떤 의미인가요?

— 동물의 권리를 인정해야 할지, 말아야 할지에 대해 자유롭게 작성하라는 과제를 예로 들자면, 여기에서 '자유'가 의미하는 것은 우선 자네가 내린 결론이 '권리를 인정한다'와 '권리를 인정하지 않는다' 어느 쪽이든 상관이 없다는 뜻이다. 이와 관련한 주제에 대해 연구해 온 학자들의 주장을 옹호하는 내용을 작성해도 좋고, 반대로 누군가의 의견에 대한 반론을 작성해도 좋다. 다만 스스로 찾으라는 것이다. 어떤 소재, 즉 어떤 통계나 조사 결과를 사용해도 좋으니 스스로 찾아라. 모은 자료를 사용해서 제대로 논증만 한다면 어떤 방식이라도 좋다는 것이다.

자신이 작성한 성과를 보편화한 형태로, 즉 타인이 확인할 수 있는 형태로 정리해서, 자신의 글에 대해 스스로 그 결과에 따른 책임을 지라는 것이다. 자신의 글에 틀린 부분이 있다면 "틀리잖아! 멍청아"라는 말을 듣게 되거나, 또 스스로 생각한 '논증'을 통해 그 주장이 확고하게 뒷받침될 수 없다는 것이 드러났다면, 당신이 작성한 논증 과정에 대해 다음과 같은 평가를 들을 수도 있다. "머리에 문제 있는 거 아니야? 바보 같은 녀석!" 이것은 자네 자신이 부주의해서 생긴 결과에 대해서는 스스로 책임을 져야 한다는 정도의 의미로 받아들이면 될 것이다.

— 너무 심한 표현은 그만두세요! 그나저나 자유롭게 하라는 말은 골치가 아프네요.

— 그것이야말로 자유에 대한 고전적인 해석이 아닐까? 하지만 앞에서 말한 것처럼 논문을 쓴다는 것은 '어이, 자네. 자네도 머리가 제대로 된 사람이라면 나와 같은 결론을 받아들이지 않으면 곤란하지'라고 자신의 생각을 보편화시켜서 주장하는, 어떤 의미로 매우 오만한 행위일 수 있다. 따라서 그만큼 책임도 따른다는 것이고, 그 책임을 자신이 받아들일 수 있는 용기가 없다면 평생 논문과는 담을 쌓고 살아야 할 것이다.

— 뭐, 논문을 쓰지 않고서도 살아가는 데 지장이 없다면 그 자체로 좋은 것이 아닌가요?

— 음, 그렇지. 타인에게 자신의 생각을 인정받을 수 있는 수단이 논문만 있는 것은 아니니까. 상대에게 공포심을 유발시켜 협박해도 좋고, 감정에 호소해서 눈물을 흘리게 할 수도 있다. 상대의 무지함을 이용해서 사기 치는 방법도 있기는 하지.

— 세뇌하는 방법도 있지요.

— 극단적으로는 그럴 수도 있지. 하지만 상대에게 공포심을 유발시키거나, 상처를 주거나, 한이 되게 하는 것과 달리, 상대의 이성에 호소하거나 설득을 통해 자신의 생각을 전달하는, 그러한 또 다른 능력을 하나 더 가지고 있으면 좋지 않을까? 나는 그런 방법이 가장 중요하다고 생각한다. 왜냐고? 그것만이 나와 상대방의 가장 대등한 소통 방식이기 때문이지.

— 아, 그렇군요. 그렇다면 지금 교수님께서 저에게 한 것은 협박인가요? 아니면 세뇌인가요?

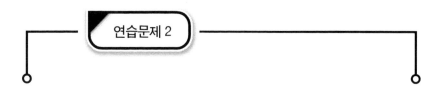

연습문제 2

(1) 다음 문장은 어디까지나 논문이 아니다. 어디가 논문과 다른지 생각해 보자.

　① 신문 칼럼(『조선일보』의 칼럼 「대통령의 결단」 등)
　② 독후감
　③ 영화 팸플릿에 게재되어 있는 '해설'

(2) 제1장에서 한석봉 군이 작성한 글(22~24쪽) 가운데 이 장에서 명확해진 '논문에 써서는 안 되는 것'을 모두 삭제해 보자. 분명 놀랄 것이다.

— 겨우 이만큼만 남는 건가요?
— 그게 바로 자네가 쓴 것이 논문이 아니었다는 증거다.

제3장

논문은 진행 순서도 중요하다

이즈미 마사유키(泉昌之)라는 작가의 최신작으로 「단도리 군」이라는 만화가 있다. 주인공 단도리 군은 생활에서 철저하게 쓸모가 있고 없음을 살피는 일에서 보람을 느끼는 인물로, 조금은 특이한 성격의 소유자다. 전철을 타고 내릴 때 역의 계단 위치와 가장 가까운 칸에서 타기 위해 언제나 같은 승강장에서 탑승한다. 또 도시락 반찬을 먹는 순서까지도 확실하게 정하고 먹는다. 그렇기 때문에 이성에게는 전혀 인기가 없다. 반대로 단도리 군의 라이벌인 '호쾌 씨'는 인기가 매우 좋다. 호쾌 씨는 단도리 군의 세심한 절차들을 그저 '쓸모없다'는 한마디로 잘라버린다.

호쾌 씨라면 이렇게 말할 것이다. "뭐, 『논문 작성법』이라고? 우스운 얘기지. 남자란 자고로 입이 무거워야 해. 말을 해야 할 때는 무서운 기세로 쏟아내겠지만, 그렇지 않을 때는 재잘재잘 대지 말고 입 다물고 있어야지. 이런 책을 읽고 조금씩 논문 연습을 한들, 그것이 무슨 의미가 있어. 매뉴얼을 읽고 간신히 쓴 논문이란 어차피 써도 그만 안 써도 그만 아닌가? 그럴 바에야 차라리, 단 한 번도 논문을 쓰지 않고 학교를 그만두겠다. 그러면 호쾌하고 좋지 않아? 와하하……."

3-1 논문을 작성할 때 호쾌 씨는 조금 곤란하다

호쾌 씨는 좋겠네! 난 선생이랍시고 "논문이란 생각하는 힘을 기르기 위함이야!"라고 하면서 거드름을 피우고 있지만, 실제로 지도하는 것은 콜론(:)이 아닌 세미콜론(;)을 써야 한다는 것을 지적해 주는 정도일 따름이다.

아! 못났다! 창피하네……. 이런 이유로 호쾌 씨처럼 논문지도를 할 수 있다면 정말 좋겠다는 생각을 해 보기도 한다.

― 스승님, 논문 다됐습니다. 봐 주십시오!
― 음, ……(대충 읽은 후에 갑자기 북북 찢는다.)

— 아…… 마음에 안 드세요?

— 맘에 들고 말고의 문제가 아니야. 내 눈을 의심할 정도로 엉터리 논문이라고밖에 설명할 길이 없어.

— 그렇다면 어디를 어떻게 고치면 되겠습니까?

— 이 어리석은 녀석아! 논문은 배워서 쓰는 것이 아니야! 연구실 청소라도 하지그래!

여기서 말하고 싶었던 것은 즉, 이런 거겠지.

 철칙 12   논문 쓸 때는 모양새는 좀 그렇지만 단도리 군처럼 행동하자.

한석봉 군은 제출 전날까지 아무것도 하지 않다가 갑자기 컴퓨터 앞에 앉았다. 그 점은 매우 호쾌 씨와 닮았다. 거기서 파도가 밀려오듯이 단어가 떠올라야 했겠지만, 그런 일은 피터 싱어의 영혼이 깃들지 않는 한 일어나지 않는다. 그래서 어쩔 수 없이 불합격인 것이다. 만화 속 호쾌 씨는 멋있지만, 논문 쓰기에서의 호쾌 씨는 그저 그런 존재로 보인다. 비록 우리 인생의 신조는 호쾌 씨의 노선을 추구한다고 하더라도, 논문을 쓸 때만큼은 단도리 군을 보고 배우는 것이 좋을 것 같다. 본장에서는 논문 쓰기의 진행 순서를 어떻게 정하면 좋을지 살펴보자.

3-2 [진행 순서 1]
과제의 취지를 잘 이해하기

다시 한 번 19쪽으로 돌아가서 한석봉 군에게 주어진 4가지 과제를 확인해 보자. 확인했나? 그렇다면 이야기를 계속 진행하겠다.

－ 한석봉 군은 (3)을 선택한 것이 결국 문제가 된 것이다.

－ (3)이라면 자신의 생각을 적으면 된다기에 어떻게든 될 것이라고 생각했지만, 너무 쉽게 생각한 것으로 판단됩니다.

－ 실패의 원인이 어디에 있다고 생각하지?

－ 평소에 동물의 권리에 대해 다양한 생각을 해 보았다면 좋았겠지만, 아무 생각이 없었기 때문에 쓸 만한 내용을 찾지 못했다고나 할까요?

－ 음. 이 과제의 경우 다음 번호로 갈수록 점점 어렵게 되어 있다는 것을 파악하지 못한 점이 오류의 원인이다. 그런 가운데 하룻밤 지나면 어떻게든 될 수 있는 것은 (1)뿐이다. 그것은 아마도 자네 선생님이 어떻게든 한석봉 군 같은 학생들에게도 성적을 주기 위한 심정으로 첨가한 보너스 문제였겠지.

논문 과제를 몇 가지 유형별로 구분해 보자. 자신에게 주어진 과제가 어떤 유형인지를 아는 것은 매우 중요하다. 과제 유형에 따라 논문의 목적이나 구성이 결정되고, 논문 집필 작업의 진행 순서 또한 바뀌게 된다.

논문 과제는 다음과 같이 4종류로 나눌 수 있다.

- 보고형 과제
  ① 읽고 보고하는 형태
  ② 조사해서 보고하는 형태
- 논증형 과제
  ③ 주어진 문제 속에서 논하는 형태
  ④ 질문을 자신이 세워서 논하는 형태

여기에서 한석봉 군에게 주어진 과제 (1), (2), (3), (4)는 제각각 ①, ②, ③, ④에 대응한다. 이 가운데 가장 어려운 과제는 물론 ④다. 즉, 문제를 자신이 세우고 논하는 논증형 과제인 것이다. 학위논문이란 이 과제가 확대되어 거대해진 형태라고 이해하면 된다.

- 제2장에서 교수님은 논문에는 '문제와 답과 논증'이 없으면 안된다고 말씀하셨지요? 그렇다면 읽거나 조사해서 보고하는 것은 논문이라고 할 수 없지 않나요?

- 그렇다. 따라서 정확히는 이 4가지 과제 가운데 논문을 쓰는 과제에 해당하는 것은 (3)과 (4)라고 할 수 있다. 보고형 문장은 '리포트'에 해당한다고 할 수 있다. 하지만 어떤 논문을 쓰더라도 자기주장의

논거를 위해 여러 가지 자료나 통계를 조사하거나, 선행연구, 비판하고자 하는 상대의 주장을 정리하는 작업이 반드시 필요하다.

— 이 말은 (3)이나 (4)의 과제를 하려면 결국 (1)이나 (2)를 위한 작업도 병행해야 한다는 의미겠네요.

— 그렇지. 오늘 한석봉 군은 희한하게도 이러한 점들을 잘 이해하는 편이군. (1)은 그런 필수적인 작업만 하면 되고, 무엇을 읽으면 좋을지까지도 나와 있는 아주 바람직한 과제였던 것이다. 그렇다면 가장 어려운 과제인 (4)의 경우, 집필까지 어느 정도의 진행 과정이 필요한지에 대해 살펴보도록 하자. (1), (2), (3)은 그 일부에 해당하기 때문에 (4)를 통해 살펴보자.

3-3 [진행 순서 2]
테마를 알 수 있게 하는 자료를 찾아서 읽기

— 무엇보다 평소에 문제의식을 갖고 있어야 한다는 결론인가요?

— 음, 그게 어렵지. "요즘 학생들에게 요구되는 것은 바로 문제의식이야. 문제의식을 가져라!"라고들 하지만, 뭔가 민달팽이에게 "자네들이 달팽이라면 집도 가지고 있어야 하는데 창피하지 않아? 더욱더 높아지려는, 나아지겠다는 마음을 가져야 하지 않아?"라고 설교하는 것 같아! 문제의식이라는 것이 반복해서 얘기한다고 해서 되는 것도 아니고, 세상에는 이미 널려 있는 문제가 너무 많아. 그렇다고 매사에 항상 문제의식만을 가지고 살아간다면 그야말로 몸은 견디기 어려울

정도로 피곤할 것이다. 따라서 논문 쓰기에서 중요한 것은 문제의식이 있느냐 없느냐가 아니라, '문제의식이 있는 척을 할 수 있느냐'의 문제일 것이다.

　－ 오호~ 그 정도로만 해도 되나요?

 철칙 13　문제의식을 갖기 위해 어떻게 하면 좋을지에 대해 생각하기보다는 문제의식을 조작*하는 방법에 대해 착안하자.

　－ 그럼, 생명윤리에 관한 주제에 대해 자유롭게 논하라는 것이 과제였다. 자, 어떻게 하면 되지?

　－ 우선 이와 관련된 책을 찾아야겠지요?

　－ 정답이다. 우선 『생명윤리』 관련 제목의 도서, 백과사전이나 철학사전의 생명윤리 항복 정도일 것이다. 자네가 착실하게 수업에 임했다면 수업노트도 참고 자료가 된다.

　－ 아, 그것은 무리인데요.

　－ 아, 그래……. 철학 관련 총서 가운데 생명윤리 분야를 보면 어떠한 문제들이 있는지, 그 해결을 위한 선택지로는 어떠한 방향이 제

---

* 조작(造作): 사실이 아닌 것을 사실처럼 꾸미다.

시되어 있는지에 대해 알 수 있다. 그런 지식이 자신의 문제를 도출해 내기 위해서는 필수적인 것들이다. 그런 점에서 어쨌건 과제가 나오면 바로 도서관으로 달려가거나 책방에 가서 총서를 한 권 정도 구입해서 집에 가야 하지 않을까? 그리고 우선 그것을 빠른 속도로 읽는다.

도서관 이용법

아무튼 수많은 책이 있는 도서관은 논문 쓰기에 최적의 공간이다. 게다가 최근에 특히 대학 부속 도서관은 학생들의 학습 지원을 위해 최선의 노력을 기울이고 있다. 그중 하나가 '패스파인더(pathfinder)'로 서 이를 번역하면 '길잡이'라는 뜻이다.

도서관에는 서적이나 잡지 외에도 수많은 자료가 쌓여 있지만, 그 가운데서 자신이 쓰고자 하는 논문의 테마와 관계되는 정보를 찾아낸다는 것은 쉬운 일이 아니다. 그런데 패스파인더는 주제별로 어떤 참고자료가 있는지를 정리하여 제시해준다. 대개의 경우, 대학도서관의 웹사이트에서도 이용할 수 있다. 예를 들어, '생물의 다양성'을 검색하면 이 단어의 의미를 시작으로 도서관에 입고되어 있는 관련 도서, 잡지 및 신문 기사, 비디오, DVD, 인터넷 기사 등의 정보가 나타나는 시스템이다. 아직은 개발 중인 관계로 모든 항목에 대해 정비되어 있지는 않지만, 논문 작성 초보자에게는 많은 도움이 된다.

백과사전 이용법

자네가 소속된 대학도서관의 패스파인더에 접근이 어렵다면, 참고 도서 코너(또는 레퍼런스(reference) 코너)에서 찾는다. 그곳에는 수많은 사전, 백과사전, 전문 분야의 사전이 갖춰져 있다. 이것을 통해 논문 자료를 찾는다면 많은 도움이 된다. 최근 백과사전을 집에 구비해 두는 경우는 거의 찾기 어렵다. 자리만 차지하기 때문이다. 도서관에는 그 것들이 비치되어 있고 하물며 무료이니 이용해 보면 좋을 것이다. 단, 백과사전을 읽을 때 주의할 점이 있다.

① 관련 항목을 찾아서 읽는다

현재 목표는 한 가지 항목이 갖는 의미만을 찾는 것이 아니다. 어디까지나 특정 분야의 개괄적인 상황을 아는 것이 목적이다. 되도록 많은 관련 항목을 찾아서 읽어야 하는데, 그렇다면 다음과 같은 방법으로 읽으면 된다. 우선 '생명윤리'나 '동물해방론'도 좋으니 하나의 항목을 찾아 읽는다. 그렇게 하면 개괄적으로 해당 항목의 서술 마지막 부분에 '이 부분도 읽으시오'라는 형태로 연관된 항목이 나와 있다. 예를 들어, '→ 피터 싱어 , 장기이식, ……'과 같은 형태다. 거기에서 그와 관련된 항목도 읽는다. 그것을 반복해 가다 보면 그 분야의 중요한 항목을 개괄적으로 파악할 수 있다.

② 색인(索引, index)을 활용한다

원하는 단어를 찾아봐도 나와 있지 않을 때가 있다. 그때 편리하게 사용할 수 있는 것이 색인이다. 대부분 종합 백과사전의 경우 별책이나 최종권이 색인으로 되어 있다. 색인에서 찾고자 하는 단어를 찾았을 때, 그 단어가 사전 항목에 없더라도 그것과 관련된 항목을 가르쳐준다. 그러한 관련 항목을 세부적인 것으로부터 찾아 읽어 간다면 계통적인 지식을 얻을 수 있다.

③ 참고문헌 제대로 알기

대부분 사전에는 말미에 참고문헌이 제시되어 있다. 그것은 그 항목을 알기 위한 가장 기본적인 문헌인 경우가 대부분이다. 이와 같이 사전은 읽어야 할 책도 알려준다.

이렇게 사전은 잘 이용하기만 하면 많은 지식을 얻을 수 있다. 그렇다고 하더라도 사전이 가져다주는 것은 최소한의 지식이라는 점을 잊어서는 안 된다. 기본적인 문헌이 무엇인지, 어떤 인물이 중요한 인물인지, 그밖에 어떤 주제와 연관되어 있는지 등 그런 점들을 알아보기 위한 목적으로 사전을 활용하자.

인터넷상의 정보 이용법

— 위키백과(Wikipedia)는 사용해선 안 되나요?

— 논문을 쓰기 전에 어떠한 것들이 문제가 되고 있는지 개괄적으로 알기 위한 목적에 한정해서는 물론 사용해도 크게 문제가 되지 않는다. 계속 클릭해 가면서 관련 항목을 살펴볼 수가 있고, 그에 대한 지

식도 확장된다는 점에서 아무튼 편리한 것이기 때문이다.

— '한정해서'라는 것은 그 밖의 용도로는 사용하지 않는 것이 좋다는 의미인가요?

— 그렇지. 논문에서 무언가를 논증할 때 논거나 전거(典據), 인용문헌으로서는 아직 사용하기에 부적절하다. 물론 이후에 더 나아질 수는 있겠지.

— 신뢰하면 안 된다는 것인가요?

— 그렇다. 항목에 따라 차이는 있겠지만. 인터넷으로 같은 단어를 한국어판과 영어판에서 찾아 비교해 보기 바란다.

— 음. 영어판에 내용이 더 많고, 그림 자료도 많네요.

— 그런 초등학생도 알 만한 것들만 지적하지 말고 좀 더 자세히 봐.

— 그밖에 어떠한 차이가…… 아, 영어판에는 주가 아주 많이 붙어 있는데 한국어판에는 거의 없네요.

— 그런데 영어판 주에는 뭐라고 쓰여 있지?

— 여러 가지 쓰여 있는 것 같은데 읽기가 쉽지 않아서……. 출전인가 봐요? 책의 제목과 쪽수가 적혀 있는 것 같아요.

— 한석봉 군은 위키백과를 자주 쓰는 것 같은데, 혹시 공식 지침을 읽어본 적이 있나?

— 아니요, 없어요.

— 그렇겠지. 하지만 한 번쯤은 읽어보는 것도 좋다. 그중 "누구나 믿을 수 있는, 신뢰할 수 있는 출처가 주제와 관련된 내용을 상세하게

설명한 글이 있어야 합니다"라는 곳에는 이러한 것이 적혀 있다. "신뢰할 수 있는 출처는 해당 주제와 관련된 믿을 수 있다고 여겨지거나 권위 있는 출판물을 말합니다. 신뢰성의 평가는 그 내용에 대한 고려와 함께 저자와 간행물의 신용에 의존합니다. 신뢰할 수 있는 출판물은 사실의 검증과 편집상 감독 체계가 확립되어 있어야 합니다. 문서는 신뢰할 수 있는, 사실 확인과 정확성에 평판 있는 제삼자의 출간된 근거에 의존하여야 합니다. …… 위키백과의 모든 문서들은 중립적 시각에 충실하여야 하고, 신뢰할 만한 출처에 공표된 다수의 관점과 주요한 소수의 관점을 공평하게 제시해야 합니다." 하지만 이것이 한국어판에서는 그렇게 철저하게 지켜지지 않고 있다. 따라서 적어도 한국어판은 아직은 그 수준이 떨어진다고 볼 수 있다.

― 그 의미는 위키백과의 기사를 사용해서 논문을 쓰면 안 된다는 것인가요?

― 어떻게 '사용'하느냐에 따라 다르다. 앞에서 언급했듯이 패스파인더와 같이 사용하는 것은 좋다. 하지만 논의의 논거나 전거로써 사용하기에는 많은 주의가 필요하다. 가능하다면 위키백과 기사의 원전을 사용하는 것이 좋다. 서적이라든지, 예를 들어, 위키백과의 천문 관련 기사의 원출처가 국립천문대나 나사의 웹사이트 기사였다고 하자. 그렇다면 위키백과의 기사를 사용하기보다는 원자료(1차 자료)가 더 신뢰성이 높기 때문에 그것을 사용하는 것이 좋다.

― 뭔가 복잡하네요. 위키백과를 사용하면 쉬울 것이라고 생각했는데…….

— 잠깐, 자네는 대학생이다. 모두가 인정하는 '지성인'이다. 자네들은 위키백과의 사용자로서, 조사하는 번거로움을 피하고 요령을 피울 때가 아니지 않은가? 오히려 자네들은 자신이 공부한 전문지식을 살려 위키백과를 보다 좋게 만들어가는 편에 서야 하지 않을까?

인터넷상의 정보를 이용할 때 주의할 점

① 한국어판과 영어판 등 복수의 소스를 참조해서 진위 여부를 확인한다.
② 1차 자료(공적인 기관이나 연구 기관의 홈페이지, 서적, 논문)에 가까우면 가까울수록 신뢰성이 높다.
③ 출전이 나와 있는 홈페이지가 신뢰성이 있다.

요약하자면, 적절하게 권위주의와 회의주의가 혼합되어야 한다고 할 수 있다.

3-4 [진행 순서 3] 문제를 도출해 내기 위해 기본 자료 다시 읽기

찾아야 하는 '문제'는 어떤 것?

'문제'라는 말은 문제로 보이지만 문제가 아닌 것도 있기 때문에 매우 까다롭다. 이것은 '……은 무엇인가?'와 같은 형태를 띠고 있다. '어!

이건 의문문이니까 문제가 맞지 않아?라고 생각할지도 모른다. 하지만 그렇지 않다. 이 '……'의 부분에 여러 가지 말들이 들어가면 질문 비슷한 것이 된다. 그리고 그것이 복잡할수록 '철학적'인 문제로 드러난다. 한번 살펴보자.

"'권리란 무엇인가', '예술이란 무엇인가', '나는 누구인가', '시간은 무엇인가' …… 너무 복잡한 '존재란 무엇인가' 와우! 철학적이다." 라고 즐기고 있을 때가 아니다. 이런 것은 '존재란 무엇인가? 그것은 음……'과 같이 답할 수가 있는 질문일까? 이런 제목이 붙은 책들이 버젓이 유명 서점에 깔려 있다고 해서 제대로 된 고급 질문이라고 생각해서는 안 된다. 오히려 그것들은 수많은 복합적인 질문으로 붙여진 표제어라고 생각해야 한다.

예를 들어, '예술이란 무엇인가?'라는 질문은 '아름답지 않으면 예술이 될 수 없는가?'라든지 '원본 작품과 그 복제품은 무엇이 어떻게 다른 것인가?', '예술의 가치는 문화에 상대적인가 아니면 문화를 초월한 것인가?', '변기를 미술관에 진열했다면 그것은 예술인가?', '그 변기를 10억 주고 샀다면 나는 어리석은 판단을 것인가?'와 같이 무수한 세부적인 질문들에 답해가는 수밖에 없다. 그야말로 하나의 논문, 한 권의 책으로 답변해 낼 수 있는 질문이 아닌 것이다.

따라서 자네가 찾은 질문이 '……란 무엇인가'의 형식을 띠고 있다면, 그것은 아직 자네가 질문에 도달하지 못한 것이라고 생각하는 것이 맞다. '……란 무엇인가'처럼 모호한 질문을 바탕으로 보고서를 쓰기 시작하기 때문에 '……이란 무엇일까. 국어사전을 찾아보았다'와 같은 문장이 만들어지는 것이다. 그리고 공교롭게도 자네 담당 교수님이 자주 출제하는 논문 과제가 이러한 질문과 크게 다르지 않을 때가 있다. '국제화에 대해 논하시오', '과학의 의미에 대해 자유롭게 서술하시오' 등의 과제는 상당히 모호한 것이다. 너무 막연해서 그대로는 답변하기가 어렵고, 그러한 지나치게 복잡한 문제를 논문으로 작성할 수 있도록 세부적인 문제로 만드는 것 또한 학생의 책임이라는 말이 된다. 긍정적으로 해석하면 자네의 담당 교수님은 문제를 세분화시키는 작업까지도 포함해서 과제를 낸 것이다. 그렇다면 어떻게 하면 논문으로 적절한 분량의 문제를 찾을 수 있을까?

자네에게 우선 총서를 읽을 것을 권했다. 총서라면, 하루 안에 읽을 수 있다. 생명윤리학을 예로 든다면, 생명윤리학에서 어떤 것들이 논란이 되고 있는지 개괄적인 내용이 잡힐 것이다. 그렇다면 한 번 더 읽어 볼 필요가 있다. 같은 책을 읽어도 좋고, 비슷한 내용의 다른 책이라도 좋다. 반복해서 읽으라고 하는 것이 '독서백편 의자통(讀書百遍 意自通)'을 실천하라는 것은 아니다. 처음에는 그 분야를 대강 알기 위해서 읽는 것이고, 다시 읽을 때는 그 목적이 달라지게 된다. 다시 말해 논문의 '주제'를 찾기 위해서 읽는 것이다. 이제 생명윤리의 개괄적인 내용은 알았기 때문에 그 논지를 충실히 따를 필요는 없다. 오히려 다음과 같은 부분을 찾아내서 체크하기 위해 읽는 것이다.

요점 체크 부분

①**눈이 확 뜨임**: 아! 그런 것이었나! '몰랐던 것을 알게 되는' 부분.

②**적극 동의**: 그래 맞아. 나도 진작부터 그렇다는 생각을 했었어. '적극 동의하는' 부분.

③**납득이 안 감**: 어? 어딘가 이상한데 어째서 얘기가 이렇게 되지? '납득할 수 없는' 부분.

④**적극 반발**: 이게 뭐야! 난 절대 인정할 수 없어! '적극 반발하는' 부분.

이 중 하나를 찾는다면 잘한 것이다. 그것이 자네가 작성하게 될 논문의 주된 이슈를 찾는 힌트가 될 것이다.

빨간 선을 긋는 것보다 붙임쪽지(포스트잇)가 도움된다

— 그런데 책을 읽을 때 선을 그어가며 읽는 편이 좋을까요?

— 그것은 사람에 따라 다르다. 나는 선을 그으면서 읽는 것은 왠지 편협해지는 것 같아서 좋아하지 않는다. 옛날에 가까운 헌책방에서 철학책을 샀는데 자를 사용해서 꼼꼼하게 빨간 선이 그어져 있었다. 거의 모든 행에 거쳐 그어져 있었는데, 도중에 그렇게 하는 것이 형편없다고 생각했는지 항상 수십 쪽 이후에는 선이 보이지 않았다. 왠지 좀 스럽다는 생각이 들어서일까.

— 어딘가 중요하다고 생각되면 즉각 여기저기 선을 긋는 것이 아닐까요?

— 그렇다. 누군가가 책을 읽다가 자신이 흥미를 느끼는 부분에는 빨간 선을, 그 분야의 기본적인 사항, 개념 부분에는 청색 선을, 자신이 모르는 말이나 모르는 단어에는 녹색 선을 긋는다고 해서 의아했던 적이 있었다. 그것을 똑같이 따라 했더라면 아마도 온통 선들로 덮여서 어디가 어떻게 중요한지 전혀 알 수 없게 될 거라고 생각했기 때문이다. 그래서 나는 붙임쪽지를 사용했다.

— '붙임쪽지'가 뭔가요?

— '포스트잇'이라는 이름으로 판매되고 있지. 좁고 길게 자른 종인

데 끝 부분에 접착제가 발려 있어서 쉽게 떼고 붙일 수 있다. 그것을 앞에서 소개한 '요점 체크' 부분에 붙여두었다. 내 책상에는 붙임쪽지가 밖으로 나와 있는 책들이 수없이 쌓여 있다. 그것을 보면 내가 얼마나 열심히 연구하고 있는지를 알 수 있어서 뿌듯하기도 하다.

　— 결국, '당신을 10배 지적으로 보이게 하는 남자의 필승 아이템, 붙임쪽지를 써서 그녀를 차지하는 궁극적인 자기 연출법!'이라는 것인 가요?

　— 자네, 정말 별 볼 일 없는 잡지를 많이 읽고 있는 것 같은데!

3-5 [진행 순서 4] 물음을 제대로 정식화하기

　문제를 스스로 구성하는 논증형 과제에서 가장 중요한 것은 바로 이것이다. '눈이 확 뜨임'·'적극 동의'·'납득이 안 감'·'적극 반발' 어떤 것도 좋으니, 가장 임팩트가 강하다고 생각되는 화제를 하나 선택한다. 그리고 나서 그 화제를 논문의 중심이 되는 '물음' 형태로 만들어 잘 가다듬는다. 이 작업을 '물음의 정식화'라고 한다.

　이러한 정식화를 소홀히 하면 어떻게 될까? 어렵사리 찾아내서 '적극 동의'의 형태로 자네가 화제를 찾는다고 하더라도, 그 상태로는 『생명윤리학』에 의하면 그러저러하다고 할 것이다. 나도 그러한 의견에 기꺼이 동감한다. 끝'과 같은 형태밖에는 되지 않는다. 지금 하고자 하는 것은 문제의식이 없는 자네가 어떻게 해서든지 논문의 주제가 될 만한 물음을 끄집어낼 수 있게 하는 것이다. 그러기 위해서는 그 나름의 방법이 필요하다. 어떻게 하면 좋을까?

예를 들어, 자네가 『생명윤리학』의 동물해방론 부분에서 소개되는 피터 싱어의 생각, 고등동물의 권리를 인정하자고 하는 주장에 '적극 동의'했다고 하자. 이때 논문의 화제(topic)는 우선 '동물의 권리를 인정해야만 하는가?'라는 물음의 형태라고 하자. 이것이 자네 논문의 중심 화제가 된다. 돌이켜 보면 (3)의 과제는 여기까지 만들어져 있기 때문에 (4)보다는 훨씬 쉬운 과제라고 할 수 있다. 만약 납득이 가지 않는 부분을 찾았다면 훨씬 상황이 좋다고 할 수 있다. 뭐니 뭐니 해도 납득이 가지 않는 것이야말로 우리를 사고의 세계로 이끌기 때문이다.

예를 들어, 책을 읽고 '왜 싱어는 동물에게까지 권리를 확장시키면서, 뇌사한 사람이나 태아에 대해서는 권리를 인정하지 않는 것일까? 한쪽은 권리를 확장하고 한쪽은 축소한다면 이치에 맞지 않은 것이 아닌가?'와 같이 뭔가 마음에 걸리는 부분이 있다면 그것은 아주 잘된 일이다. 이것이 그대로 논문에서 다루는 문제가 된다. 막연한 생각에서 문제의식을 통해 '물음'을 도출해내는 과정에 대해서는 제2부에서 상세히 다루기로 하자.

잊지 말아야 할 것은 총서를 읽는 단계에서 나름의 관점을 갖고 책을 반복해서 읽고 '요점 체크 부분'을 찾는 작업을 거쳤기 때문에 이러한 문제를 예리하게 끄집어낼 수 있는 것이다. 수업에 대한 마무리로 작성해야 하는 논문은 다루는 주제가 제한될 수 있기 때문에 이미 그 분야에 대해 알기 쉽게 쓴 서적을 통해서 문제를 끄집어낼 수 있는 것이다.

학위논문에서의 문제 구성 방법

여기서 조금 벗어나 학위논문의 경우 문제를 어떻게 엮어 나갈 것인가에 대해 다루고자 한다.

많은 학생들은 학위논문이기 때문에 지금까지 강의 시간에 제출한 논문과는 다르게 방대한 논문을 써야 한다고 생각하는 것 같다. 따라서 비교적 큰 주제를 세우곤 하는데, 그렇게 하지 않으면 대략 원고지 100장도 작성할 수 없다고 생각하는 것 같다. 바로 여기에 함정이 있다. 내 경험에 비추어 보았을 때, 주제를 너무 크게 세워서 제대로 문제를 엮어내지 못하는 학생들의 경우 대체로 말도 안 되는 논문을 써버리고 만다.

대학생활의 마지막을 장식하는 논문이라는 점에서 어찌 되었건 스스로 해냈다고 생각할 수 있는 것을 쓰고 싶은 마음이 누구에게나 있지 않을까? **그렇다면 '겨우 이렇게 작은 문제를 가지고도 괜찮을까?'라고 생각할 정도로 문제를 축소하는 것이 무엇보다 중요하다.** 작은 물음으로부터 시작하여 부딪치며 진행된 문제는 점점 심화시킬 수가 있다. 심화시켜 가다 보면 의외로 확대되는 것이다. 반대로 거대한 문제로부터 시작한다면 결국 너무 막연하여 아무것도 쓸 수가 없는 지경에 이르고 만다. 그러면 여기에서 학위논문을 망치는 확실한 문제의 패턴을 찾아보고 이에 주의를 기울이도록 하자.

(1) 평생을 생각해도 답이 없을 것 같은 거대한 문제

- 근대란 어떤 시대인가

- 권리란 무엇인가

(2) 실마리도 연구 방법도 결국에는 없는 문제

- 현대 젊은이들 문화의 특징은 무엇인가

- 미래의 대중음악은 어떻게 전개될 것인가

— 최첨단의 화제를 다루고 싶은 기분은 알겠지만, 그러한 화제는 선행연구도 없고 그 자체로 유동적이기 때문에 무엇보다 자네들의 역량으로는 연구할 수 없다.

- 한국어의 기원

- 된장을 끓여 만든 우동은 언제, 어떻게 시작되었는가

— 기원을 찾아가는 연구가 얼마나 어려운 문제인지 알아?

(3) 대체로 답이 없는 문제

- 팔리는 상품에는 어떤 특징들이 있을까

- 효과적인 광고란 무엇인가

— 이 정도 파악하는 것은 그리 어려운 문제가 아니라고 여기는데, 이는 컨설팅 문제에 관심을 갖는 학생들이 많기 때문이다. 아마도 취업의 영향일 것이다. 하지만 학위논문으로는 연결될 수 없다.

- 전자 네트워크 사회에서 보다 좋은 인간관계를 구축하기 위해서 어떻게 해야 할 것인가

　－ '보다 좋은 인간관계'에 대한 생각은 사람에 따라 서로 다를 것이다.

(4) 일 년의 집필 기간으로는 풀기 어려운 문제
- 헤겔 철학 연구

　－ 주요 저작을 읽는 것만으로도 일생이 걸릴 수 있다.

- 현대교육의 문제점을 어떻게 극복할 것인가
- 전후 대중문화의 전개 과정

　－ 시기와 장르를 좀 더 한정시키지 않으면 OUT!

어떤 주제가 학위논문으로 적절할 것인가에 대한 판단은 연구 활동을 해 본 적이 없는 자네들에게는 아마도 어려울 것이다. 따라서 지도교수와 잘 상의하는 것이 무엇보다 중요하다. 실제로 학위논문을 지도할 때 대부분의 경우 주제 설정에 시간이 많이 소요된다.

철칙 14　학위논문은 문제를 설정해서 엮어낼 수 있느냐에 따라 99%가 결정된다.

3-6 [진행 순서 5]
문제를 해결하기 위한 탐구 과정

　지금까지는 '문제를 찾기 위한 읽기'에 대해 설명했다. 그러기 위해서는 간단한 총서나 사전이 많은 도움이 된다. 이제부터는 '문제를 해결하기 위한 읽기'에 대해 논의하고자 한다. 문제를 해결하기 위해서는 보다 적극적으로 자료를 찾아야만 한다. 이제는 일반서나 사전이 아닌 전문서, 전문잡지, 또는 원서에 대해 적극적으로 검토해 볼 필요가 있다. 여기서는 이러한 작업에 필요한 노하우를 제시하고자 한다.

　우선 자신이 논문 안에서 다루려는 문제를 해결하기 위해서는 어떤 자료가 필요한지에 대해 생각해야만 할 것이다. 동물해방이라고 한다면 싱어가 중요한 인물이기 때문에 싱어와 관련된 단행본이나 논문이 있다면 많은 도움이 될 것이다. 물론 이에 반대하는 연구자의 논문도 읽어 둘 필요가 있다. 여기서 잠깐! 그전에 반대파에는 어떤 연구자들이 있는지 우선 찾아야 하고, 그로부터 기술의 설득력을 갖추기 위한 동물실험의 다양한 현상에 관한 자료를 적절히 활용한다면 이에 대한 생각이 확장될 것이다. 물론 이와 같은 문제를 모두 해결해 줄 수 있는 단 한 권의 책은 존재하지 않는다. 또한 수집한 자료 가운데 취사선택해야 하기 때문에 다양한 전문적인 자료를 폭넓게 수집할 필요가 있다. 그렇다고 해서 아무 자료나 마구잡이로 긁어모으는 것은 좋은 방법이 아니다. 여기에는 몇 가지 노하우가 있다.

본격적인 문헌 찾기 노하우

① 우선 자네가 다니는 대학 도서관으로 간다. 그곳에 구비된 컴퓨터에 앉아 도서 검색 시스템에서 도서명이나 키워드란에 '생명윤리'나 '싱어'라고 입력한다.

② 또는 도서관에는 '레퍼런스' 코너나 참고도서 코너가 있다. 거기에는 '저자명 총목록', '출판 연감', '국내 서적 총목록' 등 서적 목록이 있다.

③ 자신이 다니는 대학 도서관에 찾는 책이 없을 경우, 다른 대학의 도서관에서 대출받을 수도 있다. 어느 대학 도서관에 어떤 책이 있는지를 알려면 관련 데이터베이스로 단번에 OK!

④ 전문잡지(학회지)나 전문 상업저널(철학분야에는 『철학과 현실』 등과 같은 것)은 '생명윤리'나 '동물의 권리'라는 특집을 제작한 때가 있을 것이다. 그러한 특집호에는 관련 논문이 집약적으로 다양하게 게재되기 때문에 크게 도움이 된다. 우선 이러한 특집호가 있는지 없는지 찾아보자. 대부분의 경우 갑자기 전문잡지를 감당하기 어렵기 때문에, 전문 상업저널의 특집을 활용하는 것이 무엇보다 도움이 될 것이다. 이를 구하는 것은 그리 어려운 일이 아니다.

⑤ 한편 책은 제목으로 검색할 수 있지만 잡지 기사는 어떻게 검색해야 할까? 걱정은 그만! 든든한 우리 편이 있다. 도서관의 레퍼런스 코너에 있는 '잡지기사 색인'이 그것이다. 전문잡지에 실린 모든 제목, 저자, 페이지, 게재지를 알 수 있게 되어 있다. 최근의 논문에 대해서는 CD-ROM도 있으므로 컴퓨터를 이용해서 언제라도 검색이 가능하다. 이것으로 도움이 될 만한 논문을 찾고 도서관에서 입수하여 복사해둔다.

⑥ 이처럼 자료를 수집한다면 금방 방대한 논문과 복사물들이 모일 것이다. 그렇다면 '이것을 전부 읽어야 하나?'라는 불안감과 함께 걱정이 앞서게 될 것이다. 이때 이러한 걱정을 덜어주는 것이 바로 '초록'이다. 어떤 학회지든 각 논문 가장 앞부분에 개요를 간략하게 정리해 놓은 초록이 있다. 이것만 읽어도 해당 논문을 활용할 수 있는지에 대해 개괄적으로 판단할 수 있다.

⑦ '저널? 그런 구식 미디어 구질구질하지 않아?'라고 생각하는 사람도 있을 것이다. '지금은 인터넷 세상이니까 naver나 daum, google에서 검색해도 얼마든지 정보를 찾을 수가 있지 않나요?'라고 생각하는 사람은 시험 삼아 '동물의 권리'에 대해 검색해 보면 좋을 것이다. 물론 말도 안 되는 정보들이 쏟아져 나오겠지. 그중에서 어떤 것이 신뢰할 수 있는 정보일까? 자네는 판별이 가능해? 어느 정도 지식이 있다면 '벤담'이나 '공리주의'라는 키워드를 쳐서 검색하다 보면 비교적 괜

찮은 정보를 입수할지도 모른다. 하지만 그러한 지식이 부족한 자네에게는 인터넷이란 그야말로 '텅 빈 동굴'에 불과할 것이다. 그냥 그 정도로 해 두자. 문헌자료를 검색하는 방법에 대해서는 그것만 가지고도 책 한 권을 쓸 수 있을 것이다.

연습문제 3

이 연습문제는 현장 조사다. 인터넷에 접속해서 다음을 조사해 보자.

(1) 분명 송호근이라는 사람이 한국 사회와 시대정신에 대해 진단하면서 우리가 무엇을 잊고 사는지에 대해 썼던 것 같은데, 그것은 어떤 제목으로 어떤 잡지에 게재하였을까?

(2) 철학문화연구소의 잡지 『철학과 현실』에서 4시간 반 동안 16명이 벌인 토론 특집이 있었는가? 있다면 몇 년 몇 월호였을까?

(3) 국내에서 전자 서적 사정에 대해 누군가 발표한 것은 없는가?

'조사'의 함정

학위논문을 작성할 때는 특히 신경을 써서 제대로 된 조사가 요구된다. 앙케트 조사를 하거나 인터뷰를 하는 사람도 있을 것이다. 하지만 대다수의 사람이 그러한 자료 수집을 아주 안이하게 생각하는 경향이 있다. 심리학에는 심리학 고유의, 사회학에는 사회학 고유의 조사 방법론이 존재한다. 자신이 학위논문 수준의 조사를 수행하고자 할 경우, 각 분야의 조사 방법론에 대해 작성된 텍스트를 읽을 필요가 있다. 여기에서는 일반적인 사항에 대해 논의할 것이다.

우선 제대로 된 조사법을 공부하지 않는다면 결국 발이 묶일 것이다. 따라서 안이하게 '조사'해서 데이터를 모으려는 생각은 금물이다. 예를 들어, 주위 지인들에게 앙케트 조사를 실시한다고 해도 가치 있는 데이터를 얻기는 어렵다. 샘플이 무작위로 선택된 것이 아니라면, 데이터로서의 의미가 없기 때문이다. 더욱이 조사 방법 그 자체가 샘플을 편파적으로 만드는 경우도 있다. 휴대전화 문자 메시지로 '문자 메시지를 자주 사용하십니까?'라고 질문한다면 긍정적인 답변들만 모일 것이다. 또한 인터뷰에서 특정 답변을 유도하는 방식으로 질문한다면 그 데이터는 신뢰할 수 없게 된다.

3-7 교수와 가위는 사용하기 나름

— 지금의 단계에서 가장 도움이 되는 것은 사실상 교수님들의 조

언이다. 자네의 부모는 일정 금액을 수업료로 지불했을 것이니 교수를 어느 정도는 유효하게 활용해서 적어도 수업료만큼은 본전을 뽑아야지. 헉! 내 목을 내가 조르는 격이지만.

— 교수님에게 무엇을 물어보면 되나요?

— 어떤 자료가 있는지, 필독서는 어떤 것들이 있는지 등등. 다만 맨손으로 찾아가면 안 된다. 음료수 같은 것이 필요하지.

— 홍삼 드링크라든지.

— 개인적으로는 와인을 좋아하지만……. 하하, 농담이야! 여기서 말하는 선물이란 "여기까지는 스스로 했습니다"라고 말할 수 있는 그런 것들을 말한다. 예를 들어, 책을 한 권 가지고 와서 "동물의 권리문제에 대해 쓰려고 하는데, 이 책 다음으로 읽으면 좋을 만한 것으로 어떤 것이 있습니까?"라든지 "동물의 권리에 대해 싱어라고 하는 사람이 대표적인 연구자라는 사실을 알 수 있었습니다. 그래서 싱어의 동물해방론에 대해 해설한 논문을 추천해 주셨으면 합니다"라든지 이와 같은 것을 말하는 것이다. 어떤 교수님이건 이러한 질문에 답변을 안 해줄 순 없지! "아 그래, 웬만큼은 찾아보았구나. 그렇다면 다음에는 이런 것들을 읽으면 좋을 거야"라든지, 어쩌면 잡지 복사본 정도는 주실지 모른다. 어쩌면 "그래서 어떤 것을 쓸 예정인가?"라고 얘기가 시작되면서 논문의 아이디어 정도는 알려주실지 모른다.

— 그렇군요. 어딘가 대단히 훌륭한 학생이라는 느낌이 드는데요?

논문이란 '틀에 박힌' 문장이다

소칼의 패러디 논문

제2장에서는 논문을 '문제·주장·논증이 있는 문장'이라고 정의했다. 하지만 '나는 당신 앞에만 서면 위축이 돼. 왜일까? 당신이 나를 주시하고 있기 때문이지. 그리고 당신의 눈에서 100만 볼트의 광체가 나오니까……'라는 가사의 노래를 부르는 사람이 있다고 하더라도 아무도 '질문과 주장과 논증이 있네? 흔치 않은 좋은 논문이다'라고 말하지

는 않는다. 이 노래는 논문 형식을 갖추고 있지 않기 때문이다. 즉, 논문은 내용과 형식이 다른 글 장르와 구분된다. '논문'이란 글의 형식을 지칭하는 것이라고 해도 좋을 것이다.

그렇기 때문에 세상에는 '패러디 논문'이라는 것이 있다. 내용은 엉망이지만 논문의 형태를 하고 있다는 것만으로도 논문처럼 보이는 것이다. 그리고 이러한 패러디 논문이 때로는 강력한 무기가 되는 경우도 있다. 자네는 '소칼의 악행(Socal's Hoax)'이라는 사건에 대해 알고 있나? 뉴욕대학에 앨런 소칼(Alan Sokal)이라는 물리학자가 있었는데, 이 사람은 니카라과의 산디니스타 정권하에서 수학을 가르친 적도 있는 좌익 학자다. 당시 미국의 대학에는 '아카데믹 좌익'이나 '포스트모더니스트'라고 불리는 인문학계의 학자 그룹이 존재하고 있었다. 소칼의 눈에는 이 사람들이 괴테의 불완전성 정리나 양자 중력이라는 난해한 과학적 개념을 명확하게 이해하지 못한 채 논문을 화려하게 꾸미는 데에만 적용하여 공리공론만을 일삼으면서 놀고 있을 뿐, 현실적인 문제에 대해 올바르게 대응하려 하지 않는 것으로 보였다. 여기에서 소칼은 한 가지 장난칠 계획을 세운다. 그는 1996년에 「경계를 침범하는 것─양자 중력의 변형해석학에 대해서」라는 제목의 패러디 논문을 포스트모더니스트들의 핵심 잡지인 『소셜 텍스트』에 투고한다. 이 논문은 포스트 모던니스트들의 취향에 맞는 주장들로서 최첨단 과학적 개념들을 뿌려만 놓고 단지 반복하는 것일 뿐, 논문으로서는 완전히 사기적인 대물(代物)이었다. 그런데 아이러니한 것은 이 '논문'이 심사를 통과하여 게재(揭載)되고 만 것이다. 소칼은 자신의 논문이 패러디였다는 것을 다른 잡지에 폭로하면서, 포스트모더니스트들은 학문적 성실성이 부족하다고 비난하고, 포스트모더니즘은 벌거벗겨진 왕이라고 비판하게 된다.

패러디의 공포!

이러한 일들은 과학과 사회의 관계, '이과'와 '문과'의 관계, 학문적 성실성의 존재 가치 등의 문제를 생각하는 데 있어 매우 흥미로운 사건이다. 관심 있는 사람은 소칼이 쓴 『지적 사기』(한국경제신문사)와 이인식이 쓴 『통섭과 지적 사기』(인물과 사상사)를 읽어 보기 바란다.

특히, 이 사례에서 명심해야 할 것은 적어도 '논문'이라고 했을 때, 그것이 '패러디 논문'이라 할지라도 논문의 형식과 틀의 범주를 벗어날 수 없다는 사실이다.

4-1 우선 모방부터 접근해야 한다

— 한석봉 군이 '논문이 잘 써지지 않는다'고 고민한 원인은 우선 논문의 목적이 무엇인지에 대해 모르고 있었다는 것이 50%, 나머지 50%는…….

— 논문이 어떤 형태의 글인지 모르고 있었다는 것이지요?

— 그렇지. 그렇기 때문에 작성하기가 어려웠던 것이다. 그렇다면 이 점을 철칙으로 만들어 둘 필요가 있을 것이다.

철칙 15 논문이란 논문의 형식을 갖춘 글이다.

– 논문의 형태를 익히려면 어떻게 해야 할까요?

– 우선 모방을 하는 것이 좋을 것이다.

– 네? 그건 제1장에서 주의하신 표절이 아닌가요?

– 내용을 모방하는 것은 부적절하지만 여기에서의 모방은 형식 모방이기 때문에 문제 되지 않는다. 따라서 학회지에 실린 정리된 논문을 옆에 두고 그 형식을 참고해서 작성해 나가면 된다. '우선은 이러이러한 것들을 적고, 다음으로는 이러한 것에 대해서 언급해야 하는구나! 그리고 이러한 방식으로 인용해서……'와 같이 하면 되는 것이다.

– 제가 그런 연구자들이 쓴 글을 흉내 낼 수 있을까요?

– 의외로 간단하다. 왜냐하면 제대로 된 논문은 명확한 형태를 갖추고 있기 때문이다. 지난번에 한석봉 군은 술자리 모임에서 야구 선수의 타격 자세를 따라 한 적이 있지?

– 아, 추신수 선수 말인가요?

– 그래. 그런 흉내가 가능했던 것은 추신수의 타격 자세는 제대로 된 형태를 갖추고 있기 때문이다. 하지만 같은 과 동기인 홍길동 군의 타격 자세는 흉내 내기가 어렵지?

– 그 친구의 경우에는 자세가 엉망이고 자세라고 할 만한 것조차 없기 때문이죠.

— 그렇다. 그 자세라는 것이 곧 '형(型)'이고 '형식'에 해당하는 것이다.

철칙 16 형(型)을 익히려면 우선 흉내 내면서 따라 하는 것이 무엇보다 중요하다.

그것을 좀 더 멋지게 말하자면 '완전한 창조는 모방으로부터 시작된다'라는 우리에게 익숙한 문구로 표현할 수 있다. 그럼 이제부터 각자 실제 논문을 보고 그 형식을 배울 수 있도록 하자. 그럼 나는 여기서 이만 안녕!

4-2 논문의 구성요소는 5가지

아! 여기서 마무리할 수는 없지. 다음으로 논문의 형태란 어떤 것인지에 대해 설명해 보기로 하자. 그리고 끝으로 그 형태를 바탕으로 해서 작성하는 것이 어떤 의미를 갖는지에 대해 좀 더 생각해 보자!

논문이란 5가지 구성요소가 다음과 같은 순서에 따라서 배열되는 것이다.

```
(0) 제목, 저자명, 저자의 소속기관

(1) 초록

(2) 본론

(3) 결론

(4) 주·인용·참고문헌 일람
```

각각에 대해 순서대로 해설하면 다음과 같다.

좋은 제목과 안 좋은 제목

자네는 카피라이터가 아니므로 제목에 공들일 필요는 없다. 철칙은 딱 한 가지.

철칙 17 | 논문 제목에는 '이 논문을 읽으면 독자가 무엇을 알 수 있는가?'를 적는다.

한석봉 군이라면 '동물의 권리를 인정해야만 하는가'라는 제목에 이어서 이름, 소속(○○대학 공학부 전자공학과)을 적으면 된다. 개별 수업에서 작성하는 소논문이라면 뒤에는 학번을 쓰면 되고, 여기에는 해당 교수님들의 지시에 따르면 된다.

‘동물의 권리를 인정해야만 하는가.’ 이것은 매우 좋은 제목이다. 무엇이 문제가 되는지에 대해 분명하게 알 수 있기 때문이다. 나도 논문을 작성할 때 되도록 의문문 형식의 제목을 붙이는 편이다. 이러한 의문문 형식의 제목을 붙이면 그 문제에 대해 답변해야 하기 때문에 논문 내용도 분명하게 골격이 잡힌다.

반대로 안 좋은 제목은 다음과 같다. ‘동물의 권리를 둘러싸고’, ‘동물의 권리에 대해서’, ‘동물과 권리’, ‘동물·권리·행복’, ‘동물의 권리에 관한 고찰’, ‘싱어가 생각하는 동물의 권리 개념에 대해서’ 등의 제목이 그것이다. 이러한 종류의 제목은 문제가 겉돌기 때문에 무엇이 문제인지를 전혀 알 수가 없다. 이를 접하게 되는 독자들도 이 논문을 읽으면서 무엇을 알 수 있는 것인지 전혀 파악하기가 어렵다. 프로들도 마찬가지다. 특별히 쓰고 싶은 것도 없는데 논문을 써야 할 경우, 논문 흉내를 내야만 하기 때문에 그러한 제목을 붙이기 쉽다. 그런 논문은 대체로 ‘그래서 뭐라고 하는 거야?’라는 말을 듣기 십상이다.

4-3 초록이란 논문 내용을 요약한 것이다

3-6에서도 언급했지만 초록이란 논문의 내용을 한 단락 정도로 간단하게 요약하여 소개하는 ‘논문 개요’다. 학회지에 게재하는 논문의 경우에는 본문과 분리해서 제목 바로 아래에 넣는다. 때로는 초록 아래에 논문의 키워드를 제시하는 경우도 있다. 학부 졸업논문이나 석·박사학위 논문처럼 분량이 많은 논문의 경우에는 초록을 한 페이지 정

도 별도로 첨부하게 되어 있다. 그것은 연구자의 편의에 따라 정착된 방법이다. 논문은 전 세계에서 매일 엄청난 양이 작성되고 있다. "잠깐만! 다들 적당히 쓰자!"라고 말하고 싶을 정도다. 그것을 일일이 모두 읽는다면 몸이 견디어 낼 수 없을 것이다. 또한 마지막까지 읽고서 자신의 연구에 별다른 도움이 안 된다는 사실을 알게 되는 순간 낙심하고 말 것이다. 그러한 상황을 방지하기 위해 초록이 있는 것이다. 그것을 우선 읽어보고 본문을 본격적으로 읽어야 할지를 판단하면 되는 것이다.

초록에는 다음과 같은 항목이 포함되어야 한다. 논문 성격에 따라서는 모든 항목을 넣지 않아도 되며, 분야에 따른 차이도 있다. 그중에 반드시 넣어야 하는 항목을 ★로 표시하겠다.

초록에 포함시켜야 하는 것들

- ★ 논문의 목적(어떤 물음에 답하고 있는가 / 무엇을 밝히고자 하는가).
- ★ 논문의 결론(문제에 대해 어떤 답변을 제시했나 / 조사 결과 무엇을 알게 되었나).
- ★ 논문의 본론에서 어떻게 논리적으로 전개되었나?
- 문학작품, 예술작품 등에 관해 논하고 있는 경우, 다루고 있는 소재가 무엇인가?
- 무언가를 조사한 경우에는 조사 방법과 조사 대상.

이러한 이유로 초록은 다음과 같은 느낌의 문장이 된다.

리들리 스콧 감독의 영화「블레이드 러너」(1982년)에는 눈이나 시각에 대한 언급이 매우 자주 나온다. 본 논문은 그러한 시각에 대한 언급이 작품 전체 테마와의 관계에서 어떠한 의미를 갖는지 명확하게 하고자 한다[**논문의 목적**]. 이를 위해 우선 [**이하 논문의 전개**] 본 작품에서 시각, 눈과 관련된 장면을 가능한 한 추출할 것이다(제1절). 다음으로 상기 문제에 대한 답변으로, 눈은 안드로이드의 '만들어진 자아'를 물상화한 것에 지나지 않는다는 해석을 제안하고자 한다(제2절) [**논문의 결론**]. 마지막으로 이러한 해석을 제1절에서 추출한 각 장면에 적용함으로써 올바른 가설임을 검증한다(제3절).

　　수업 과제로 쓰는 논문에 초록을 붙인다는 것은 어딘가 믿음은 가지만 꼭 그렇게까지 할 필요가 있을까? 무엇보다도 전체 4,000자 정도의 짧은 논문에 400자 정도인 초록을 별도로 만드는 것은 이상하다고 생각하겠지만, 나는 오히려 쓰는 편이 좋다고 생각한다. 다만 학술논문처럼 본론과 분리하는 것은 아니다. 다음 예와 같이 '서론'과 같은 제목을 붙여 논문의 서두로 이용하면 좋을 것이다.

　초록을 쓰는 것은 두 가지 이점이 있다. 우선 교수 입장에서 보자
면, 이 논문에서는 무엇을 문제로 삼고, 무엇을 소재로 했으며 대략 어
떠한 결론이 도출되었는지를 즉시 확인할 수 있다면 그야말로 글을 읽
기가 수월할 것이다. 교수가 읽어야 하는 학생들의 논문은 상당히 많
다. 교수의 임무이기 때문에 참고 읽겠지만 무엇을 얘기하려는 것인지
알 수가 없는 '논문', 어디로 끌고 가려는지 알 수 없는 '논문'을 읽는 것
은 무엇보다 괴롭다. 한 편의 논문을 읽는 데 10분 걸린다고 하자. 그
10분이라는 시간은 허비 행콕(Herbie Hancock)의 연주 두 곡은 들을 수
있고, R. A. 라파티의 단편소설 한 편을 읽을 수 있는 시간이며, 컵라
면에 끓는 물을 부어놓으면 불어버리고 마는 시간이다. 이왕이면 논문
을 술술 읽고 싶고 읽어서 재미있다면 더욱 만족스러울 것이다. 만족
스러우면 물론 평가도 좋아진다. 논문에 대한 평가가 좋으면 당연히

학생들도 기뻐할 것이다.

더욱이 쓰는 입장에서도 초록을 제시한다는 것은 의미가 있다. 자신이 이 논문에서 무엇을 쓰려고 하는지에 대해 알고는 있었지만 논문을 쓰다 보면 본의 아니게 까먹는 경우가 많은데, 초록이 있다면 지속적으로 그것을 염두에 둘 수 있는 것이다. 또한 초록의 형태로 요약할 수 있다는 것은 그 논문이 문제 제기와 해결, 그리고 논증을 제대로 갖추었다는 것을 의미한다. 즉, 초록을 쓴다는 것은 마치 논문이 완성되었다는 증거와도 같다. 따라서 제대로 된 논문인지 아닌지는 초록을 작성함으로써 확인할 수 있는 것이다.

'요약하기'란 어떤 것?

― '누구의 책이나 논문을 읽고서 요약하시오'라는 과제는 필자가 쓴 논문의 초록을 만드는 것이라고 생각하면 맞는 것인지요?

― 그렇지. 요약에 대해서는 많은 사람이 오해하거나 오해의 소지가 있을 수 있기 때문에 여기에서 특히 강조할 필요가 있다. 요약한다는 것은 단순히 글을 짧게 만든다는 의미가 아니다. 요약을 어렵다고 여기는 사람들은 대개 문장 전체를 균등하게 줄이려고 한다.

예를 들어, 제1단락에서 조금, 제2단락에서 조금씩 문장을 끄집어내어 그것을 순서대로 연결하는 방식으로 요약하려 한다.

― 그것은 '전체 줄거리'에 해당하는 것이네요.

― 그렇지. 전체 줄거리와 요약은 다르다. 요약이란…….

― 우선 그 논문이 다루고 있는 문제를 찾고, 그다음에 그 물음에 대해 필자가 어떤 답변을 펼치고 있는지를 제시하고, 다음으로 필자가 자신의 주장을 어떻게 논증하고 있는지를 글자 수에 맞추어 제시하는 것인가요?

― 그래, 맞다. 요약은 문장을 단일한 형태로 줄이는 것과는 다르다. 차라리 **문장을 '문제+답변+논거'의 형태로 재구성하는 것**이라고 말하는 것이 적절할 것이다.

― 교수님께서 그렇게 말씀하시니 요약이라는 것이 그다지 어려운 것만은 아니라는 생각이 듭니다. 하지만 고등학교 때까지만 해도 요약이라는 것이 너무 싫었어요. 전혀 요약이 되지 않았거든요.

― 그것은 자네만의 책임이 아닐 수도 있다. 애당초 요약이 안 되는 문장을 요약하라는 과제가 주어졌을 가능성도 있기 때문이다. 내가 초등학생 때 옆 반에서는 작문 연습이라고 해서 신문 칼럼을 요약하는 숙제가 매일 주어졌다. 정말 난센스지.

― 왜 난센스인가요?

― 칼럼은 '론(論)'이 아니다. 예를 들어, 동시 다발 테러사건에 대해서 쓰는 경우에 여러 사람의 증언을 계속 인용해 가고, 여러 각도에서 사건의 진상을 파헤치려고 한다. 예를 들어, 최근 가뭄에 대해 다룰 때는 '지독한 가뭄으로 논밭이 말라간다'는 연상으로부터 '조선 백성을 괴롭혔던 가뭄과 역병의 공포가 2015년 초여름 대한민국을 덮쳤다'로, 또다시 '이와 같은 재앙은 곧 군주의 책임'이라는 이야기로 튀고, 여기에서 또다시 '변란으로 인해 술 한 잔도 못했을 고종'으로 넘어가는 것

이다. 즉 이런 칼럼의 표현은 비약과 연상인 것이다. 어디까지 넘어갈지 모른다고나 할까? 비약과 연상된 것들을 얼마만큼 제대로 결합할 수 있는지를 즐기는 것이지, 논리적으로 연결되어 있지 않은 문장이기 때문에 애초에 요약한다는 것이 의미가 없다. 그런 것을 '論'의 본보기로 삼는다는 것은 큰 오류다.

철칙 18

요약은 단순히 글을 줄이는 것이 결코 아니다.

읽고 보고하는 보고형 과제를 다룰 때

(1) 필자는 어떤 것을 문제 삼고 있나

(2) 필자는 그것에 어떻게 답변하고 있나

(3) 필자는 자신의 답변을 뒷받침하기 위해 어떻게 논증을 펼치고 있나

위의 세 가지를 끄집어내서 보고 하면 된다.

다음 문장은 이 책의 제2장을 마구잡이로 '요약'한 것이다. 즉, 단순히 짧게 하기 위한 목적으로 임의로 나열한 것이다. 이 '요약'을 좀 더 나은 방향으로 개선해 보자. 이 책이 논문은 아니지만 제2장에 물음과 그에 대한 답이 나와 있으므로 요약이 가능한 문장이라고 할 수 있다.

〈잘못된 요약 예문〉

논문이란 어떤 문장일까? 논문에는 문제 제기가 있다. 문제가 있다는 것은 주장이 있다는 것이지만 문제와 답변만으로는 논문이 될 수 없다. 논문에서는 감정에 호소해서는 안 된다. 논문을 쓸 때 잊어서 안 될 점은 문제 제기와 답변과 논거 이외의 것을 논문에 써서는 안 된다는 점과 결론의 정확성에만 집착해서는 안 된다는 점 그리고 논문이란 자신의 생각을 보편화시킨 형태로 쓴 것이라는 점이다. 또한 논문은 제삼자가 체크할 수 있는 것이어야 한다. 이렇듯 논문에는 여러 가지 기준이 있으므로 자유롭게 쓰라는 것은 거짓말인 것이다.

4-4 문제 제기·주장·논증 —본론에서는 이 세 가지를 해야 한다

드디어 본론이다. 본론은 다음 세 가지 요소로 이루어져 있다.

> (2-1) 문제 제기와 문제의 분석, 정식화
>
> (2-2) 주장(문제에 대한 답 '결론'이라고도 한다)
>
> (2-3) 논증

순서대로 해설해 보자.

(2-1) 문제 제기와 문제의 분석, 정식화

여기에는 최소한 다음 사항을 다루어야 한다. 앞에서와 마찬가지로 필수항목은 ★로 표시하겠다.

★ 문제 제기: 즉 어떠한 문제를 다룰 것인가.

★ 문제에 대한 설명: 그 문제가 어떤 것인지를 좀 더 구체적으로 설명한다. 문제에 들어 있는 용어나 개념을 해설하는 것도 포함한다.

● 문제의 배경: 왜 그 문제가 생겨났는지에 대한 현상 분석. 언제부터 문제가 발생했는지. 자신이 찾아낸 문제라면 어떻게 해서 그것이 문제가 된다고 생각하는지.

● 문제의 중요성: 그 문제를 파헤치는 것이 어떤 의의가 있는가.

● 문제의 분석: 즉, 문제가 클 경우에는 몇 개로 문제를 나눈다.

문제 제기 부분을 쓰는 방법에 대해서 한 가지 사례를 통해 살펴보
자. 여기에서는 문제의 배경부터 써내려가고 있다.

(1) 후쿠시마 원전 사고 이전에도 일본에서는 도카이무라 임계사
고, 도쿄 전력의 원자로 파손 사건 등, 말하자면 기술계·제조업계
기업에서의 불상사가 계속 이어지고 있다. 각각의 사건에서는 그
여건과 특성에 따라 제각기 다른 방법으로 기술자에게 책임을 묻는
다. 기업 내의 기술자가 적절한 윤리적 고려에 기초해서 행동하는
것은 기업의 존속이나 사회의 안전 차원에서도 매우 중요한 과제가
되고 있다.
(2) 기술 및 기능 관련 기업에서 구성원들의 윤리적인 행동을 촉
진하기 위해서는 기업 내의 기술자가 사회에 얼마나 책임감을 느
껴야 하는지에 대해 물을 필요가 있다. 이 글에서 다루고자 하는
것은 이와 관련된 문제다.
(3) 다만 여기에서 언급하고 있는 '기업 내의 기술자'란 대학, 전
문대학 등의 고등 교육기관에서 기술자가 되기 위한 일련의 훈련
을 마치고 그 기능을 통해서 기업의 피고용자로서 연구 개발에 종
사하는 사람들을 말한다. 기업 내 기술자가 고용 관계를 통해 상사
또는 기업, 거래처에 대해 책임을 지는 것은 말할 것도 없다. 그러
나 여기에서 다루고자 하는 문제는 이러한 고용 기업과 거래처 기
업에 대한 책임이 아니라, 기술자 개개인이 사회, 즉 공중에 어떠한
책임을 짊어져야 하는지에 대한 물음이다.

(4) 이 문제에 대한 답을 얻기 위해서는 우선 기업에 고용된 기술자를 의사나 변호사와 같은 전문직(profession) 종사자라고 할 수 있는지 생각해 봐야 한다. 그리고 다음으로 전문직이라고 보아도 좋은 경우, 왜 기술자에게 고용 기업에 대한 책임과 함께 사회에 대한 책임을 묻는 것인지를 명확히 해야 한다. 더욱이 그 책임이 미치는 범위가 어떤 것인지를 고찰할 필요가 있다.

위의 사례에서 (1)은 문제의 배경과 중요성에 대해 언급하고 있으며, (2)는 문제가 무엇인지에 대해 명확히 제시하고 있다(문제 제기). 이어서 (3)에서는 그 문제에서 나타난 '기업 내의 기술자'라고 하는 개념의 의미에 대해 설명하고, 여기서 문제로 다루고 있는 것은 기술자가 자신을 고용한 기업에 대해 짊어지는 책임이 아니라 사회, 즉 공공에 대한 책임이라는 것을 분명히 밝히고 있다(문제의 설명). (4)에서는 문제를 분석하고 있다. 즉, (2)의 문제에 답변하기 위해 보다 세부적인 물음에 답변해야 할 필요성을 제시하고 있다.

음, 이 정도로 문제 제기를 할 수 있다면 대체로 훌륭하다고 평가할 수 있다.

─ 한석봉 군이 논문 시작 부분에서 일종의 문제 제기를 했는지는 몰라도, 문제에 대한 분석은 전혀 없었다. '과연 동물에게 권리가 있는가?'라고 말하면서도 여기에 나오는 '동물'이 어떤 범주에 속하는 것인지에 대해서는 말하지 않고 있다. 영장류인지, 고등의 포유류인지, 해파리나 말미잘도 속하는지, 이에 따라 답변도 얼마든지 달라질 수 있

는데 말이다. 그리고 어째서 이것이 문제가 되는 것인지에 대한 배경도 전혀 제시되지 않았다.

— 동물 학대에 대한 인식이 이제는 달라졌다든지, 동물보호 운동이 활발하게 전개되고 있다든지…….

— 그렇다. 또한 '과연 동물에게 권리가 있는가?'라는 문제는 그 범위가 지나치게 크다. 몇몇 작은 문제들로 나누어서 각각에 대한 답을 도출해 나가야지, 단번에 답한다는 것은 매우 어렵다.

— 어떻게 나누면 좋을까요?

— 그것은 제5장에서 보다 구체적으로 다루도록 하자.

(2-2) 주장

이것은 설명을 안 하는 것이 좋지 않을까? 물론 어떻게 해서 하나의 주장(결론)에 도달하게 되는지는 논문을 쓰는 데 있어 가장 중요한 것이다. 이것은 6장에서 다룰 것이다.

(2-3) 논증

여기에서는 다음과 같은 것을 다루고자 한다.

★ 문제에 대한 자신의 답변을 논거를 들어 논증한다.

● 논거에 어떤 조사 결과를 이용했다면 그 조사 방법, 조사 결과에 의해 얻어진 데이터, 데이터의 분석 방법, 분석 결과에 대한 평가 등에 대한 설명을 포함한다.

- 논거에 다른 사람의 연구 결과나 논문을 사용했다면 인용, 그 사람의 견해에 대한 요약, 그 사람의 견해에 대한 타당성 검토, 또한 그 검토를 위한 논거 등을 제시한다.
- 다른 사람의 연구 결과나 논문을 비판함으로써 자신의 견해의 정당성을 주장하고 싶다면, 그 출처와 그 사람의 견해에 대한 요약, 그 견해를 비판하기 위한 논거 등을 제시한다.
- 자신의 견해와 다른 사람의 견해를 상호 비교한다.
- 여기까지의 연구 과정 속에 자신의 주장을 제시한다.

음. 여기까지가 논문의 핵심이다. 이를 어떻게 구성해야 하는지에 대해서도 제6장에서 다룰 것이다.

그런데 이 3가지의 요소를 어떻게 정돈하여 본론을 구성하면 좋을까. 여기에는 딱히 특별한 규정이 있는 것은 아니다. 자신이 논증하기 쉬운 방향으로 맞추어 다음의 3가지 패턴 가운데 하나를 선택하면 된다.

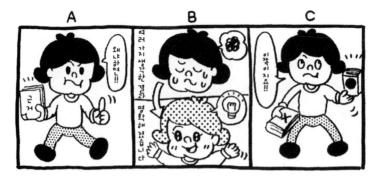

▶ 세 가지 구성 패턴

패턴-A: '이렇게 생각한다. 왜냐하면' 유형

● 문제 제기 → 결론 → 논증

제기된 문제에 대해 답변하고 나서 그것이 타당하다는 것을 나타내는 유형이다. 이때 논증의 전 단계에서 제안된 답변은 '결론'이라기보다는 일종의 '가설'로 보는 것이 적합할 것이다. 초보자에게는 이러한 유형을 추천한다. 문제에 즉답을 제시함으로써 독자들을 헷갈리지 않게 한다. 논문이 어디로 향하고 있는지가 언제나 명확하기 때문이다.

패턴-B: '다각적으로 생각해 보니 이렇게 되었습니다.' 유형

● 문제 제기 → 논증 → 결론

▶ 논문의 형태

'이것이 이러한 것인지 어떤지를 조사해 보자'라고 문제를 세워서 여러 가지 데이터를 수집하여 분석한 결과가 이러이러하다는 것을 알 수 있다고 답하는 유형이다. 따라서 실험이나 조사 결과에 대한 보고서일 때 이러한 형태로 이루어지는 경우가 많다.

패턴-C: '그게 아니고 이러한 것이지요?' 유형

● 문제 제기 → 논증 속 '선행연구에 대한 비판' → 결론 → 논증

문제 제기를 하고 나서 우선 지금까지 제안된 답변들을 비판함으로써 자신의 답변에 대한 우월성을 보여주는 방법이다. 뜨거운 논쟁의 대상이 되고 있는 문제라면 대체로 이미 어느 정도의 해답을 생각하고 있기 때문에 이러한 '선행연구의 비판 검토'가 어떻게든 포함된다.

결론을 내리지 않으면 논문은 끝나지 않는다

마지막으로 다음 항목을 적용하여 논문을 마무리한다.

★ 알고 있는 것에 대해 다시 한 번 한마디로 정리한다.

● 남은 사항들, 이 논문에서 다루지 못한 점을 지적한다. 거창하게 '앞으로의 과제'라고 적을 때도 있다. 두 번 다시 이 주제로 논문을 쓰고 싶지 않더라도 그렇게 적도록 한다.

● 자기평가. 자신의 논문이 정당한지, 다른 입장과 비교해서 어느 정도 설득력이 있는지, 어떤 측면에서 차별성을 갖는지, 기대효과 등에 대해 기술한다.

주(註), 인용(引用), 참고문헌(參考文獻) 등에 대해서는 제9장에서 상세하게 설명할 것이다.

4-5 틀(型)에 맞추는 것이 갖는 의미

— 이러한 틀을 유지하면 논문과 비슷하게 만들 수 있다. 그것이 '틀의 효용성'이다.

— 무슨 말씀인가요?

— 이러한 형태를 제대로 유지하면서 문장을 작성해 나간다면, 다음에 무엇을 하면 좋을지, 어디가 부족한지가 보이기 시작한다. 이것을 터득했다면 필요한 조사를 하거나 문헌을 읽으면서 보완해 나가게 된다. 이와 같이 틀을 통해 논문 작성이 진행된다.

— 그게 잘 될 수 있을까요? 그런데 문장의 틀이라고 하면 '기승전결'이란 것을 배운 기억이 나는데, 그것이 지금 논의하는 것과 어떤 관계가 있나요?

— 나왔다. 기승전결(起承轉結)! 한석봉 군, 문제를 제기하여 주목시키고, 그 문제를 전개하여, '어?'라고 생각하게 만들어 결정적으로 방향을 한 번 전환시킨 후, 마지막으로 정리하는 것. 그것이 기승전결의 전형이다. 하지만 그것만으로는 논문을 작성할 수가 없다. 문제 제기를 해두고 '그런데 다른 이야기지만……'이라고 하면서 갑자기 엉뚱한 방향으로 이야기가 흘러가는가 싶더니 끝에 정리가 된다? 그런 논문은 본 적도 없고, 만일 제출된다면 심사에서 반드시 떨어질 것이다. 기승전결이라는 것은 원래 한시(漢詩)에서 시작법(詩作法)의 한 종류를 말한다. 그것이 논문에서도 적용된다고 생각하면 큰 오산이다.

― 그런가요? 그렇다면 그것을 배운 이유가 뭔가요?

― 조금 오래된 과거의 논문 작성법 책을 보면, 논문 유형으로서 기승전결을 갖추고 있는 것이 분명 있었다. 자네를 가르쳤던 분들도 그러한 책의 영향을 받았을지도 모른다. 하지만 그러한 책을 쓴 사람은 논문 작성법에 대한 글은 쓴 적이 있어도 논문을 직접 쓴 적은 없지 않을까?

철칙 19

틀(型)을 지키는 것이 시대에 뒤떨어진 것이라고 할 수는 없다. 틀을 유지하면서 할 수 있는 창조적인 활동도 얼마든지 있기 때문이다. 논문을 쓴다는 것은 바로 그와 같은 활동에서 시작하는 것이다.

　　논문의 틀에 대한 감을 잡기 위해 자네가 다음 소재를 가지고 있다고 가정하고 가공(架空)의 논문 초록을 만들어 보자. 다만 다음에 제시된 소재는 논문으로 정리하기에는 조금 부족하다. 여기에 어떠한 소재가 더 필요한지를 생각해서 이를 보완하여 작성하라.

　　문제의 배경: 대학에서 학생에 의한 수업평가(수업 앙케트 등)를 실시한 지 20년이 지났지만 그다지 수업 개선으로 이어지지 않고 있다.

　　문제: 학생에 의한 수업평가를 지속해야만 하는가.
　　결론: 계속되어야만 한다.

　　논거로서 제시될 수 있는 소재
　　　　① 수업평가가 도입된 경위와 목적.
　　　　② 수업평가의 도입이 수업 개선으로 이어지지 못하는 점.
　　　　③ 현행 수업평가 방법의 문제점과 개선 방안.

II

논문의 씨앗(種)을 심어 보자

제II부의 기본 방침

제I부는 '이론 편'이었다. 논문이 어떤 글인지에 대해 알지 못하면 쓸 수 없다는 신념을 바탕으로, 논문이 무엇인지를 몇 가지 각도에서 조망해 보았다. 내용적인 측면에서 논문이란 '문제·주장·논증' 세 가지 측면을 함축하고 있는 글이다. 그리고 형식적인 측면에서는 '서론·본론·결론'으로 구성된 글인 것이다. 따라서 무턱대고 논문 쓰기를 시작하는 것은 절대 금물이므로, 보다 철저하고도 집요한 조사(진행 순서)가 요구된다.

진행 순서를 제대로 밟아 나간다면 상당한 분량의 자료도 쌓이고, 자신이 어떤 문제를 해결해야 하는지가 어렴풋이 보이기 시작할 것이다. 다음으로 그 자료를 토대로 단숨에 작성하는 일만 남았다고 생각한다면 오산이다. 특히 자네들과 같은 논문 초보자들의 경우 기초 조사가 끝났다고 단번에 써내려가겠다는 생각은 애초에 접길 바란다.

제II부와 제III부는 말하자면 '실전 편'이다. 여기에서 제시하고자 하는 핵심 테마는 다음과 같다.

논문은 써내려가는 것이 아니다. 훈련을 통해 길러지는 것이다.

우선 논문의 설계도에 해당하는 아우트라인을 만든다. 이것을 '논문의 씨앗'이라고 부르기로 하자. 논문을 쓴다는 것은 이 씨앗을 키워서 논문의 형태를 갖추어 나가는 것이다. 자네들은 '참 골치 아픈 일이네요'라고 생각할지도 모른다. 하지만 사실상 그 정도는 아니다. 어쩌면 한석봉 군처럼 단숨에 써버리려는 의욕은 앞서지만 결국 아무것도 떠올리지 못하고 안절부절못하는 것보다는 훨씬 나을 것이다. 왜냐하면 이것은 차근차근 결승선에 가까워지고 있다는 것을 스스로 느낄 수 있기 때문이다. 제Ⅱ부에서는 어떻게 논문의 씨앗을 뿌리면 좋을지, 이때 무엇에 신경을 써야 하는지에 대해 논의하고자 한다. 그러기 위해서는 우선 제5장에서는 아우트라인이란 무엇이며, 왜 아우트라인이 중요한지에 대한 이해를 돕고자 한다. 이어서 제6장에서는 논문 본론의 핵심을 이루는 논증에 대해 논의할 것이다.

제5장

아우트라인은 논문의 씨앗이다

5-1 논문은 구조화된 글이다

제4장의 내용에는 매우 중요한 메시지가 담겨 있다. 그것은 논문이란 구조를 가진 글이고, 그 '구조화된' 것이 다른 글과 차별된다는 점이다. 논문 전체는 '서론·본론·마무리'라는 세 가지로 구성되고 각 부분은 그 역할이 서로 다르다. 본론은 '문제 제기·결론·논증'으로 이루어진다.

논문을 쓴다는 것은 마음속에 떠오르는 것을 있는 그대로 적는 것이 아니라, 특정한 형태의 논리적 구조를 가진 글을 만들어 내는 것이다. 그것은 내용을 이해하기 쉬운 논문과 이해하기 어려운 논문을 구별하는 것과도 관계가 있다. 업무 특성상 나는 많은 논문을 읽어야 한다. 수많은 글을 읽으면서 이해하기 쉬워서 매우 고맙게 생각되는 논문도 있지만, 읽기 힘들어서 부글부글 끓게 만드는 논문도 있다. 분명한 것은 난해한 말이 계속해서 등장하면 그만큼 힘들다. 특히 외국어로 된 논문은 사전을 찾아야 하기 때문에 더더욱 괴롭다. 'comestibles'라는 단어가 나왔을 때, 의미가 불분명해서 사전을 찾아보면 '식료품'이라고 나와 있다. "'food'라고 하면 안 되나?'라고 무심코 말하고 싶어지기도 한다.

하지만 이러한 종류의 글은 그다지 '어려운 논문'이 아니다. 정말 어렵고 읽기 힘든 논문은 구성이 명확하지 않은 논문이다. 그러한 논문은 고명한 학자가 쓴 것 중에도 존재한다. '그들은 의도적으로 그러는 것일까? 구성이 잡히지 않으면 어떻게 될까? 지금 읽고 있는 부분은 필자의 주장인가 아니면 필자가 물어보고자 하는 상대가 주장하는 것인가? 도대체 필자는 몇 가지 견해를 검토하고 있는 것일까? 여기에서 나타난 문제는 앞에서의 문제와 같은 문제인지 아닌 것인지…… 아! 점점 머리가 어지러워지기 시작한다. 아이고!'

읽기 힘들다는 것은 어려운 말로 쓰여 있다는 것이 아니다. 구조를 이해할 수가 없다는 것이다. 해당 분야의 최고 학자의 글이라고 한다면 제아무리 읽기 힘든 논문이라고 할지라도 기꺼이 참으면서 읽어줄 수 있다. 하지만 그것은 소수가 갖는 일종의 특권으로 이해하자. 우리는 논문을 구성할 때 독자가 가능한 한 명확하게 이해할 수 있도록 작성해야 한다. 그렇다면 어떻게 하는 것이 좋을까?

5-2 논문이 구조를 갖추기 위해서는 반드시 아우트라인이 있어야만 한다

— 명확한 구성은 논문의 생명이다. 즉, 논문은 '아우트라인'이 명확히 들여다보여야 한다.

— '아우트라인'이란 윤곽을 말하는 것인가요? 그렇다면 윤곽이 들여다보인다는 것은 이상하지 않나요? 들여다보이는 것이라면 논문의 '골격'이라고 말하는 편이 옳지 않나요?

— 음, skeleton(뼈대)을 말하는 것인가? 그것도 괜찮아. skeleton을 사전에서 찾아보면 '문장의 개요'라고 적혀 있지. 이 맥락에서는 아우트라인도 skeleton도 같은 의미다.

— 아! skeleton이 골격이란 의미였군요. 저는 단순히 들여다보인다고 해서 'skeleton'이라고 생각하고 있었어요. '투명'을 의미하는 줄 알고…….

— 역시 어떤 컴퓨터 때문에 그러한 오해가 생긴 것 같다. '스켈레톤 보디'라고 하는, 모순적인 표현도 본 적이 있고 말이야. 어찌 됐건 문장의 skeleton이라고 해도 좋고, 그것이 본 논의의 취지와 어긋나지

는 않아. 어차피 skeleton에 살을 붙여가면서 논문의 본론을 만들어가는 것이니까. 하지만 애석하게도 '논문의 스켈레톤'이란 표현은 그다지 일반적이지 않기 때문에 아우트라인이라는 용어를 쓰기로 하자.

철칙 20

아우트라인이 적용된 것이 논문이다. 아우트라인으로부터 형성된 논문은 그 구성이 명확하다. 논문을 작성할 때는 우선 아우트라인부터 만들자.

― 그렇다면 아우트라인이란 구체적으로 어떤 것인가요?

― 한 가지 예를 들자면, 스페이스 셔틀 챌린저호 폭발사고를 알고 있나? 아마도 1986년으로 기억하는데……

― 텔레비전에서 특집방송으로 본 것 같아요.

― 챌린저호는 음, 아마도 고등학교 교사였던 것으로 기억하는데 처음으로 민간인을 태우고 비행했었지. 하지만 대폭발이 일어나 탑승한 사람 전원이 사망했던 우주 개발 사상 최악의 사고였어. '이 사건에서 어떤 교훈을 얻을 수 있을 것인가?'라는 주제로 논문을 쓴다고 하자. 117~119쪽에 있는 것이 이 논문의 아우트라인이다.

5-3 아우트라인은 성장하고 변화한다

— 아주 제대로 된 아우트라인이네요.

— 그렇다. 이것이라면 400자 원고지 50매 정도의 논문이 될 것이다. 수업 과제로 작성하는 논문의 경우에는 이 정도 내용을 담을 수 없기 때문에 조금 양을 줄일 필요가 있다.

— 'I 서론'이라는 부분이 초록인가요?

— 그렇다고 할 수 있지. 그래서 본론이 II부터 V까지라고 할 수 있다.

— 어디가 문제 제기고, 어디가 주장과 논증인가요?

— 이 논문의 경우 처음 제기된 문제는 '챌린저호 폭발사고는 왜 막을 수 없었을까?'였지만, 이에 답하려면 발사 단계까지에 얽힌 세세한 사실도 파헤쳐야 한다. 그것은 II와 III에서 다룬다. 어떻게 해서 발사가 결정되었고 사고가 일어났는지를 보면 사이오콜사(社)는 사고 가능성을 알고 있었고 사고 직전까지 발사를 연기할 것을 주장했지만, 발사 직전에 열린 화상회의에서 갑자기 태도를 바꾸었다는 점에 가장 큰 문제가 있다는 사실을 알 수 있다.

제목(가제): '챌린저호 폭발 사고로부터 무엇을 배울 수 있는가?'

I 서론 **(초록)**

– 문제 설정: '챌린저호 폭발 사고는 왜 막을 수 없었을까?' 또 '향후 이와 같은 사고를 방지하려면 어떻게 해야 할 것인가?'

– 각 절 내용의 개요

II 챌린저호 폭발 사고의 개요와 배경 **(문제 제기와 분석)**

(1) 사고 개요

– 일시, 발사 73초 후에 보조 로켓으로부터 출화(出火), 메인 로켓에 인화 폭발

– 희생자의 프로필

(2) 사고 원인

– 기술적 요인 → 보조 로켓의 구조적 결함 → 상세히 조사하기

– 기상 조건 → 발사 당일의 이상저온

(3) 사고 배경

– NASA는 왜 발사를 강행하려 했을까

III 발사 결정 과정까지의 의사 결정 경위

(1) 발사 결정까지의 경위

– 관련된 조직의 개요 → NASA, 사이오콜사(부스터 개발 기업)의 역할 분담

– 발사가 최종적으로 결정된 화상회의의 경과(經過)

(2) S사(사이오콜사)가 당초 발사를 반대했던 것

— 기술자는 왜 발사에 대해서 불안감을 느끼게 되었을까

— 기술자에 의한 '고발 메일' → 실제 자료가 네트워크상에 있다
면 이를 인용하여 분석

(3) 직전 회의에서 S사는 돌연 발사를 찬성하는 태도로 변경

'S사는 왜 발사 직전에 발사를 찬성하는 쪽으로 태도를 바꾸었
을까' **(문제의 재정식화)**

Ⅳ 발사 직전 회의에서 결정 변경은 왜 일어났을까 **(주장과 논증)**

(1) 몇 가지 가설의 검토

— 사고 원인 조사위원회 회의록(議事錄)에 따른 가설 검증

— 이에 대한 결론 → 어떤 가설도 S사의 돌연적 방침 전환을 설
명하기에는 불충분하다. 회의라고 하는 집단적 의사결정의
사회심리학적 요인 분석 필요

(2) 집단적 의사결정을 왜곡시키는 요인에 대한 사회심리학적
연구

— 중요한 선행연구에 대한 몇 가지 간단한 소개

— 특별히 재니스(Irving Janis)가 말하는 '집단사고(Groupthink)'

(3) S사의 의사결정과 Groupthink

— Groupthink의 6가지 특징이 각각 S사의 의사결정 경과(經過)
와 일치되는 점을 확인

— 특히, 랜드(S사의 기술자 중 최고 책임자)의 사고방식의 변화에 주
목 → 의사록에 따른 검증

이에 대한 결론: S사의 최종 의사결정은 Groupthink의 특징을 보여주고 있다 (주장)

V 재발 방지를 위한 제언 (또 다른 한 가지 물음에 대한 주장과 논증)
(1) 챌린저호 사고에 대한 분석으로부터 얻은 교훈
 - '사고'를 방지하려면 기술의 정밀도를 높이는 것만으로는 안
   된다는 점 → 잠재적인 위험은 이미 알고 있었다. 그것이 의
   사결정에서 반영되지 못했다
 - 의사결정 메커니즘 개선의 필요성
(2) 의사결정 메커니즘은 어떤 것이어야 하나
 - 의사결정 메커니즘이 Groupthink에 빠지지 않게 하기 위한
   구체적인 방안 모색
 - 집단적 의사결정에서 기술자의 역할
 - 기술자가 그 역할을 해낼 수 있게 하는 의사결정 시스템은 어
   떠해야 하는가 → 으음, 앞으로의 과제는?

VI 마무리

이것은 사고를 왜 막지 못했는지에 대해 생각하는 열쇠가 될 것 같다. 여기에서 필자는 최초의 질문을 더욱 세부적인 질문으로 바꾸고 있다.
 - 그것이 'S사는 왜 발사 직전이 되어서야 발사를 찬성하는 태도

로 돌변했을까'인가요? 만약 그렇다면 II와 III까지가 문제에 대한 분석과 정식화 작업이네요.

— 그렇다. 이 세부적인 질문에 대해서 S사의 사람들이 '집단적 사고'에 빠져버린 것이 원인이라는 하나의 가설을 주장하고, 그것을 논증하는 것이 IV다.

— V는 무엇일까요?

— 이것은 처음 세웠던 또 하나의 질문, 그러니까…… '앞으로 똑같은 사고를 방지하기 위해서는 어떻게 하면 좋을까'에 대한 답변으로 주장하고 있는 부분이다.

— 음, 이렇게 성공적으로 아우트라인이 만들어졌다면 그것에 살을 붙여 금방 논문을 쓸 수 있을 것 같네요.

— 이 정도 아우트라인을 만들어 내려면 전체 논문 쓰는 시간의 삼분의 일 정도를 할애해야 한다. 나 같은 경우 이 정도로 아우트라인이 만들어졌다면 벌써 논문을 완성했다는 생각이 들어서 "자, 이제 조금 쉴까?"라고 중얼거리면서 파일을 저장하고 술 마시러 가버린다.

— 그런데 아우트라인이란 목차와 비슷한 것 같은데 서로 어떻게 다른가요?

— 좋은 질문이다. 아우트라인이란 논문의 씨앗이라고 앞에서 언급했었지? 아우트라인만 잡혀 있으면 논문의 본론뿐만 아니라 목차와 초록도 단숨에 완성된다. 초록은 그 아우트라인에 대해 조목조목 작성하는 것이 아니라 문장의 형태로 기술하는 것이다. 목차는 아우트라인보다 한층 더 골격과도 같은 것이라고 이해하면 좋다. 목차는 독자가

읽기 쉽게 만드는 것이고, 아우트라인은 논문을 쓰는 당사자를 위한 것이다.

— 아, 그래서 아우트라인에는 '여기는 앞으로의 과제로 돌릴 것'이라든지 '이 분분은 더 조사할 것'이라고 적어 두어도 되는 것이네요.

— 아우트라인은 어디까지나 논문의 설계도니까. '이것은 나중으로 돌리기, 이것은 이미 되어 있음, 이것은 조사가 모자란 것, 여기는 조사가 충분하지 않으면 삭제하기' 등의 메모를 해도 괜찮다. 'S사'라고 하는 약어를 적절히 사용해도 좋다. 물론 그러한 것들이 완성된 원고에 남아 있으면 안 되겠지.

— 하지만 단숨에 이런 아우트라인을 술술 쓸 수 있는 것인가요?

— 물론 그렇지는 않지. 이 아우트라인도 아주 간단한 것으로부터 차츰 발전해온 것이다. 예를 들어, 처음에는 다음의 아우트라인 정도였다.

제목(가제): '챌린저호 폭발사고는 왜 발생했을까'

(아우트라인 버전)

I 서론
— 문제 설정
— 각 절 내용의 개요

Ⅱ 챌린저호 폭발 사고의 개요와 배경

   (1) 사고의 개요

   (2) 사고의 원인

Ⅲ 사고는 왜 막을 수 없었나?

   (1) 발사가 결정되기까지의 의사결정 과정과 경위

   (2) 발사 직전에 이루어진 회의에서 S사는 왜 발사를 찬성하

      는 태도로 변경했는가?

Ⅳ 사고를 방지하려면 어떻게 해야 하는가?

   (1) 챌린저호 사고의 분석으로 얻어질 수 있는 교훈

   (2) 그 밖의 대형사고와 비교

   (3) 기술자의 역할

Ⅴ 결론

아웃트라인은 일종의 명령서이기도 하다

 — 아주 간단하네요.

 — 책 한 권 정도 읽은 단계에서 이 정도 아웃트라인은 간단히 작성할 수 있을 것이다. 이런 것을 **항목 아웃트라인**이라고도 한다. 117~119쪽에 나온 아웃트라인은 중요한 항목이 긴 문장으로 되어 있

었는데, 이번에는 짧은 문장 형태로 작성됐기 때문에 **문장 아우트라인**이라고 부르기도 한다.

— 그리고 구성에서도 차이가 나네요.

— 음, 그 점에 대한 이해를 위해서 구(舊) 버전과 비교해 보자. 아우트라인은 처음에는 심플하게 만들어질 수밖에 없다. 하지만 더 많은 조사를 진행하고 생각을 심화시켜 나감에 따라 점점 확대되고, 다양한 변화를 겪게 된다. 즉, **아우트라인은 항상 잠정적인 것이라는 점을 염두에 두기 바란다.** 한석봉 군은 이전 버전과 이후 버전에서 어디가 달라졌다고 생각하지?

— 음, 구 버전에는 '사고의 배경'이라는 항목이 없네요.

— 아마도 필자가 처음에는 기술적인 결함이 마음에 걸리기는 했지만, 고민 끝에 발사해버렸다는 정도로 밖에 생각하지 못했을 것이다. 그런데 여러 가지를 조사하는 과정에서 여러 당사자 간의 의견 대립이 있었던 사실이 드러나기 시작한 것이지. 특히, NASA가 왜 발사에 집착했는지 그 배경을 짚어보지 않으면 이야기가 진행될 수 없다고 생각하게 된 것으로 보인다.

— 그리고 심리적 요인에 관한 이야기가 처음에는 없었어요.

— 구 버전 단계에서는 왜 발사가 확정된 것인지, 그와 같은 잘못된 결정을 방지하려면 어떻게 하면 좋을지를 생각하기 위한 실마리를 찾을 수 없었을 것이다. 그것을 조사하는 과정에서 어빙 재니스(Irving Janis)라는 사회심리학자의 저서에서 힌트를 얻은 것으로 보인다. 물론 그 책에서 직접적으로 챌린저호 사고를 다룬 것은 아니다. 한국전쟁,

베트남전쟁 등의 사례를 통해 잘난 척하는 사람들이 집단적으로 정책을 결정할 때, 왜 어리석은 결정을 내리고 마는 것인지, '집단사고'라는 심리 프로세스를 도입해서 해명하는 내용의 책이다. 필자는 그 분석을 챌린저호에도 적용할 수 있을 것으로 판단하고, 즉각 아우트라인을 바꾼 것이다.

— 그렇군요. 아우트라인은 도중에 변경해도 크게 문제가 되지 않는다는 것이네요.

— 그렇다. 아우트라인이 논문으로 만들어지는 과정에서 점차 변화한다는 것은 좋은 논문의 필수 조건이다. 그처럼 아우트라인이 변화한다는 것은 논문을 쓰는 과정에서 그만큼 조사가 많이 진행되었고, 생각이 심화되었다는 증거이기 때문이다.

아우트라인이 변경되거나 확대되면 다음에 무엇을 다룰지가 보이기 시작한다. 그리고 그것을 만들어가는 가운데 또다시 아우트라인을 변경해야 하고…….

— 이런 식으로 빙빙 돌리다 보면 논문이 만들어지는 건가요?

— 그렇다. 아우트라인은 논문의 씨앗이면서 동시에 다음에 무엇을 해야 할지를 지시하는 명령서이기도 하다. 그 명령에 따라 조사하고 생각하며 작성해 나가면 아우트라인 자체가 확장되면서 점점 논문에 근접하는 동시에 어느 정도 변화를 겪게 된다. 그 변화가 새로운 명령이 된다. 그것을 완수하기 위해서는 또다시 아우트라인이 조금씩 확대되면서 변화를 거듭한다. 이런 식으로 아우트라인은 그 자체가 결국

▶ 글쓰기 연료 사이클

논문이 되는 동시에 또다시 무엇을 해야 할지를 인도해준다는 점에서 논문 작성의 연료를 제공해준다고 할 수 있다. 그것은 바로……

   — 알겠네요. 이것이 바로 '글쓰기 연료 사이클'이라고 말하고 싶으신 거죠?

   — 맞아. 그런데 내 대사는 뺏지 말라고!

아우트라인은 성장하면서 변화한다. 동시에 아우트라인은 항상 잠정적인 것으로 생각하자.

연습문제 6

챌린저호의 아우트라인 사례에 따라서 논문을 완성했다고 하자. 그 논문의 필자라고 생각하고 500자 정도로 초록을 작성해 보자.

5-4 보고형 과제를 위한 아우트라인

무언가를 조사해서 보고하는 유형의 과제에 대해 여기에서 간단하게 살펴보자. 5-3에서 다룬 챌린저호에 대한 논문에도 발사 결정까지의 사실 경과나 사고의 배경 등 보고형 과제에 상당하는 내용이 들어 있었다. 하지만 보고형 과제에서는 '의견 내세우기'가 요구되지 않기 때문에 논문의 구성은 '문제 제기+주장+논증'의 형태가 되지 않는다. 무리해서 그런 형태로 맞추려고 해도 잘 안 될 것이다. 어쩌면 조사한 것을 보고하는 유형의 글은 그 나름의 특정한 형식이 있다고 생각하는 것이 좋다.

그런데 학생이 제출한 보고형 리포트를 읽고, 자네들이 여러 가지 조사해서 알게 된 것을 적는 게 보고형 과제라고 생각하는 것은 아닐까, 하고 생각했다. "어, 다른가요?"라고 말하는 목소리가 들려오는 거 같은데? 다른 것이라니까! 예를 들어서 '네덜란드의 안락사 법에 대해 조사해서 보고하시오'라는 과제가 나왔다고 하자. 대부분의 사람은 다음과 같이 고민한다. 우선 '안락사'법을 다루고 있는 책을 읽거나, 인터넷에서 검색해서 자료들을 잔뜩 수집한다. 그것을 정리하여 논문 형태로 만들고자 할 때, 어떤 것을 적으면 좋을지, 아니면 자료의 어느 부분을 읽으면 좋을지 몰라서 정리도 안 된 보고서가 만들어지게 된다.

제목(가제) 네덜란드의 '안락사'법

Ⅰ 서론
- 네덜란드 '안락사'법을 간략히 소개
- 조사 방법에 대해
- 각 절의 내용

Ⅱ '안락사'법 제정의 배경

Ⅲ '안락사'법의 내용
(1) 안락사의 정의
(2) 어떠한 경우에 안락사가 인정되는가
(3) 인정될 수 없는 안락사의 경우
(4) 안락사의 방법
(5) 본인의 의사 확인 방법

Ⅳ '안락사'법 제정까지의 경위
(1) 선행하는 법률은 있는가
(2) 누가 법률을 제안한 것인가
(3) 어떠한 논의가 있었는가
    - 찬성파
    - 반대파

Ⅴ '안락사'법 제정 이후의 경위

(1) 판례가 있나 → 있었다면 기록

(2) 사회적 영향

(3) 사회에서의 평가

Ⅵ 다른 나라의 유사한 법률과 비교

Ⅶ 마무리

순서를 변경하는 것이 좋을 것 같다. 우선 보고 논문의 아우트라인을 먼저 만든다. 이때 '안락사'법에 대해 어느 정도의 항복을 제시하면 좋을지를 생각해야 할 것이다. 법률과 연관된 문제이기 때문에 법률에 관한 내용은 반드시 필요하다. 왜 그러한 법률이 제정되었는지에 대해서도 명기할 필요가 있다. 법률이 어떻게 만들어지고 또 어떻게 진행되었는지에 관한 것도 중요하다.

법률의 내용에서 중요한 것은 무엇일까? 우선 안락사에 대한 정의(定意)일 것이다. 이것으로부터 어떤 경우에 그 사람의 안락사가 인정되는지에 관한 사항도 중요하다. 본인의 의사에 대한 확인이 필요한지, 다른 나라에 비슷한 법률이 있는지 없는지에 대해서도 조사할 필요가 있을 것이다. 이와 같이 또다시 생각해서 조사해야 하는 항복을 추려 가다 보면 128~129쪽의 아우트라인이 만들어질 것이다.

'안락사'법 자체에 대해서는 비록 모른다고 할지라도 대체로 어떤 내용을 담으면 되는지에 대해서는 알 수 있을 것이다. 따라서 이와 같은 방식으로 아우트라인을 만드는 것은 그다지 어려운 일이 아니다. 아우트라인이 만들어지면 무엇을 조사하면 좋을지가 명확해진다. 자료를 읽을 때도 어디에 주목해야 할지가 분명해진다. 그럴 경우 수많은 자료를 앞에 놓고 멍하게 있지 않아도 된다.

물론 조사해 나가는 가운데 처음에 생각했던 점들이 부적절했다는 것도 알게 될 것이다. 이 경우 아우트라인을 수정하면 된다. 또한 조사 방향에 대해서도 전혀 감을 잡지 못하는 경우도 있을 수 있다. 그때는 우선 관련 서적을 읽고 해당 사항에 대해 개괄적으로 파악한 후에 아우트라인을 만들고, 보다 심층적으로 조사해 나가면 될 것이다.

철칙 22

조사해서 보고하는 형태의 과제일 경우, 조사한 결과에 대해 단순히 작성하는 것이 아니다. 무엇을 보고하면 좋을지에 대해 먼저 생각한 후 여기에 초점을 맞추어 조사하는 것이다.

5-5 하지만 도대체 아우트라인을 어떻게 만들 것인가?

― 아우트라인이 얼마나 중요한지는 알겠지?

― 우선, ① **아우트라인은 논문의 씨앗이다.** 아우트라인이 확장되어 논문이 된다는 것은 곧 논문이 일정한 구조를 가지고 있다는 것을 의미한다.

그리고 ② **아우트라인은 논문 작성의 연료이기도 하다.** 아우트라인이 있기 때문에 무엇을 찾아서 어디에 쓰면 좋을지가 보이기 시작하고 그래서 논문이 작성되는 것이다.

더욱이 ③ **아우트라인은 목차나 초록의 원형으로서도 사용된다.** 그렇기 때문에 그 어면 '논문 작성법 책'에서도 아우트라인을 만드는 것에 대한 중요성을 강조하는 것이다. 논문과 별도로 아우트라인을 만든다고 생각하면 힘들겠지만, 여기에서 강조하는 것은 아우트라인을 확장시켜서 논문을 완성하는 것이기 때문에 결코 부담스럽게 생각할 필요가 없다.

― 아우트라인을 키워서 논문으로 만들어간다는 것은 알겠지만, 그 아우트라인 자체는 어떻게 만드는 것이 좋은가요? 그리고 단순한 아우트라인을 제대로 된 아우트라인으로 만들어 가는 것은 매우 힘든 작업일 것 같아요.

― 알아차렸네. 역시 눈치가 빠르군. 한석봉 군이 말하고 싶은 것은 즉, 막연한 문제로부터 출발해서 여러 가지 논점을 만들고 그것을 정리해서 논문의 아우트라인 형태로 가져가는 것은 보고형 논문에는

없는 작업이라는 점에 대한 지적이지? 음, 그것은 대부분의 '논문 작성법 책'에는 나오지 않는다. 왜냐하면 이 부분은 극히 당연한 '방법'이라서 '절차'로서 이야기하기에는 어려운 부분이기 때문에 대부분의 책에서는 '과제를 잘 이해해서 기초조사를 한다. 기초조사가 끝나면 아웃트라인(논문의 구성)을 생각한다. 그러고 나서 작성하기 시작한다. ……' 또는, '기초조사를 할 때 메모지를 사용하면 아웃트라인을 만들 때 편리하다' 등과 같이 상황에 비추어 논의가 전개된다. 그렇지만 아웃트라인을 만들 때 가장 핵심적인 측면인 어떻게 착상해 낼 것인가에 대한 논의는 거의 본 적이 없다.

　─ 뭔가 요리방송 같네요.

　─ 무슨 얘기지?

　─ 자, 보세요. 요리방송에서 흔히 볼 수 있는 일이잖아요. '이쪽에서 소스를 만들고 재료는 물 1컵…… 그리고 이쪽에 뼈와 양쪽 살을 가르고, 잔뼈를 추려 낸 다음, 소금을 한 스푼 뿌린 고등어회는 시간 관계상 미리 잘라서 준비해두었습니다. 이 잘라 놓은 살을 소테(버터로 살짝 튀겨낸 고기)로 만듭니다. ……'와 같은 거잖아요.

　─ 어이! 설마 자네가 알고 싶은 게 고등어 요리할 때 사전 준비를 하는 방법은 아니겠지?

　─ '시간 관계상 여기에 아웃트라인은 만들어져 있습니다'라고 말한다면, 헉!

　─ 흠, 그렇게까지 말해버리면 할 말이 없다. 자, 다음으로 아웃트라인을 어떻게 착상해낼지에 대한 '방법'을 생각해 보자. 지금부터 소

개하려는 것은 내가 논문을 작성할 때 사용해온 경험에 비추어 확인된 방법이라는 점을 명심해야 한다. 하지만 자네에게 분명히 도움이 될 것이다.

막연한 문제로부터 명확한 아우트라인에 도달하는 방법

출발점은 '챌린저호 폭발 사고로부터 우리는 무엇을 배울 수 있는 가?'라는 질문이다. 이 질문은 아직 막연하다. 여기에서부터 어떻게 아우트라인을 만들어 가면 좋을까? 그 답은 '문제를 세분화시키는' 것이다. 이 막연했던 메인 문제를 우선 '사고를 왜 방지하지 못했을까?' 또는 '같은 사고를 방지하려면 어떻게 해야 하는가?'로 나누고, 전자의 경우보다 세분화시켜서 '사고는 어떻게 해서 일어났을까', 'NASA는 왜 발사를 강행하려 했을까', '발사 결정은 어떻게 해서 이루어졌을까' 등의 서브 문제로 나눈다. 그리고 마지막 문제의 경우 'S사는 발사를 반대하다가 왜 발사 직전에 태도를 바꾸었을까', 'S사의 의사 결정 과정에서 어떤 사회심리학적 요인이 작용했을까' 등등 또 다른 서브 문제로 나눈다. 그리고 각각의 서브 질문은 문제가 명확하고 범위가 제한되어 있다는 점에서 답을 찾기가 쉽다. 이러한 서브 문제에 답변함으로써 최초의 큰 질문에 대한 답을 얻을 수 있다.

이러한 형태로 아우트라인을 만드는 것은 크고 막연했던 문제를 이미 수집해 놓은 자료를 가지고 답변할 수 있는 몇몇 비교적 작은 서브 문제로 나누고, 그 서브 문제에 대해 모두 답변한다면 최초의 큰 문제에 대해 답변한 것이 된다는 형태로 문제를 정리하여 배치하는 방법 밖에 없다.

이와 같은 아우트라인에 도달하기 위한 방법에는 크게 두 가지가 있다.

RPG법

여기서 **RPG**는 롤 플레잉 게임(Role Playing Game)이라는 뜻이다. 이 방법은 어느 정도 한정된 문제가 주어져 있고 그것에 대한 자네의 답변도 거의 정해져 있을 때 유효하다. 예를 들어, 싱어의 주장을 읽고 자네는 '동물에게 권리를 인정해야만 할 것인가?'라는 문제를 다루기로 정했다고 하자. 물론 이 질문에 '예'라고 답하고 싶다면, 동물의 권리를 인정해야 한다고 주장하는 논문을 작성하는 상황에 대해 생각해 봐야 할 것이다.

이때 이 거대한 질문을 공략할 수 있는 몇 개의 세세한 질문으로 나누기 위한 방법으로 제안하려는 것은 '가상의 적 만들기'다. 다음과 같이 가정해 보자. 자네는 동물의 권리 찬성파의 사도가 되어 내 주장을 가로막는 반대파를 물리쳐 싱어의 생각을 확장하려 하고 있다. 그러기 위해서는 어떤 전략을 취해야 할지를 '롤플레잉'을 통해 생각한다. 찬성파를 위해 비록 몸을 던질 생각은 없지만, 줏대 있는 논문을 쓰기 위해서는 이렇게 가상의 입장에 서서 그 생각을 철저하게 옹호(擁護)하고, 반대파를 물리치기 위한 방향으로 접근하는 전략을 취하는 것이 좋다.

그렇다면 적과 싸울 때 고려해야 할 전략적으로 중요한 항목은 무엇일까?

- 자네가 가지고 있는 무기(대응 전략)는 무엇인가?
- 상대가 가지고 있는 무기(전략)는 또한 무엇인가?
- 자신이 사용하는 무기가 갖는 부작용은 무엇인가?

즉, 자네의 주장을 누가 가로막을 것인가? 이에 대응하기 위해 어떻게 해야 하는지, 어떤 근거를 사용하여 동물의 권리를 주장하면 좋을지 등에 대해 생각을 확장해 나가는 것이다.

한편, 앞에서 언급한 전략적으로 중요한 세 가지 항목 중에서 세 번째 항목은 이해하기 어려울 것이다. 지나치게 강력한 무기를 사용할 경우 어떠한 현상이 발생할 수 있을까? 물론 상대가 '빵' 하고 흔적도 없이 사라지게 되는 것은 좋지만 자신도 날아가 버릴 수 있다. 따라서 논문을 작성할 때 자신에게는 피해가 없으면서 상대를 물리칠 수 있을 정도의 무기가 필요하다. 예를 들어, '그렇게 얘기한다고 해도 어차피 인류도 언젠가는 소멸해 버리기 때문에 권리가 있느냐 없느냐 하는 논의는 무의미하다' 또는 '인간이나 동물도 결국 단백질 덩어리이기 때문에 결국 차이가 없다(따라서 한 쪽만의 권리를 인정하는 것은 난센스다)'와 같은 주장은 지나치게 강한 무기에 해당한다. 그와 같은 무기를 사용한다면 인간에게 권리를 인정하고 동물에게는 인정하지 않는 적의 입장을 무력화시킬 수 있을지는 모르지만, 이렇게 되면 자네는 '두부(豆

腐'에게도 권리를 인정해주어야만 할지도 모른다. 왜냐하면 두부 역시 단백질 덩어리이기 때문이다.

이렇게 우스운 결과가 나오지 않도록 자신의 무기가 어떤 결과를 가져올지에 대해 신중을 기할 필요가 있다. 즉, 자네가 어떠어떠한 논거를 가지고 동물의 권리를 인정한다고 했을 때, 또다시 제기되는 비판에 대해 어떻게 응수할지를 항상 염두에 두고 있으라는 것이다.

이러한 점들을 고려하면서 사례를 찾아보면 다음과 같은 몇몇 문제가 발생할 수 있을 것이다.

(1) 자신의 무기 체크하기
- 주장을 전개함에 있어 자네가 의지하고 있는 싱어는 어떠한 근거로 고등동물의 권리를 인정하고 있는가?
- 이에 대해 자네는 동의하는가?
- 싱어의 논거 이외에 동물의 권리를 인정해야만 하는 또 다른 논거가 있는가?
- 만약 있다면 그 논거들과 싱어의 논거 중에서 어느 쪽이 더 우월한가?
- 이러한 논거에 약점은 없는가?

(2) 적의 무기 체크하기
- 자신의 입장에 반대하는 사람들은 어떤 주장을 하고 있는가?
- 상대의 반론에 약한 것부터 강한 것까지 어떤 종류의 주장들이 있는가?

- 지금까지 주로 누가 그러한 주장을 펼쳐 왔는가?

- 그들이 주장하는 근거를 제시하기 위해서는 어떤 논의가 있을 수 있을까?

- 그러한 상대의 논의에 약점이 있는가? 있다면 그것은 무엇인가?

- 만약 자네가 어떤 특정 논거를 들어 동물의 권리를 인정해야 한다는 주장을 펼쳤을 때 반대파로부터 어떤 비판이 예상되는가?

(3) 자신이 가진 무기의 부작용 체크하기

- 만약 자네가 이러이러한 논거로 동물에게 권리를 인정해야만 한다고 할 경우, 자네는 결국 무엇을 주장하는 결과가 되겠는가? 예를 들어 태아, 장애자, 뇌사자, 치매 환자에게 자네의 주장을 적용했을 때도 동일한 결론이 나올 수 있을까?

이와 같이 서브 문제와 이에 대한 답변을 잘 조합해서 메인 문제인 '동물의 권리를 인정해야만 하는가?'에 대한 답을 제시하기 위해 논문을 작성하는 것이다. 하지만 이 단계까지 진행됐다고 해도 자네는 아직 논문을 쓰기 어려울 것이다. 이렇게 세부적으로 정식화된 질문에 답할 정도의 재료와 지식이 아직 없기 때문이다. 여기에서 다시 한 번 문헌이나 자료 조사가 요구된다. 최초의 조사는 개괄적으로 검토해서 문제를 세우기 위한 조사에 해당한다. 하지만 그다음의 조사는 물음에 대한 답변을 제시해서 논증을 만들어 나가기 위한 조사이기 때문에 간단히 책 한 권 정도 읽어서 해결될 문제는 아니다. 따라서 핵심을 제대로 짚어서 조사할 필요가 있다(상세한 조사 방법은 3-6을 참조).

사형 제도의 존속과 폐지에 대한 논쟁은 오래전부터 있어 왔다. 유럽 대부분의 나라에서는 사형 제도가 폐지되었지만, 한국이나 미국에서는 아직 존속되고 있다. 그렇다면 자네는 사형 제도 폐지를 찬성하는 입장에서 논문을 작성해야 한다고 하자. 거기서 RPG법을 써서······

(1) 우선 사형 제도 폐지를 위한 논거에 대해 아는 대로 최대한 제시해 보자.

(2) 사형 제도 존속론자들이 어떤 논거에 기초해서 존속을 주장할지에 대해 생각해 보자.

(3) 자네의 논거에 사형 존속론자들이 어떤 비판을 할지 예상해 보자.

(4) (2)와 (3)에서 예상한 사형 존속파의 논의를 무력화시키려면 어떻게 반론을 펼쳐야 좋을지 생각해 보자.

빌리야드(당구) 법

RPG법은 도중에 완전히 오리무중에 빠진다고 하더라도 어찌 되었건 제기된 물음에 대해 자신의 답변이 명확하게 제시되어 있을 경우에 의미가 있다. 하지만 토픽만 주어지고 문제를 자신이 설정해야 하는 경우나, 임의로 문제가 설정되었어도 답을 아직 모르는 상황에서 이것저것 찾아야 하는 경우도 있다. 이럴 때 과연 적절한 방법은 있는 것일까?

나도 가끔 이러한 상황에 빠지곤 한다. 갑자기 대학에서 벤처기업에 대한 특강을 해달라거나, 학력 저하 문제에 대해 한마디 해달라는 의뢰가 들어오는 경우가 있다. 철학자란 어떠한 논제를 던져주더라도 나름의 흥미로운 논의를 제시할 것이라는 '감사한 오해' 덕분이다. 하지만 감사하고 기쁜 것은 의뢰받은 순간뿐이고, 뒤에는 마치 지옥과도 같은 고통이 따른다. 이런 경우 적용하는 방법이 있는데, 이를 세 단계로 나누어 제시하면 다음과 같다.

(1) 질문 필드 만들기

예를 들어, 지금 '학력 저하 문제'라는 논제가 주어졌다고 하자. 거기에 '정말?'이라는 물음을 제기해 본다. 그 결과로서 '학력 저하 현상이 정말 일어나고 있는 것일까?'라는 물음이 만들어진다. 또는 '어떤 의미일까?'라는 물음을 던져 보자. 그렇게 하면 '학력 저하가 어떤 의미로 사용되고 있는 것일까? 모두 같은 의미로 사용하고 있는 것인가?

또는 '도대체 학력이란 어떤 의미일까?'라는 물음이 제기된다. 처음에 제기된 물음을 '문제 제기 물음'이라고 하고, 그에 따라서 얻어지는 물음을 '도출된 물음'이라고 하자. 키워드로 계속해서 질문을 던짐으로써 새로운 물음을 도출해 내려는 것이므로 '빌리야드법'이라는 명칭을 붙였다. 문제 제기 물음과 도출된 물음의 일람표를 만들면 다음과 같다.

문제 제기 물음을 통해	도출된 물음의 사례
정말로? [신빙성]	학력 저하 현상은 정말 일어나고 있는 것일까?
어떤 의미? [정의]	도대체 '학력'이란 무엇인가? 어떻게 정의할 수 있는가?
언제(부터 / 까지)? [시간]	언제부터 학력이 저하되기 시작했나?
어디서? [공간]	다른 나라에서는 학력 저하 현상이 나타나고 있는가?
누구? [주체]	누가 학력 저하 현상을 주장하고 있나? 누구(어떤 층의 학생)의 학력이 저하되고 있는가?(또는 학력 저하 대상)
어째서? [경위]	어떤 과정을 통해 학력이 저하되고 있는가?(갑자기 그런 것인가 / 아니면 서서히 그런 것인가)
어떻게? [양태]	학력 저하의 현상은 어떤 양상을 보이고 있는가?
어떻게 하면? [방법]	학력 저하 현상이 존재한다는 것을 어떻게 확인했는가?
왜? [인과]	학력 저하 현상의 원인은 무엇인가?

다른 데서는 어떤가? [비교]	교과에 따라 학력 저하의 차이가 존재하는가? 지역에 따라서 학력 저하의 차이는 있는가?
이것에 대해서는? [특수화]	이러한 상황이 학력 저하 현상인가?
이것뿐인가? [일반화]	학력 이외의 능력도 저하되고 있는 것은 아닌가? 학력 저하는 다른 것에 비해 폭넓은 능력 저하 현상으로 이어지는 것은 아닌가?
모든 것이 그러한가? [한정]	모든 과목에서 학력 저하 현상이 나타나는가?
어떻게 해야만 할까? [당위]	학력 저하 현상에 어떻게 대응해야 할 것인가?

이 일람표에 나타나 있는 작업은 몇 번이고 반복해서 진행할 수 있다. 예를 들어, '과연 〈학력〉이란 어떻게 정의되고 있는가?'라는 물음에 대해 '서로 다른 측면에서는 어떠할까?'라는 질문을 추가로 던져보면 '문화나 국가에 따라서 〈학력〉의 정의는 차이가 날까?'라는 물음이 생겨나게 된다.

이렇게 해서 서로 관련된 많은 물음이 새롭게 만들어진다. 이를 '질문 필드'라고 부르기로 하자. 물론 이러한 물음 속에는 답이 필요 없는 난센스적인 것도 있을 것이고, 중요한 물음일지라도 가지고 있는 자료나 자네의 지적 수준으로 감당하기 어려운 물음들도 있을 것이다. 하지만 처음에는 어쨌든 다양한 물음을 많이 제기하는 것을 목표로 하자.

(2) '질문 필드'에서 '질문과 답변의 필드'로

질문 필드가 대략 만들어지면 다음 작업을 수행한다.

① 각각의 물음에 대해 현시점에서 떠올릴 수 있는 답변의 아이디어나 가설을 작성해 나간다.

② 답변이 떠오르지 않을 경우에도 어떤 것들을 추가로 조사하면 답이 나올지를 예상해서 그 아이디어를 작성한다.

③ 경우에 따라서는 각각의 물음을 얼마나 더 세세하게 나누면 답변할 수 있을지를 생각해서 그 서브 문제를 작성해 나간다.

④ ①이나 ②의 답변에 대해 추가로 질문을 던져 만들어지는 새로운 질문을 적는다.

예) 질문 필드 속 '학력 저하의 원인은 무엇인가?'라는 물음에 대
해 우선 답변을 생각해 보았다.

'학력 저하의 원인은 무엇인가?

→ 수업시간이 줄었나?

→ 공부함으로써 얻게 되는 이점이 와 닿지 않았나?

→ 교사들의 교육 역량이 저하되었나?

→ 입시 과목이 줄어들었나?

→ 학력 인구가 줄어서 입시가 쉬워졌나?

→ '자율학습 교육' 정책 때문인가?

→ 평준화로 인해 배움의 의지가 저하되었기 때문인가?

여기까지 언급한 것은 일반적으로 회자되고 있는 것을 그대로 옮겼을 따름이다. 이에 대해 다시 ①, ②, ③을 적용해 보자.

수업시간이 줄었나?
- 정말 수업시간이 줄었나?
  → 수업시간의 변화에 대한 통계가 필요하다
- '수업시간'이란 무엇인가?
  → 반드시 수업시간 = 공부시간이 아니다?
  → 학원에서의 공부시간은 늘고 있다?
- 줄었다면 왜 줄었을까?
  → 주 2일 휴일제의 도입을 위해서? → 정말인가? → 주휴 2일제 도입 전후의 수업시간을 비교
  → 자율 학습시간을 늘리기 위해서? → 정말인가?

이와 같은 방식으로 질문 → 답변 → 질문의 형식에서 많은 논점이 생겨나게 된다.

⑤ 이러한 작업을 병행하면서 자네는 이미 몇 개의 자료나 논문을 읽게 되는 것이다. 각각의 논문에서 다루어지고 있는 논점이나 논문 저자의 주장이 필드에서 어떤 문제와 연관되고 있는지를 생각해서 필드에 작성해 나간다.

예를 들어, 학력 저하가 발생하고 있기 때문에 교육부에서 추진하고 있는 '자율학습 교육'은 틀렸다고 주장하는 입장과 학력 저하는 발

생하지 않기 때문에 자율학습 교육을 추진해야 한다고 하는 입장뿐이라면 이야기는 쉬울 것이다. 그러나 조사를 하는 과정에서 학력 저하가 실제로 일어나고 있기 때문에 반드시 자율학습 교육을 해야 한다고 주장하는 입장도 있다는 것을 알게 되었다고 하자. 여기에서 질문 필드에 '학력이란 도대체 무엇인가?'라는 논점이 있다고 한다면, 지금 알게 된 것에 이 논점을 결부시켜 '학력 저하를 이유로 자율학습 교육을 그만둬야만 한다는 사람들과 학력 저하에도 불구하고 자율학습 교육은 추진되어야만 한다는 사람들은 〈학력〉이라는 것을 파악하는 방법이 서로 다른 것은 아닐까?'라는 문제를 설정할 수 있게 된다. 이 문제를 핵심으로 해서 한층 더 조사를 진행시켜서 다른 논점인 '학력 저하가 있는가? 없는가?', '어떻게 대처해야 할까?' 등도 쉽게 결합시킨다면 그 나름의 논문 아우트라인이 만들어질 것이다.

　중요한 것은 논문 읽기와 조사를 병행해가면서 빌리야드법을 반복해서 사용함으로써 가능한 한 많은 논점을 엮어내는 것, 처음 시작점에서는 논문으로 정리해 가는 것만을 지나치게 염두에 두지 말고 순간순간 떠오르는 방향대로 질문 필드를 충실하게 만들어 가는 것에 전념하는 편이 좋다고 말할 수 있다.

철칙 23

질문과 답변 필드의 핵심은 얼마나 많은 논점을 찾아내느냐에 달려 있다. 논문에서 다룰 것인지 아닐지에 대해서는 고려하지 말고 어쨌건 순간의 번뜩임과 착상을 통한 확장을 즐겨라.

(3) 필드에서 아우트라인으로

이러한 방법으로 필드를 확장해 나가면 다양한 논점이 서로 결합된 구조로 나타나게 될 것이다(146쪽 그림). 다음 그림에서 나타나는 구조가 '창조적 링크-리좀(rhizome)'이다. 이 세계에서 발생하게 되는 개괄적인 양상은 지나치게 복잡하기 때문에 그것을 빠짐없이 다루려 하면 이렇게 복잡한 구조가 된다. 이 리좀 형태의 구조를 그대로 논문으로 만든다면 좋을 것 같다. 이는 링크로 연결되어 있는 하이퍼텍스트로 만들면 가능할 수도 있다.

하지만 이 시점에서 우리가 쓰는 논문의 99%는 서론부터 마지막 문장까지 일직선으로 써내려가는 리니어(linear)적인 것이다. 이러한 방법으로 제대로 표현할 수 있는 구조는 대체로 도표의 중간(부분순서라고 함)과도 같은 구조다. 다만 화살표는 'A를 논의하기 위해서는 B에 대해 논의하지 않으면 안 된다'는 관계를 보여주고 있다. 따라서 조사한 일이나 필드에 묘사된 것을 모두 논문에 집어넣는다면 틀림없이 엉망이 되고 말 것이다.

 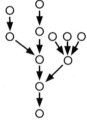 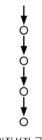

변칙대칭적 구조   부분 순서적 구조   일직선적 구조

 필드 구조

> **철칙 24** 필드를 아웃라인에 적용하기 위해서는 버리는 작업이 필요하다. 아깝지만, 선별하여 버릴 것은 과감하게 버린다.

그렇다면 어떤 기준에 따라 취사선택을 하는 것이 적절한가.

- 우선 자신이 가장 관심을 가졌던 문제를 중심에 둔다.
- 그 문제를 해결하는 데 관련되는 물음이나 화제를 필드로부터 골라낸다.
- 자신의 능력, 시간, 자료 수집의 여부, 조금은 새로운 논점을 포함하느냐의 여부에 따라 어떤 문제·화제를 논문에 집어넣을 것인지를 결정해간다. 148쪽 연습문제 8에서 한번 실제로 만들어 보자.

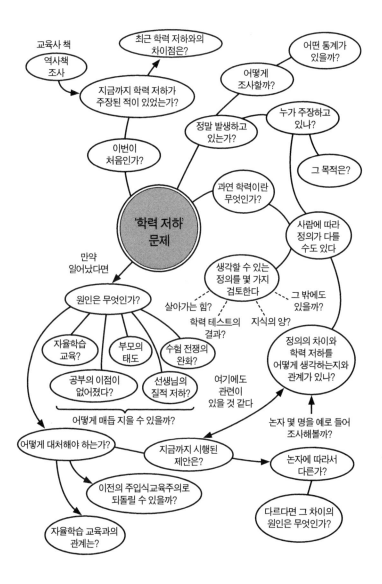

▶ 질문 필드의 사례

연습문제 8

147쪽 도표는 대학생의 학력 저하 문제에 관해 만든 '질문 필드'의 사례다. 이 필드에서 논문으로 정리될 것 같은 질문의 뼈대를 선택하여 골라낸 다음 잠정적인 아우트라인의 형태로 만들어 보자(가능하면 두 가지 종류 만들기).

5-6 범주의 계층 구조

— 한석봉 군, 다시 한 번 동물의 권리에 대한 논문을 써 보자. 어떻게 하면 좋을지 알겠지?

— 우선 관련 서적 한 권 정도 읽고 질문과 답의 필드를 만든 다음, 아우트라인을 만들고 그것을 확장시켜 나가라는 것이지요?

— 그렇다. 여기까지 얘기했었나? 어쨌건 아우트라인까지 가보자.

— 그런데 질문 필드를 만들거나, 처음 아우트라인을 만들 때 컴퓨터를 사용해서 만들어도 괜찮은가요?

— 그렇다. 최근에는 아우트라인 프로세서나 그와 비슷한 종류의

프로그램도 있다. 하지만 내 경험상 A4용지 크기의 노트가 적절할 것으로 판단된다. 다만 그 노트는 언제 어디서나 항상 휴대해야 한다. 전철에서 문득 생각난 것, 도서관에서 조사한 것, 컴퓨터로 조사한 온라인상의 정보, 커피숍에서 복사한 논문을 읽으면서 떠오른 것, 그런 것들을 그때그때 기록해서 질문 필드를 확대해 갈 수 있다는 점에서 종이로 된 노트가 기동성이 있다. 최신 기술을 사용하면 더 좋은 아이디어가 떠오를 거라고 생각한다면 그건 환상일 뿐이다. 예를 들어, '아이디어가 생각났다! 집에 가서 컴퓨터에 입력해야지'라고 생각하면서 집으로 돌아오는 길에 친구들을 만나 술 마시러 가게 되면 결국 잊어버리게 되지.

— 저는 분명 안 마셔도 잊어버릴 거예요.

— 논문에 관한 모든 논점을 머릿속에 넣어 둔다는 것은 불가능하다. 인간의 기억력에는 한계가 있기 때문이지. 머릿속에 기억해 둔다는 생각은 접고 노트에 즉시 적어 두자. 이와 같이 노트로 작업하면 모든 것이 분명해지고 꼼꼼하게 작업할 수 있다.

이런 이유에서 우선 아우트라인 마감은 일주일 뒤로 하자.

범주의 오류에 주의하기

(1주일 후)

— 우선 아우트라인을 만들었으니 봐주세요.

제목(가제): '동물의 권리를 인정해야만 하는가?'

(한석봉 군의 아우트라인 – 버전 1)

I 서론

- 문제 제기: 동물의 권리를 인정해야만 하는가?

- 주장: 인정해야 한다.

- 각 절 내용의 개요

II 문제 제기와 문제 분석

'동물의 권리를 인정해야만 하는가?'

(1) 문제의 배경

- '학대 반대'로는 부족하다고 생각하게 되었다.

- '동물 학대 현상

    - 동물실험

    - 닭

    - 송아지 고기(仔牛肉)

    - 육식

(2) 문제의 설명

- '동물'의 범위

- '권리를 인정'한다는 것은 어떤 것인가?

Ⅲ 동물의 권리 인정에 대한 논증

주장: 동물의 권리를 인정해야만 한다.

논거:

(1) 싱어의 논의에 대한 소개

(2) 싱어의 논증에 대한 비판

(3) 비판에 답변하고자 한다면

Ⅳ 결론

─ 보통 처음이라면 대부분 이 정도일 거야. 동물의 권리를 인정한다는 입장에서 작성한 것이군. '싱어의 논증에 대한 비판' 부분에서는 RPG법을 써서 논점을 도출해내고 있는 것인가? 그렇게 하는 것이 좋겠다. 그리고 '동물 학대 현상'은 동물의 권리를 문제 삼는 배경 가운데 하나일 것이다. 그런데 동물실험, 닭, 송아지 고기, 육식은 뭐지? 이런 것들에 관해서만 유독 자세히 다루는 것도 이상하지만, 뭔가 잡다한 것들만 열거되어 있는 것은 아닐까?

─ 동물실험은 아시겠죠? 그리고 '닭'은 ……. 아, 그거 있잖아요. 공간을 쪼개서 비좁게 사육하는 것이요. 그것을 뭐라고 하더라?

─ '밀집 사육'? 그건 그렇고 '송아지 고기'는 뭐야?

─ 커틀렛(cutlet)용 송아지 고기는 뽀얗고 피비린내가 나지 않는 것이 고급이거든요. 그래서 일부러 철분을 먹이지 않고 빈혈 상태로 미

동도 하지 못하게 만든 다음, 운동 부족 상태로 길러서 고기를 만들어요. 사진으로 봤는데 정말 잔인해요.

— 송아지 커틀렛이라고? 먹어 본 적이 없는데.

— 아! 교수님도 동물해방론자이시네요.

— 무슨 소리야! 돈이 없어서 그런 거지. 대충 자네가 말하고자 하는 것이 뭔지 알겠다. 지금 단계는 논문을 쓰기 위해 메모하는 수준이라 이 정도로 이해할 수 있지만, 완성된 논문도 이런 수준이라면 큰일이다.

— 왜 그런가요?

— 자네, **범주의 오류**가 무엇인지 알아?

— 오류란 것은 무엇인가 잘못되었다는 것이지요. 그런데 '범주'란 무엇인가요?

— 그것은 길버트 라일(Gilbert Ryle)이라는 철학자가 만든 단어로서 이렇게 설명하고 있다. 대학 설명회에 가서 처음으로 대학 내부를 안내받았다고 하자. 교실, 도서관, 운동장, 연구실, 사무실 등등……. 한동안 안내받고 나서 자네가 "대학은 어디에 있나요? 학생이 공부하는 곳도 보았고, 과학자가 실험하는 장소도 보았지만, 아직 대학 그 자체를 보지 못했는데요"라고 말했다고 하자.

— 에이, 그렇게 어리석게 말하지는 않아요. 대학이라는 것은 강의실이나 도서관, 연구소, 사무실 등과 구분되는 것이 아니기 때문이죠.

― 그럼 뭐지?

― 음, 강의실·도서관·운동장 등 그런 것들이 모여서 형성된 것, 또는 그런 시설을 사용하는 단체나 조직, 뭐 그런 것이겠지요.

― 그렇다. 따라서 대학을 그러한 건물들과 같은 선상에 놓으면 뭔가 이상하지. 강의실·도서관·운동장 등은 같은 범주에 속하지. 이것들은 시설·건물이라는 범주에 속하지만 대학은 별도의 범주에 속한다. 따라서 범주의 오류라고 하는 것은 서로 다른 범주에 속하는 것들을 같은 범주에 속하는 것으로 여기는 데에서 발생하는 것이다.

― 저도 범주의 오류를 범하고 있나요?

― 그렇다. 자네는 동물 학대의 사례를 들려고 하고 있지? 따라서 그 예가 인간이 동물에게 저지르는 행위가 아니라면 이상한 것이다. 동물실험과 육식은 적절하다. 모두 인간의 행위에 속하기 때문이지. 하지만 '닭'은 동물이라는 종 이름에 속하고, '송아지 고기'는 식재료 명칭에 속한다. 서로 다른 범주에 속하는 것들이 배열되면 상당히 어려워진다. 그 어떤 것이건 분류하고자 할 경우에 같은 관점에서 구분해야만 한다. 생물을 분류할 때 '단세포 생물, 꽃을 피우는 식물, 식초로 담으면 좋은 맛을 내는 어류'로 분류한다면 이상하겠지?

― 그렇다면 모두 인간의 행위에 해당하는 것끼리 분류한다면 괜찮다는 것인가요? 음…….

● 동물 학대 현상

　　　동물실험
　　　닭의 밀집 사육
　　　송아지 사육 방법
　　　육식

　　─ 상당히 나아졌군. 하지만 한 가지 더 말하자면 **범주의 계층**도 주의하기 바란다.

　　─ 그것은 뭔가요?

　　─ 위 네 가지 가운데 닭의 밀집 사육과 송아지 사육 방법의 경우 특정 동물에 관한 것으로 되어 있는 것이 이상하지 않아? 게다가 이 두 가지 항목에는 공통점이 있지?

　　─ 둘 다 사육 방법과 관련이 있다는 것인가요?

　　─ 그렇다. 따라서 이 두 가지는 묶어서 '자연스럽지 못한 사육 방법'으로 해두고 그 하위 부류에 닭과 송아지를 두는 것이 좋다. 그러면 다음과 같이 완성된다.

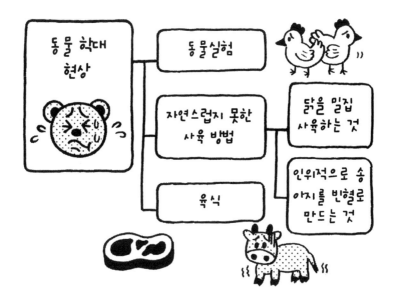

● 동물 학대 현상

　동물실험

　자연스럽지 못한 사육 방법

　　{ 닭을 밀집 사육하는 것

　　{ 인위적으로 송아지를 빈혈로 만드는 것

　육식

　— 많이 깔끔해졌네요.

　— 아우트라인을 만들 때는 이러한 범주의 오류가 일어나지 않도록 신경을 써야 하는데, 다음 원칙에 따르면 좋다.

철칙 25 ▶ 범주의 오류를 피하기 위해 하나의 계층이 동일한 범주의 항목에 포함되도록 한다.

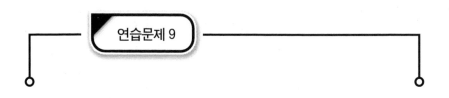

연습문제 9

다음에 제시한 아우트라인(의 일부)은 범주의 계층 구조가 제대로 되어 있지 않다. 여기에서 항목을 정리하고, 필요하면 새로운 항목을 제시하여 계층 구조가 제대로 된 아우트라인이 될 수 있도록 수정하라.

(1)
- 교사들을 고민하게 하는 학생의 '문제 행동'
     시험에서의 부정행위
     수업 결석
     수업 중 잡담
     수업 중 휴대전화 사용
     수업받는 예절의 결여

중간 입실, 중간 퇴실

커닝 페이퍼 지참

'원샷' 강요

(2)

● 한국 정치 시스템의 문제점

정경 유착

선거 위반

낙하산 인사

2세 의원의 전횡

무분별한 공공사업

파벌 싸움

금품 선거

— 하지만 150~151쪽의 아우트라인이라면 싱어의 논의를 정리한 것밖에 되지 않기 때문에 그다지 한석봉 군의 독창성 있는 논문이 될 것 같지 않다.

— 저도 이것 때문에 고민하고 있어요. 또 동물의 권리를 인정하면 고기를 먹을 수 없게 된다는 것도 싫고······.

— 빌리야드법을 써볼까? '정말'이라는 물음을 던져보자. 동물의

권리를 인정하게 되면 정말 고기를 먹으면 안 되는가? 그 이유로 타당한가? 좀 더 생각해볼 필요가 있지 않을까?

— 아, 그렇군요. 그러한 것을 생각한 다음, 그 내용을 첨부한다면 좋을 것 같아요. 다만 논문 마지막에 갑작스럽게 '고기는 먹어도 좋은가?'라고 쓴다면 이상하겠죠.

— 이렇게 하면 어떨까? 동물의 권리를 인정했다면 동물에 대한 우리의 태도를 어떻게 바꿔야 하는지를 검토하는 절을 만들어서 그 안에서 육식에 관한 것도 생각해 보는 거지.

— 교수님의 조언을 참고로 해서 좀 더 확장해 보겠습니다. 이것이 새로운 아우트라인입니다.

제목(가제): '동물의 권리를 인정해야만 하는가?'

(한석봉 군의 아우트라인 – 버전 2)

Ⅰ. 서론

　　● 문제 제기: 동물의 권리를 인정해야만 하는가?

　　● 주장: 인정해야 한다.

　　● 각 절 내용의 개요

Ⅱ. 문제 제기와 문제 분석: 동물의 권리를 인정해야만 하는가?

(1) 문제의 배경

- '학대 반대'로는 부족하다고 생각하게 되었다
- 동물 학대의 현상

    동물실험

    자연스럽지 못한 $\left\{\begin{array}{l}\text{닭을 밀집 사육하는 것} \\ \text{인위적으로 송아지를 빈혈로} \\ \text{만드는 것}\end{array}\right.$

    사육 방법

- 육식

(2) 문제의 설명
- '동물'의 범위를 어디까지 포함해야 하는가
- '권리를 인정한다'는 것은 무엇인가

    동물의 권리를 인정한다는 것은 단순히 '학대 반대'보다

    더 강한 입장이다

Ⅲ. 동물의 권리를 인정하는 것에 관한 논의

    주장: 동물의 권리를 인정해야만 한다

    논거:

        (1) 싱어의 논증 소개

        (2) 싱어의 논증에 대한 비판

        (3) 비판에 대해 답변을 한다면

Ⅳ. 동물의 권리 인정에 대한 결론 및 전망

(1) 동물실험을 못하게 되는 것인가

(2) 동물 사육법은 어떻게 달라질 것인가

(3) 동물을 먹지 못하게 될 것인가

V 결론

　― 흠, Ⅳ를 추가해서 Ⅱ의 (1)에서 지적한 현상이 동물의 권리를 인정하게 될 경우 앞으로 어떻게 변할 것인지에 대해 생각해 보자는 것이군. 매우 깔끔한 구성이 되었네. 이제 비로소 논문다워지는 것 같다. 물론 이후에 살을 제대로 붙였을 경우의 얘기다. 이제 싱어의 논의가 무엇인지를 잘 알 수 있겠지?

　― 아뇨, 그건 지금부터 공부해야 할 내용이 아닌가요?

논증의 기술

　잠깐 복습하자. 논문이란 기본적으로는 '자신이 하고 싶은 이야기를 하기' 위한 것이다. 따라서 무엇을 말하려고 하는지 불분명한, 결론 (주장)이 없는 '논문'은 빵점이다. 하지만 논문에서는 하고 싶은 얘기만 하는 것도 금물이다. 즉 자신이 하고 싶은 이야기를 보편적인 형태로 만들어서 주장하는 것이 논문인 것이다. 다시 말해서 그저 하고 싶은 말을 이야기하는 것과 하고 싶은 말을 논증하는 것은 다른 것이다. 그래서 논문은 반드시 논증을 포함해야만 한다.

그럼 '논증'이란 무엇일까. 이 장에서는 우선 논증이 무엇인지에 대해 명확하게 제시하고, 이어서 논증의 설득력이 무엇에 의해 결정되는지에 대해 살펴보고자 한다. 그리고 논증의 몇 가지 패턴에 대해 정리하고, 그 패턴을 적용할 때 무엇에 신경을 써야 하는지를 제시할 것이다. 나아가 그 응용으로서 타인의 논증에 대한 비판, 즉 반론을 펼치기 위해서는 어떻게 해야 하는지에 대해 생각해 보도록 하자.

6-1 논증이란 무엇인가?

— 제가 항상 신경 쓰이는 것이 바로 '논증'이에요. 물음을 제시하고 그 물음에 대해 스스로 내린 답변을 결론으로 삼아 본문에서 그것을 논증하는 것이 논문이라는 것까지는 알겠는데, 그렇다면 도대체 '논증'이란 무엇인가요? 어떻게 해야 논증이 되는지를 모르겠어요.

— 그렇다면 그것에 대해 이번 장에서 다루어 보자. 우선 거시적인 측면에서 논증이 무엇인지를 정의해 보자.

> 논증이란 무엇인가? 그저 단적으로 'A이잖아'라고 우기기보다는 'A'라는 주장의 설득력을 논리적으로 높이고자 할 때 행하는 일련의 언어 행위가 곧 논증인 것이다.

― 하하, 이것이야말로 아주 함축된 정의라고 할 수 있지.

― 자화자찬하지 마시고 자세하게 설명해 주세요. 여기에서 'A'란 무엇인가요?

― 이 'A'에는 주장하고 싶은 문장이 들어간다고 생각하자. 예를 들어 'A'를 '소비세를 증세해야 한다' 또는 '탈(脫)원전 정책을 추진해야 한다'로 해도 좋다.

― '언어 행위'는요?

― 도라에몽에서 퉁퉁이가 "난 정말 센 사람이야"라고 말하고 있다고 하자. 거기서 진구는 "말만으로는 믿을 수가 없지"라고 대꾸한다. 이때 "뭐야! 이 녀석이!"라고 하면서 퉁퉁이가 주먹을 한 방 날린다. 진구는 눈이 'X'자 모양이 되어 "아아! 잘 알았어. 퉁퉁아, 너는 정말 세구나"라고 말한다. 퉁퉁이는 진구에게 한 방을 날림으로써 '나는 세다'라는 주장의 설득력을 한층 더 높인 것이다.

― 저는 그런 방법으로는 설득당하고 싶지 않아요.

― 하지만 퉁퉁이는 언어를 가지고 설득력을 높인 것이 아니다. 즉, 언어를 사용하는 행위가 아니면, '논증'이라고 말하지 않는다는 의미에서 '언어 행위'라고 한 것이다.

― 그렇군요. 그렇다면 '논리적으로 설득력을 높인다'는 것은 무엇인가요?

― 언어를 사용해서 설득력을 높였다고 해서 모두 논증이 되는 것은 아니다. 눈물을 흘리거나, 말재주로 상대를 동조하게 만든다든지, 상대의 비논리적인 측면, 감정 등에 호소하는 것은 제아무리 언어를

사용했다고 해도 논증이 아니라는 것이다. 우선 논증의 구체적인 사
례를 보자. 지금 아주 좋은 날씨라고 하자. 그런데 다음과 같이 말하는
두 사람이 있다.

(가) 곧 비가 올 것이다.
(나) 곧 비가 올 것이다. 왜냐하면 기압의 수치가 점점 내려가고
　　　있고, 기압계 수치가 내려가면 곧 비가 내리기 때문이다.

표—1 (나)
기압계의 수치가 내려가면 곧 비가 온다. (근거 1)
기압계의 수치가 점점 내려가고 있다. (근거 2)
∴ 이제 곧 비가 온다. (주장)

　(가)와 (나)의 주장은 같다(곧 비가 올 것이다). 하지만 (가)보다는 (나)
가 설득력이 있겠지. 왜냐하면 (가)는 논증이 아니지만 (나)는 논증으
로 되어 있기 때문이지.
　— 주장에 뭔가 동반되기 때문인가요?
　— 그렇다. 논증은 크게 주장과 근거로 이루어진다. (나)의 경우는
'곧 비가 올 것이다'라는 것이 주장이고, '기압계의 수치가 점점 내려가
고 있다'와 '기압계의 수치가 내려가면 곧 비가 올 것이다'가 근거다.
이것을 도표로 나타내면 표-1처럼 된다. 윗부분이 근거, 아랫부분이 주
장이다. 주장은 한 개지만, 근거는 여러 개 있어도 상관없다. 실제로

논증에서 주장과 근거가 제시되는 순서는 다양하다.

> (다) 기압계의 수치가 점점 내려가고 있다. 기압계의 수치가 내려가면 곧 비가 온다. 따라서 이제 곧 비가 온다.

예를 들어, (다)와 같이 근거가 먼저 나오고 주장이 뒤에 와도 좋다. 이런 것을 논문 구성 이야기에 대응시킨다면(102~103쪽 참조), '다각적으로 생각해 보니 이렇게 되었습니다'의 형태다. 앞서 살펴본 (나)는 '이렇게 생각한다. 왜냐하면'의 형태가 된다.

> (라) 기압계의 수치가 점점 내려가고 있다. 따라서 이제 곧 비가 올 것이다. 왜냐하면 기압계의 수치가 내려가면 곧 비가 오기 때문이다.

이처럼 주장이 두 개의 근거 사이에 들어가도 좋다. 하지만 (나), (다), (라) 모두 동일한 주장과 근거를 가지고 있다. 즉, 논증 구조상 모두 같은 것이다.

철칙 26

논증은 근거와 주장이 순서대로 나오지는 않는다. '따라서', '그러므로', '왜냐하면' 등의 단어에 비추어 근거와 주장을 구분해 보자.

6-2 좋은 논증과 나쁜 논증의 차이

— 하지만 논증 형태를 하고 있다고 해서 언제나 주장의 설득력이 높아진다고 할 수는 없다.

— 아, 그런가요?

— 예를 들어서, 다음과 같이 논증을 한다고 해도 우리는 곧 비가 내릴 것이라는 예측의 설득력이 높아졌다고 생각하지는 않을 것이다.

(마) 곧 비가 온다. 왜냐하면 비의 신이 소리치는 목소리가 들리면 곧 비가 내리기 때문이다. (표-2)

표-2 (마)

비의 신이 소리치는 목소리가 들리면 곧 비가 온다. (근거 1)

비의 신이 소리치는 목소리가 들리고 있다. (근거 2)

∴ 이제 곧 비가 온다. (주장)

— '아니, 이 사람 멀쩡한 사람이야?'라고 생각할 수도 있겠네요.

— 하지만 형태만 보면 (마)와 (나)는 똑같다. 같은 형태를 하고 있어도 주장의 설득력을 확실히 높여주는 논증이 있다면, 조금밖에 높이지 못하는 논증, 또는 전혀 높이지 못하는 논증도 있을 수 있다. 그 차이가 어디에 있는지를 이해할 수 있다면, 그것을 사용하여 설득력이 높은 논증을 만들기 위해 어떻게 하면 좋을지 알 수 있다. 다음으로 이

문제를 생각해 보자. (나)와 (마)는 논증 형태만으로 본다면 똑같다. 하지만 (나)는 어느 정도 설득력이 높아졌지만, (마)는 설득력이 전혀 높아지지 않았다. 왜 그럴까?

― 음, 그러니까, '기압계 수치가 내려가면 곧 비가 내린다'는 것은 학교에서 과학 시간에 배웠기 때문에 대체로 참으로 받아들이잖아요. 하지만 '신이 소리치는 소리가 들리면 곧 비가 내린다'는 것은 전혀 확인할 길이 없기 때문에 그 사람이 자신의 믿음(종교적 확신 등)을 이야기한 것에 불과할 따름이죠. 그리고 기압계 수치가 점점 내려가고 있다는 것을 자신의 눈으로 확인하고 말했다면 더욱 신뢰할 수 있겠지요. 하지만 비의 신이 소리치고 있다는 것은 그 사람에게는 들릴지 몰라도 다른 사람에게도 들리는지는 알 수 없기 때문에 확인할 방법이 없잖아요.

― 그러한 점에서 (나)와 (마)의 차이는 근거 자체의 신뢰성 여부에 달려 있다고 할 수 있겠지?

― 예, 그렇지 않을까요?

― 그럼 이렇게 정리해두자. 주장의 설득력을 높일 수 있는 논증을 '좋은 논증', 그다지 높여주지 못하거나 전혀 높여주지 못하는 논증을 '나쁜 논증'이라고 부르기로 하자. (나)는 대체로 좋은 논증, (마)는 나쁜 논증이라고 할 수 있지. 이를 다음과 같이 정리하자.

표-3 논증의 구조

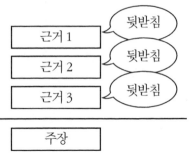

 좋은 논증이 되기 위한 조건 1

좋은 논증이 되기 위해서는 여기에 적용하고 있는 근거 자체가 (설득력을 높일 수 있게) 뒷받침해 줄 수 있어야만 한다.

  — 이 말은 즉, 논증이란 주장과 근거 두 가지 요소라기보다는 주장·근거·뒷받침이라는 세 가지 요소로 구성된다는 것이지요?

  — 그렇지. '뒷받침'은 감추어져 있는 경우가 많기 때문에 확인하기 어렵지만, 좋은 논증이 되기 위해서 없어서는 안 될 요소다. 뒷받침은 기압계를 읽는 것처럼 눈으로 확인하면 알 수 있는 것도 있고, 기압과 강우의 관계처럼 그 자체가 기상학의 복잡한 추론 결과로서 얻어진 것

일 수도 있다. 다시 한 번 도표에 실어 두겠다(표-3).

— 논증의 좋고 나쁨은 정도의 문제라고 생각해도 좋을까요?

— 그렇지. 그렇기 때문에 (나)도 최상의 논증이라고 단정 지을 수는 없고, 비교적 잘 정리된 논증이라고 평가할 수 있다. 그 증거로 반론을 펼쳐 보면 얼마든지 확인할 수 있다. 그럼 반론을 펼쳐 볼까?

— 근거가 제대로 뒷받침되어 있는지를 의심해 보면 되나요? 예를 들어, '내가 본 것이 정말 기압계였는지, 혹시 체중계였던 것은 아닌지?' 또는 '비행기 안에서 기압계를 본 것은 아닌지', '기압계가 내려가면 비가 온다는 것은 어느 정도 신뢰하면 좋을지', '기압계가 내려가도 비가 내리지 않는 때도 있지 않은지?' 등등.

— 그렇다. 또한 반대로 그 '의심'이 제대로 뒷받침되었을 경우 논증 (나)의 설득력은 훨씬 낮아지게 된다. 이처럼 논증에 파고들어 주어진 논증의 설득력을 크게 약화시키는 것을 '반론'이라고 한다. 논문을 쓰는 경우에 자기주장의 우위를 확보하기 위해서는 상대 주장의 논증에 대해 반론을 펼쳐야 한다. 따라서 좋은 논증이 되기 위해 신경 써야 하는 것 가운데 하나는 상대의 논증에 대한 반론의 기술에 달려 있다.

반론의 기술 1

상대의 논증에 근거가 제대로 뒷받침되고 있는지를 확인해서 그렇지 못할
경우 이에 대한 반론을 펼친다.

— 지금까지 좋은 논증이 되기 위한 〈조건 1〉에 대해 논의했다.
— 그렇다면 〈조건 2〉도 있다는 말씀인가요?
— 그렇다. 이를 위해 또 다른 논증을 살펴보자.

> (바) 비가 내린 것이 분명하다. 왜냐하면 비가 내리면 땅이 젖게
>   되는데, 땅이 젖어 있기 때문이다. (표-4)

표―4 (바)

비가 내렸다면 땅이 젖어 있다. (근거 1)
땅이 젖어 있다. (근거 2)
―――――――――――――――――――――――――
∴ 비가 내렸다. (주장)

이 논증에서 '비가 왔을 것이다'라는 주장의 설득력은 높다고 말해
도 좋을까?
   — 그렇지 않나요? 저도 땅이 젖어 있다면, 틀림없이 비가 내렸을
것이라고 생각하니까요.

— 과연 그럴까? 땅이 젖는 것이 비가 내렸을 경우에만 그럴까?

— 아! 누군가가 물을 뿌렸다든지, 수도관이 파열된 경우도 생각할 수 있겠네요. 그렇게 생각하니 설득력이 높다고 확신하기 어렵네요.

— 따라서 (바)도 좋지 않은 논증이라고 할 수 있다. 하지만 (바)가 좋지 않은 논증인 이유는 앞에서의 (마)가 좋지 않은 논증이라는 이유와는 확연히 다르다.

— 음, (마)가 좋지 않은 이유는 그 근거의 뒷받침이 없었기 때문이었지요. 그렇다면 (바)의 경우를 살펴보면 '비가 내리면 땅이 젖는다'라는 것은 땅이 지붕으로 덮어 있었다고 한다면 틀린 것이 되겠지만, 그렇게 말꼬리를 붙잡고 늘어지지만 않는다면 맞는 것이라고 해도 되지 않나요? '땅이 젖어 있다'도 실제로 눈으로 보고 확인한 것이라면 뒷받침된 것으로 보아도 좋을 것 같아요. 즉, 논증 (바)의 근거는 두 가지 모두 뒷받침되어 있기 때문에 좋은 논증으로서의 〈조건 1〉은 만족시킨다고 할 수 있겠네요.

— 그렇기는 하지만 그럼에도 불구하고, (바)는 좋지 않은 논증이다. 논증의 내용은 보지 않더라도 논증 형식만 봐도 그것을 알 수 있다. (바)의 논증 형식만을 제시한다면 표-5와 같이 될 것이다. 그것을 (바*)라고 하자. 그리고 만일 지금 'A라면 B이다(근거 1)'와 'B이다(근거 2)'에도 100% 설득력이 있다고 하자.

표─5 (바)의 논증 형식 (바')

A라면 B이다. (근거 1)

B이다. (근거 2)
_____

∴ A이다. (주장)

― 그렇다면 두 가지 모두 옳다는 것이 완벽하게 확인된 셈이네요.

― 그렇다. 하지만 이 두 가지에서 'A이다'라는 것이 나올 수는 없
다. A가 아닌데 B인 경우가 있을 수 있기 때문이다. A가 아니더라도
B인 경우가 있을 수 있다면 'A라면 B이다'와 실제로 'B이다'라는 것으
로부터 'A이다'라고는 말할 수 없는 것이다.

― '비가 내리면 도로가 젖는다. 이것은 맞다. 따라서 실제 도로가
젖어 있다. 이 두 가지 모두 인정한다고 해도, 비가 온 것이 아니라 누
군가가 물을 뿌리거나 수도관이 파열되어서 도로가 젖었을 가능성은
여전히 남아 있지 않을까?'라고 말할 수 있는 것, 그것이 'A가 아닌데
B가 되는 경우'인가요?

― 그렇다. 그런 것처럼 근거가 모두 참인데 주장이 거짓이 되는 경
우를 '**논증의 반례**(反例)'라고 한다. 'A가 아닌데도 B인 것 같은 경우'가
바로 그 논증의 반례에 해당한다. 반례가 있을 수 있는 논증은 만일 근
거가 모두 100% 참이고 설득력이 있다고 해도, 그 설득력이 주장으로
결코 이어질 수 없는 논증이다.

― 그것은 논증이라고 할 수 없겠네요.

― 그렇다. 그렇다면, (나)의 경우는 어떠한지 생각해 보자. 앞에서

의 (바)와 같이 (나)의 형식을 끄집어내면 표-6과 같이 된다. 이 형식을 (나*)라고 부르기로 하자.

표-6 (나)의 논증 형식 (나*)

A라면 B이다. (근거 1)

A이다. (근거 2)

∴ B이다. (주장)

— 음 앞의 (바*)와 비슷하네요. 그 차이를 찾기가 어려워요.

— 하지만 앞의 것과는 매우 다르다. 여기에는 반례가 없다.

— 그렇다는 것은 만약 'A이면 B이다'와 'A이다'가 모두 100% 참이라고 한다면 반드시 'B이다'도 100% 참이라고 할 수 있는 것이 되겠네요.

— 그렇다. 따라서 이러한 형식의 논증은 근거를 가지고 있는 설득력이 모두 주장으로 이어지는 형식이라고 말해도 좋다. 즉, '설득력을 갖춘 논증 형식'인 것이다. 이러한 (나*)와 같은 반례가 없는 논증 형태를 '**타당한 논증 형식**'이라고 한다. (나*)은 타당한 논증 형식의 대표적인 사례로서, '긍정식(modus ponens)'이라고 부른다. 반대로 (바*)은 타당하지 않은 논증 형식이다. (바)는 그 근거가 모두 충분한 설득력을 갖추고 있기는 하지만, 주장은 전혀 설득력이 없다. 왜냐하면, (바)의 논증 형식 (바*)은 타당한 논증 형식이 아니기 때문이다. 이러한 이유로 제2의 조건은 다음과 같다.

좋은 논증을 위한 조건 2

좋은 논증이 되기 위해서는 타당한 논증 형식을 갖추어야만 한다. 즉, 반례
를 허용하는 논증 형식이 되어서는 안 된다.

이것도 역으로 보면, 상대의 '논증'을 깨뜨리는 반론의 기술이
된다.

반론의 기술 2

상대의 논증 형식을 확인해서 타당하지 않은 논증 형식을 적용하고 있을 경
우에는 이에 대한 반론을 제기한다.

─ 그렇군요. 그런데 논증 형식의 타당성 여부를 확인하려면 어떻
게 해야 하나요?

― 어떤 경우에도 적용할 수 있는 만병통치약과 같은 방법을 원한다면 논리학을 제대로 배워야 한다. 홍병선 외 저(著) 『논리세우기』(연경문화사)와 같은 책으로 공부하면 좋다.

― 아! 어디선가 들어본 적이 있는 책 이름인데…….

― 지금은 논리학을 공부하는 시간이 아니기 때문에 아주 간단하게만 말해두지. 주어진 논증이 타당한 형식인지 아닌지는 다음과 같이 체크한다.

(1) 우선 그 논증의 내용은 염두에 두지 말고, (바)에서 (바*)을 만든 것처럼 문장을 A나 B라고 하는 문자(기호)로 바꾸어 논증 형식만을 끄집어낸다.

(2) 그 논증 형식을 잘 검토하고 근거는 모두 성립하지만, 주장이 성립하지 않는 경우가 있는지를 확인한다.

(3) 그러한 경우가 발견되었다면 그것은 이 논증 형식의 반례에 해당한다. 따라서 그 논증은 타당하지 않은 논증 형식을 사용하고 있는 것이다.

― 음, 하지만 (마)는 뭐였지, (마)는 (나)와 같은 논증 형식…… 이걸 뭐라고 말씀하셨죠?

― '긍정식'이다.

— 아, 맞다. 긍정식을 사용하고 있잖아요. (나)가 좋은 논증이라면 (마)도 좋은 논증이겠군요?

— 좋은 논증이란 〈조건 1〉과 〈조건 2〉를 모두 충족시켜야만 한다. (나)는 두 가지 모두를 충족시키기 때문에 좋은 논증이지만, (바)의 경우 〈조건 1〉은 충족시키고 있지만 〈조건 2〉를 충족시키지 못하기 때문에 나쁜 논증이다. 반대로 (마)는 〈조건 2〉는 충족시키고 있지만 〈조건 1〉을 충족시키지 못하기 때문에 이 역시 나쁜 논증이지.

표-7 타당하지 않은 논증 형식의 대표적인 사례

A면 B이다. (근거 1)

A가 아니다. (근거 2)

∴ B가 아니다. (주장)

표-8 부정식(Modus tollens)

A면 B이다. (근거 1)

B가 아니다. (근거 2)

∴ A가 아니다. (주장)

연습문제 10

    (1) 172쪽의 (바*)은 타당하지 않은 논증 형식인데 우리가 타당하다고 오해하는 형식의 대표적인 사례다. 이처럼 타당하지 않은 논증 형식이지만 타당하다고 생각하기 쉬운 예로 177쪽 표-7과 같은 것이 있다. 이 논증 형식의 반례에 대해 구체적인 예를 만들어 제시하라.

    (2) 긍정식과 비슷한 표-8과 같은 논증 형식을 부정식(Modus tollens)이라고 하는데 이것은 타당한 논증 형식이다. 여기에서 이 논증 형식에 반례가 없다는 것을 제시해 보자. 반례가 없으므로 이 형식을 갖는 논증은 〈조건 2〉를 충족시킨다. 다음으로 이 형식을 갖추고 있으면서 〈조건 1〉도 충족시키는 논증과 이 형식을 갖추고는 있기는 하지만 〈조건 1〉을 충족시키지 못하는 나쁜 논증의 사례를 구체적으로 각각 제시하라.

6-3 타당한 논증 형식의 사례

타당한 논증 형식은 얼마든지 있다. 자네들이 실제로 논문에서 적용할 수 있는 타당한 논증 형식의 대표적인 사례를 제시하면 다음과 같다.

(1) **구성적 딜레마와 경우에 따른 분류에 의한 증명**(표-9. 이것은 경우에 따른 분류를 확장시키면 표-10과 같이 일반화시킬 수 있다)

표-9 구성적인 딜레마
A나 B이다. (근거 1)
A라면 C라고 말할 수 있다. (근거 2)
B라고 해도 C라고 말할 수 있다. (근거 3)
─────────────────────
∴ 어느 쪽이든 C다. (주장)

표-10 경우에 따른 분류에 의한 증명
A나 B나 C중 하나다. (근거 1)
A라고 한다면 D라고 말할 수 있다. (근거 2)
B라고 한다면 D라고 말할 수 있다. (근거 3)
C라고 한다면 D라고 말할 수 있다. (근거 4)
─────────────────────
∴ 어느 쪽이든 D다. (주장)

【예】범인은 비행기로 도주했거나 KTX로 도주했거나 둘 중 하나일 것이다.

비행기로 도주했다면 소지한 돈이 없을 것이다.

KTX로 도주했다고 해도 소지한 돈이 없을 것이다.

따라서 어떤 경우라도 범인이 소지한 돈은 없을 것이다.

반론 부분

— 이번에는 반대로 한석봉 군이 이러한 형식을 갖춘 논증에 반론을 펼치고 싶다고 하자. 어떻게 반론을 펼치면 좋을까?

— 음, 이것은 타당한 논증 형식이지요? 그렇다면 이러한 형식의 논증은 자동으로 〈조건 2〉를 충족시킨 것이 되니까……. 그렇다면 이에 대한 반론은 〈조건 1〉을 충족시키지 못한다는 것만 남겠네요.

— 그것은 곧?

— 근거 가운데 하나를 가져와서 이것은 뒷받침이 적절하지 못해서 잘못되었을 가능성이 있다고 말하면 되는 것 아닌가요?

— 그렇다. 그것밖에 없다. 여기에는 두 가지 방법이 있다.

① 경우에 따른 분류가 모든 경우를 다 포괄하지 못했을 때 반론하기

즉 'A이거나 B이거나 둘 중 하나다'에 대한 지적으로, A도 B도 아닌 경우가 있을 수 있음을 보여주면 된다.

— 예를 들어 어떤 것이 있을 수 있을까?

— 음, 범인에게는 공범이 있는데, 그가 운전하는 자동차로 도주했

을 가능성이 있다거나. 즉, KTX도, 비행기도 아닌 다른 수단으로 도주
했을 가능성이 있다고 하면 어떨까요?

— 좋다. 그렇다면 다른 한 가지 방법도 살펴보도록 하자.

② 각각의 조건문을 의심해 보자

'A이면 C라고 말할 수 있다'라는 것이 충분히 뒷받침하고 있지 못
하는 것이 아니냐고 반론을 펼쳐도 좋다. 즉, A인데 C가 아닌 경우가
있을 수 있음을 지적하는 것이다.

— 예를 들어 비행기를 무료로 탔다는 것은 어떤가요?

— 그것은 그야말로 불가능하지.

— 그럼 비행기 티켓을 샀기 때문에 돈이 바닥났지만, 범인은 공항
에서 다른 여행객의 돈을 갈취했을 수도 있다는 것은 어떤가요?

— 그것도 있을 수 있다. 또는 어딘가에서 공범으로부터 도주 자금
을 전달받았을지도 모른다거나. 어떤 이유로든 소지한 돈이 바닥났다
는 것을 확정 지을 수는 없다고 말할 수 있다. 반대로 이런 타입의 논증
을 할 때는 그러한 반론을 예상해서 ① 경우에 따른 분류가 생각할 수
있는 모든 경우를 충족시키고 있는지, ② 각각의 조건문이 제대로 뒷
받침되어 있는지를 확인할 필요가 있다.

(2) 귀류법(歸謬法)

보통 논리학에서 말하는 귀류법은 표-11이지만, 표-12와 같은 형식
도 귀류법이라고 할 때가 있다. 여기서는 두 가지를 구별하지 않고 다
룰 것이다.

— 귀류법은 고등학교에서 배우기는 했지만 어쩐지 어물쩍 넘어간 듯해서 아직까지도 잘 몰랐는데, 대충 '모순(矛盾)이 있다'는 것인가요?

— 그렇다. 모순에는 대개 다음의 3가지 형식이 있다.

① 처음 전제한 것(A가 아니다/A이다)과 이에 반하는 명제(A이다/A가 아니다)가 나온다.

② 처음 전제한 명제로부터 이에 반대되는 명제가 나온다. 즉, 'B이다'라는 명제와 'B가 아니다'라는 명제가 동시에 나온다.

③ 처음 가정한 명제로부터 이미 옳다고 인정되고 있는 상식 또는 주장의 경우, 당사자 모두가 동의하는 합의 사항에 반대되는 명제가 나온다.

이러한 것들 중 하나라도 일어났다면 'A가 아니다(A이다)'라고 가정한 것은 틀린 것으로서 'A이다(A가 아니다)'라고 결론을 내려야 한다는 것이 귀류법이다.

표-11 귀류법 1

A가 아니라고 가정해 보자. 그렇게 하면 (여기에 논증)
모순이 생겨버렸다. (근거)

∴ A이다. (주장)

표-12 귀류법 2

'A이다'라고 가정해 보자. 그렇게 하면 (여기에 논증)
모순이 생겨버렸다. **(근거)**

_____

∴ A가 아니다. **(주장)**

【예】 맞아. 자네가 말하는 것처럼 지구는 사실 공동(空洞)으로 북
극과 남극에 구멍이 뚫려 있고, 거기로 UFO가 들락거리고 있다.
그리고 그 구멍을 통해 내부의 빛이 새어 나오는 것을 오로라라고
하자. 그렇다면 지구는 내부가 비어 있기 때문에 지구의 질량은 일
반적으로 받아들이고 있는 것보다 훨씬 가벼워진다. 그렇다고 한
다면 만유인력의 법칙에 따르면 우리와 지구 사이에 작용하는 중
력은 우리가 서 있기 어려울 정도로 약한 것임이 분명하다. 이것은
우리가 지표면에 제대로 서 있을 수 있다는 사실과 모순되고 있다.
따라서 자네의 지구공동설은 틀린 것이다.

반론 부분

— 이 사례는 세 가지 유형 중 어떤 것인가요?
— 지구공동설이 맞다는 가정으로부터 우리는 지표면에 서 있을
수 없다는 상식에 반하는 것이 나왔기 때문에 ③의 유형이다. 귀류법
을 적용한 논증에는 다음 세 가지 반론이 있을 수 있다.

① 가정에서 모순을 도출해내는 논증은 좋은 논증인가?

② 도출된 '모순'은 정말로 모순인가?

③ 이미 옳다고 여기는 상식이나 합의사항에 반하는 것이 나왔기 때문에 '모순이다'라고 할 경우에 정말로 그것은 '상식'인가? 아니면 '합의사항'인가?

연습문제 11

범행 시각에 앤서니는 맨해튼에서 프리와 함께 식사를 하고 있었다. 같은 시간에 존은 차드와 함께 시애틀에서 매리너스를 응원하고 있었다. 이 두 가지는 목격자의 증언이므로 확실하다고 말해도 좋다. 더욱이 차드는 '그때 나는 앤서니를 보았다'라고 증언하고 있다. 이때 귀류법을 사용해서 차드가 거짓말을 하고 있다는 논증을 만들어 보자.

6-4 조금은 약한 논증 형식의 사례 ① - 귀납 논증

지금까지 긍정식, 부정식으로부터 귀류법에 이르기까지 모두 네 가지 타당한 논증 형식에 대해 소개했다. 이 논증 형식들은 만일 여기에서 사용된 근거가 100% 참이라면 주장도 100% 신뢰할 수 있는 논증, 다시 말해 근거의 신뢰성이 그대로 주장으로 이어지는 논증 형식이다. 이러한 논증을 '**연역 논증**'이라고 한다. 그래서 연역 논증은 근거의 신뢰성이 그대로 주장으로 이어지기 때문에 충분하게 뒷받침된 신뢰성 있는 근거를 사용한 논증이 이루어진다면 그 주장의 신뢰성 역시 높기 마련이다.

하지만 우리가 보통 논증이라고 부르는 것은 연역 논증보다 좀 더 광범위한 것을 포함하고 있다. 그것은 근거의 신뢰성이 그대로 주장으로 이어지지 않을 수 있다는 것을 의미한다. 따라서 주장하는 신뢰성의 강도가 명확하지는 않지만, 그래도 어느 정도의 신뢰성이 확보될 수 있는 논증 형식이다.

— 아, 그래서 논증의 정의에서 '설득력을 좀 더 높이기'라고 했던 것이군요.

— 그래, 맞아. 예를 들어, '사람은 누구나 홀로 여행을 떠난다'라고 주장했다고 하자.

— 뭔가 오래된 팝송 같네요. 느닷없이 그런 주장을 해서 그런지 설득력이 전혀 없네요.

— 그렇다. 하지만 다음과 같은 근거가 제시되어 있다면 어떨까?

길동이는 홀로 여행을 간 적이 있다. 철수도 홀로 여행을 간 적이 있다. 영희도 홀로 여행을 간 적이 있다. 미숙이도 홀로 여행을 간 적이 있다. 영자도 홀로 여행을 간 적이 있다. 영숙이도 홀로 여행을 간 적이 있다. 따라서 사람은 누구나 홀로 여행을 떠난다.

— '이 사람도, 저 사람도 홀로 여행을 간 적이 있기 때문에 모두가 홀로 여행한 적이 있다'는 것이네요. 음, 갑자기 주장한 것치고는 설득력이 있네요.

— 하지만 이것은 연역 논증 형식으로는 타당하지 않다. 논리적으로는 몇몇 사례가 그렇다고 해서 모든 것이 그렇다고 규정할 수는 없다. 근거로서 사용되는 명제가 모두 100% 참이라고 해도 주장의 신뢰성이 100% 확보될 수는 없는 것이다.

— 하지만 이런 식의 논증은 자주 사용되고 있지 않나요?

— 그렇지. 이와 같이 논증을 하지 않는다면 텍스트에 있는 일반적인 지식은 그 어떠한 것도 얻을 수 없게 된다. 이러한 논증을 '**귀납 논증**'이라고 하는데, 경우에 따라 '그래도 되지 않을까?'라고 인정되기도 한다. 그렇게 하지 않을 경우, 우리의 지식은 개별적인 사례밖에는 없을 것이다.

귀납은 매우 중요한 논증이지만 좋은 귀납 논증과 나쁜 귀납 논증 사이에 선을 긋는다는 것은 연역 논증과 달리 매우 까다롭다. 이는 과학철학에서의 미해결 문제 가운데 하나이기도 하다. 따라서 여기에서는 좀 더 개괄적이고도 포괄적인 것밖에는 논의하기 어렵다. 각 사례에 따라 반론을 지적하는 방식으로 논증할 때 신경 써야 할 부분에 대해 파악해두자.

반론 부분

① 샘플은 가능한 한 많아야 한다

어떤 노교수가 "알겠어? 인간이란 말이야⋯⋯"라고 주장할 때 샘플은 대개 자기 혼자인 경우가 많다. 이때 "당신은 도대체 몇 사람에 대해 조사한 거야? 인류 전체에 물어본 거야?"라는 반론이 가능하다. 하지만 현실 속에서 이와 같은 지혜롭지 못한 반론은 안 하는 것이 좋다. '아, 네' 하고 묵묵히 경청할 필요가 있다. 하지만 논문에서는 다르다. 샘플이 부족하다는 것은 좋은 반론거리가 된다.

② 샘플은 가능한 한 다양하고 풍부해야 한다

예를 들어 '사람은 누구나 홀로 여행을 떠난다'의 근거가 되는 사례를 유스호스텔에 묵고 있는 흰색 점퍼를 입은 사람들을 대상으로 조사했다면 이는 샘플이 너무 편향되어 있기 때문에 이렇게 해서는 안 된다. 연령별, 성별, 지역별, 직업별 등 그야말로 다양한 집단으로부터 무작위로 샘플을 확보해야 한다.

③ 우연적인 일반화에 지나지 않을지도 모른다

아파트에 10명의 사람이 살고 있다. 순서대로 생년월일을 확인해 보았더니 모두 5월생이었다. 이것을 토대로 '이 아파트의 주민은 모두 5월생이다'라고 주장한다. 여기에는 사실에 입각하고 있다는 점에서 잘못된 점은 없다. 하지만 이와 같은 일반화는 다만 우연히 성립된 것에 지나지 않을 것이다. 그와 같은 주장은 분명 이 10개의 샘플에서 나왔지만, 이 주장에 기초해서 다음에 새로 입주하는 사람도 틀림없이 5월생이라고 예측하기는 불가능하기 때문에 이 주장은 다른 주장을 뒷받침하기 위한 근거로 사용하기에는 부적절하다.

④ 예외가 있을지도

'사람은 누구나 홀로 여행을 떠난다'라는 문장을 있는 그대로 받아들일 경우, 홀로 여행을 한 적이 없는 사람이 단 한 사람이라도 존재한다면 이 주장은 틀린 것이 되고 만다. 하지만 이런 종류의 주장을 하는 사람은 그렇게까지 강하게 주장하는 것은 아니다. 어떤 주장에도 예외는 있기 마련이다. '사람은 누구나 홀로 여행을 떠난다'라는 주장은 사실 '거의 대부분의 사람들이 홀로 여행을 떠난다'이거나 '인간은 일생에 한 번 정도는 홀로 여행을 떠나는 경향이 있다'는 정도를 주장한다고 생각하는 것이 현실에 비추어 볼 때 맞을 것이다. 그렇지 않으면 도감(圖鑑)에서 '살모사는 몸통이 적갈색을 띠고 있다'라는 기술도 거짓이 되고 말 것이다. 드물기는 하지만 알비노(피부색소결핍증)라는 돌연변이에 의해 새하얀 살모사도 있기 때문이다.

따라서 귀납 논증에 대한 반론으로서 단 하나의 예외를 찾아내는 것은 말꼬리를 잡고 늘어지는 것밖에 안 된다. 그렇기 때문에 어느 정도의 예외가 있다고 해서 귀납 논증의 설득력이 확연하게 떨어지는 것은 아니다. 하지만 그 예외는 어디까지나 '소수의 특수한 경우'이어야만 한다. 예외적인 것들을 특정한 샘플 집단 안에서 많이 지적하면 할수록 유효한 반론이 성립되는 것이다.

— 예외가 많이 지적될 경우 그 귀납 논증은 이미 실패한 것으로 단정할 수 있나요?

— 음, 그렇다고 단정 지을 수는 없다. 그 예외가 모두 전형적인 경우에서 벗어나 있고, 왜 그 예외는 주장에 들어맞지 않는지, 그 특수성을 모두 설명할 수 있다면 귀납 논증에서 얻어진 주장을 유지할 수 있다. 예를 들어 몇 개의 샘플을 바탕으로 '서울 강남에 있는 대부분의 카페에서는 커피에 과자가 딸려 나온다'라고 주장했다고 하자.

— 아, 진짜요? 어떤 것들이 딸려 나오나요?

— 쿠키나 비스킷, 사탕, 젤리 정도. 베이글이나 머핀이 나오는 가게도 있다. 어쨌건 이 주장에 대해서 '이 가게와 저 가게에서는 과자가 딸려 나오지 않는데요?'라고 예외적인 경우를 지적했다고 하자. 이때 '모르면 가만히 있어! 몇몇 가게는 전국 체인망을 가진 가게라서 그런 가게들은 메뉴가 전국적으로 통일되어 있어. 이러한 곳들은 엄밀히 말해서 강남의 카페라고 할 수는 없겠지'라는 반론이 가능하다.

6-5 조금은 약한 논증 형식의 사례 ② — 귀추법(가설추리) / 가설연역법 / 유비추론

귀납 논증 외에도 자주 사용되는 약한 논증 형식이 몇 개 정도 있다. 세 개 정도 예를 들어 설명하고자 한다.

(1) 귀추법(abduction, 표-13)

【예】 최근 그녀는 나의 전화를 받지 않는다. 그녀는 나와 얘기하고 있을 경우에도 건성으로 대답할 때가 많아졌다. 그녀는 휴일이 되면 선물 같은 것을 가지고 어디론가 나간다. 그녀에게 새로운 연인이 생겼다고 가정하면 지금까지의 모든 상황에 대해 제대로 설명이 가능하다. 그리고 그 이외에 이를 제대로 설명할 수 있는 다른 가설은 없다. 따라서 아마도 그녀에게는 새로운 연인이 생긴 것 같다.

그냥 단순히 '그녀에게 새로운 연인이 생긴 것 같다'라는 것만을 주장하기보다는 이러한 근거를 제시함에 따라 그 주장의 설득력을 어느 정도 높일 수가 있다.

표-13 **귀추법**(abduction)

A라는 것을 이미 알고 있다 (**근거 1**)
H라고 가정해 보면, 왜 A인지가 잘 설명이 된다 (**근거 2**)
그 외에, 왜 A인지를 H와 맞먹을 정도로 설명이 잘되는
다른 가설은 없다 (**근거 3**)
_____
∴ 아마도 H는 옳다 (**주장**)

반론 부분

― 에이리언이 지구인을 납치하는 것도 'abduction'이라고 하죠?

― 분명히 유괴(誘拐)를 의미하는 abduction과 같은 단어다. 연역논증은 'deduction', 귀납 논증은 'induction'이라고 한다. 미국의 논리학자인 찰스 퍼스가 명명한 것이다. 그리고 귀추법을 길버트 하만(Gilbert Harman)이라는 철학자는 '최선의 설명으로의 추론'이라고 했다.

― 그렇게 말하니 이해하기 쉽네요.

― 그 논증 형식의 포인트는 'H가 A의 최선의 설명이다.' 즉, '왜 A인지를 H만큼 설명할 수 있는 다른 가설이 없다'는 의미다. 이러한 경쟁 가설을 '대립가설'이라고 한다. 따라서 귀추법에 반론을 펼치기 위해 가장 유효한 수단은 왜 A인지를 H 이상으로 더 잘 설명해줄 수 있는 대립가설을 제안하는 것이다. 한번 생각해 보기 바란다.

― 예를 들어, 그녀의 할머니가 중병으로 입원하고 있어서 그녀가 휴일마다 간호하러 병원에 간다는 것은요?

― 음, 그 가설로도 그녀의 행동 변화는 설명이 된다. 애인의 변심으로 보았던 대부분의 남성들은 이렇게 해서 가설과 대립가설의 사이를 왔다 갔다 하면서 점점 혼란스러워지는 것이다.

― 왠지 남의 일 같지 않네요.

(2) 가설연역법

귀추법은 이미 주어진 자료(그녀의 태도 변화)를 실마리로 해서 그것을 설명하는 새로운 가설을 주장하는 것으로서 가설 형성의 논리라고 할 수 있다. 그렇지만 보통은 그것만으로 가설이 옳다고 주장하는 경우는 없다. 귀추법에 이어 가설을 확인하는 경우가 많다. 그것이 가설 연역법이다(표-14).

표-14 가설연역법

H라는 가설이 옳다면, B라는 것이 성립되어야 한다. (근거 1)
실제로 B이다. (근거 2)
_____
∴ 아마도 H는 옳다. (주장)

【예】 일반 상대성이론이 참이라고 한다면 수성(水星)의 근일점(近日點: 태양 주변을 도는 천체가 태양과 가장 가까워지는 지점)은 이동할 것이다. 관측 결과, 실제로 수성의 근일점이 이동한다는 것을 알게 되었다. 따라서 아마도 일반 상대성이론은 참일 것이다.

귀추법으로 형성된 가설 H로부터 그것을 세우는 기초가 된 A와는 별개의 예측 B를 끄집어낸다. 그리고 그 예측이 참이라면 그만큼 H는 보다 더 확실해진다. 하지만 이것을 연역 논증이라고 한다면 전혀 타당하지 않다. 그야말로 나쁜 논증의 사례로 제시한 (바*)와 같은 형태를 취하기 때문이다. 그럼에도 불구하고, H의 설득력이 높아진다고 생각되는 이유는 무엇일까? 그것은 다음과 같은 조건이 성립되기 때문이다.

(1) H 이외에 A를 제대로 설명해주는 대립가설이 없다.

(2) H와 같은 정도로 A를 설명해주는 대립가설 H´가 표-15의 논증
에 의해 멀어지고 있다.

표-15 대립가설의 반증

H´라고 하는 가설이 참이라면, C가 성립될 것이다. (근거 1)
그렇지만 실제로는 C가 아니다. (근거 2)

∴ H´는 거짓이다. (주장)

— 이 논증은 부정 논법의 형태를 띠고 있기 때문에 타당한 연역 논
증이다. 즉, 지금까지 A라는 자료를 동등하게 설명해주고 있던 가설
H와 대립가설 H´가 있었지만, H에서 나온 새로운 예측 B는 들어맞고
H´에서 나온 새로운 예측 C는 벗어났기 때문에 대립가설의 H´는 경쟁
에서 탈락하게 된다.

— 가설이 확인된 것처럼 보이는 것은 경쟁 가설이 탈락했기 때문
이군요. 굉장히 혹독한 세계네요.

— 앞에 나온 연애로 고민하는 남성을 예로 들어 설명해 보자. 지
금 가설 H는 '그녀에게 새로운 연인이 생겼다', H´는 '그녀의 할머니가
아프시다'라고 하자. 이때 다음 페이지의 만화처럼 예측이 제각각 통
한다.

— 아이고!

— 한석봉 군, 왜 비명(悲鳴)을……

— 아뇨, 어쩐지 감정이 격해져서요. '그녀의 할머니가 아프시다면 선물 상자에는 여성용 상품이 들어 있어야 할 것이다. 그러나 실제로 들어 있던 것은 여성용 상품이 아니었다. 따라서 그녀의 할머니가 아프시다는 가설은 오류다.' 이렇게 되면 할머니가 아프시다는 가설은 멀어지고, 새로운 애인이 생겼다는 가설의 설득력이 높아지는 것이겠지요?

— 가혹하지만 그렇다.

반론 부분

이와 같은 가설연역법에 의해서 H′가 폐기되고, H만 남게 되는 논증에 대해 반론을 제기한다면 어떻게 하는 것이 좋을까? 하나는 H′로부터 한층 더 새로운 가설을 설정해 보는 것이다. 예를 들어, '그녀의 할머니는 최근에 게이트볼 장소에 나타나지 않았을 것이다'와 이것과 양립할 수 없는 가설 '그녀의 할머니는 변함없이 게이트볼에 참가하고 있을 것이다'를 H로부터 도출해낸다. 이번에는 H´로부터의 가설이 맞고, H로부터의 가설이 틀렸다는 것을 나타낸다. 이것으로 또다시 무승부로 가져갈 수 있다.

(3) 유비추론(표-16)

표−16 (유비추론)

a는 중요한 점에서 b와 닮아 있다. (근거 1)

b에 대해서는 c가 성립되고 있다. (근거 2)

∴ 아마도 a에 대해서도 c가 성립될 것이다. (주장)

【예】 2015년 한국의 상황은 98년 IMF 구제금융 이후의 상황과 비슷하다. IMF 직후 미국 주식은 대폭 하락했다. 따라서 아마도 곧 미국 주식은 대폭 하락할 것이다.

이것은 매우 약한 논증이다. 따라서 그다지 의존하지 않는 편이 좋다. 유비추론만을 기초로 해서 논증을 구성하기보다는 주장하고 있는 '곧 미국 주식은 대폭 하락할 것이다'에 대해서 더 강한 논증을 펼치고, 그 보조로서 사용하는 것이 좋을 것이다.

반론 부분

① 비슷하지 않다

유비추론에 의한 논증을 하려면 a와 b가 비슷하다는 것을 주장하기 위한 견고한 뒷받침이 요구된다. 예를 들어, 2015년의 한국 경제와 IMF 구제금융 이후의 한국 경제에서는 대규모 재정출동(財政出動)이 보인다. 금융완화 정책이 몇 번이고 시행되는 등 몇 가지 부분에서 양자가 비슷하다는 것이 지적되고 있을 것이다. 따라서 여기에 반론을 넣는다면 양자가 얼마나 다른지를 보여주게 되는 것이다.

② 비슷하다고 해도 그것은 중요한 점이 비슷한 것은 아니다

a와 b가 무조건 비슷하면 좋다는 것은 아니다. 양자가 비슷하다고 하는 포인트가 c와 연관성을 가지고 있어야 한다. 연어알과 성게알은 닮았다. 둘 다 고가의 초밥 재료다. 콜레스테롤이 많고 통풍에도 좋지 않다. 그렇다고 해서 연어알에서 연어가 태어나니까 성게알에서도 연어가 태어난다고는 말할 수 없다. 양자가 비슷하다고 하는 포인트와 그 알로부터 무엇이 생겨나는지 (c)는 아무 연관성이 없기 때문이다.

	명칭	형식
타당한 논증 형식	긍정식	A이면 B이다. 그리고 A이다. 따라서 B이다.
	부정식	A이면 B이다. 하지만 B가 아니다. 따라서 A가 아니다.
	단순 양도논증 (경우에 따른 증명)	A이거나 B이다. A이면 C이다. B라면 C이다. 따라서 어디까지나 C이다.
	귀류법	A가 아니라고 가정해서 여러 가지 논증을 해 보면 모순이었다. 따라서 A이다.
조금은 약한 논증 형식	귀납 논증	a도 p이다. b도 p이다. c도 p이다······ 따라서 모두가 p이다.
	가설연역법	H라는 가설이 옳다면 B가 성립될 것이다. 실제로는 B이다. 따라서 아마도 H는 옳다.
	귀추법	A라는 것은 이미 알고 있다. H라는 가정을 두면 왜 A인지를 잘 설명할 수 있다. 그 밖에 왜 A인지를 H와 같은 정도로 설명할 수 있는 가설은 없다. 따라서 아마도 H는 옳다.
	유비추론	a는 중요한 점에서 b와 비슷하다. 그리고 b에 대해서는 c라는 것이 성립되고 있다. 따라서 아마도 a에 대해서도 c라는 것이 성립된다.

6-6 논증 형식을 논문에 응용하는 방법

싱어의 이론 재구성하기

— 음, 이 정도를 머릿속에 넣어둔다면 더 좋은 논증이 가능해질 수 있다. 논증을 구성해 볼까? 자네가 만든 아우트라인(158~160쪽) 버전 2는 싱어의 의견에 찬성해서 동물의 권리를 인정해야 한다고 말하고 싶은 것이지? 그래서 싱어의 책은 읽었나?

— 동물의 권리와 관련된 부분이기는 하지만 아무튼 읽었어요.

— 싱어는 어떤 논증을 했지?

— 음, 평등의 원리라는 것을 제시하던데요. 그래서 평등의 원리에 기초해서 인종이나 성별, 능력 등으로 인간을 차별해서는 안 된다는 점을 인정한다면, 이와 같은 평등의 원리에 기초해서 동물도 차별해서는 안 된다는 것 역시 인정해야 한다고 말하고 있어요.

— 흠, 그래서?

— 네? 그것뿐인데요.

— 에이, 그럴 리가 없지. 지금 그대로라면, '인간에게는 평등의 원리를 적용할 수 있기 때문에 인간은 차별받아서는 안 된다. 따라서 동물에게도 평등의 원리를 적용할 수 있기 때문에 동물도 차별받아서는 안 된다'고 말하는 것뿐이잖아.

— 그것만으로는 안 되나요? 아, 어렵네요.

— 싱어는 어디까지나 프로 철학자다. 이런 허점투성이 논증을 할

리가 없지. 어쨌건 이 '논증'을 기점으로 해서 이것을 보다 제대로 된 논증으로 만들어 보자. 그렇게 하면 한석봉 군도 싱어가 적용하고 있는 것이 서로 어떻게 유기적으로 연관되어 하나의 논증이 되고 있는지 알게 될 것이다. 우선 '평등의 원리'란 무엇이지?

— (책을 꺼내서) …… 음, '다른 사람의 이해(利害)를 어떻게 배려해야 하는지는 그 사람이 어떤 사람인가, 어떤 능력을 가지고 있느냐에 좌우되어서는 안 된다'는 원리라고 되어 있네요.

— 그것이 평등의 원리일까? 알기 쉽게 바꾸어 말하면 피부색이 다르다고 해서, 집안 형편이 안 좋다고 해서, 지적이지 않다거나, 그와 같은 이유로 사람의 이해(利害)를 무시하거나, 경시해서는 안 된다는 것도 나와 있을 것이다.

— 그러면 충분하지 않나요?

— 아니지. 가장 중요한 것이 빠져 있다. 평등의 원리가 동물에게도 적용되는 것은 도대체 왜 그런가? 그리고 돌이나 천연두 바이러스에는 평등의 원리가 적용되지는 않잖아. 어떻게 해서 이것들은 적용되지 않는 것일까?

— 병원균의 권리도 지켜져야 한다고 하면 안 되겠지요? 음, 역시 인간과 동물의 유사성 때문에 그런 것은 아닐까요?

— 그렇다면 대충 이런 것이 아닐까? '평등의 원리를 적용할 수 있는 것에 대해서는 결코 차별해서는 안 된다. 인간에게는 평등의 원리가 적용된다. 인간과 동물은 서로 닮았다. 따라서 동물에게도 평등의

원리를 적용할 수 있으므로 동물을 차별해서는 안 된다.' 하지만 이것만으로는 조잡한 유비추론밖에 되지 못한다.

　－ 인간과 동물이 상호 유사성을 가진다고 해도 아무런 연관성이 없는 부분이 닮았다고 하기보다는, 평등의 원리를 적용할 수 있는지와 관련이 있는 가장 중요한 측면이 닮아야 한다는 것이지요?

　－ 그래. 그것은 '인간은 특정한 속성 xx를 갖기 때문에 평등의 원리가 적용된다. 이와 마찬가지로 동물도 특정한 속성 xx를 갖기 때문에 평등의 원리가 적용된다'고 해야 하는 것이다. 이런 'xx'의 부분에 해당하는 것이 무엇인지를 찾아보자. 싱어는 인간은 어떤 존재이기 때문에 평등의 원리가 적용된다고 하는 것일까?

　－ 어, 그런 내용이 나와 있었나요?

　－ 자, 생각의 방향을 조금 바꾸어 보자. 평등 원리에 의하면 인종이나 태생이나 능력 등과 상관없이 그 누구에게도 이해(利害)를 동등하게 고려하지 않으면 안 된다는 것이다. 즉, 평등의 원리가 적용되는 대상에게는 이해를 가져야 한다는 것이다. 자, 그렇다면 이해란 무엇일까? 어딘가에 그와 같은 내용이 나오지 않았어?

　－ 네, 과거 제레미 헨섬이라는 사람의 말을 인용하자면, '고통과 쾌락을 느낄 수 있는 능력이야말로, 어떤 존재가 평등한 배려를 받는 권리를 얻기 위해서 갖추고 있어야만 하는 필수적인 성질이다'라고 언급하고 있어요.

　－ 그래서 동물은?

― 물론 고통과 쾌락을 느끼는 존재이지요. 그러나 돌은 그런 능력을 갖추고 있지 않기 때문에 돌에는 이해가 없다고 할 수 있겠군요. 이해가 없기 때문에 평등의 원리가 적용될 수 없겠네요.

　― 그 말은 싱어가 논증하고 있는 방식에 따라 다음과 같이 정리할 수 있을 것이다.

　　평등의 원리가 적용되는 대상을 차별해서는 안 된다.
　　　(제1의 근거)
　　고통과 쾌락을 느끼는 존재에게는 평등의 원리가 적용된다.
　　(제2의 근거)
　　동물은 고통과 쾌락을 느낄 수 있다. (제3의 근거)
　　따라서 동물은 차별되어서는 안 된다. (주장)

　― 이것은 타당한 논증 형식인가요?

　― 그렇다. 긍정식을 2회 반복한 형태로 되어 있다.

　　고통이나 쾌락을 느끼는 존재에게는 평등의 원리가 적용된다.
　　동물은 고통과 쾌락을 느낄 수 있다.
　　따라서 동물에게는 평등의 원리가 적용된다.

싱어의 논증에 대한 반론

― 따라서 반론 부분은 3개의 근거 각각에 어느 정도 뒷받침되고 있느냐에 달려 있다. 일단 반론을 제기해 보자.

― 모처럼 좋은 논증이 되었는데 반론하는 건가요? 그냥 이대로 두었으면 좋겠는데…….

― 여기서 반론을 제기해 보는 것은 싱어에 반대하는 사람이 싱어를 공격한다면 어디를 공격해 올지 예상해 보고, 이에 대해 방어하기 위함이다. 따라서 싱어와 한석봉 군의 주장을 더욱더 설득력 있게 만들려고 하는 것이다.

― 맞아요. 그 작업을 하지 않으면 싱어의 논의를 정리한 것에 불과하니까요. 우선 제1의 근거는 반대할 부분이 없는 것 같아요. '평등의 원리는 차별 적용해서는 안 된다'라는 것은 평등의 원리에 대한 정의와 같은 것이니까요. 2번째와 3번째가 반론 가능할 것 같은데요.

― 그렇다. 예를 들어, 제3의 근거인 '동물은 고통과 쾌락을 느낄 수 있다'는 것에 대해 어떻게 반론을 펼쳐야 할까?

― 음, '동물이 아파한다는 것은 어떻게 알 수 있을까', '동물의 몸이 되어서 느낄 수는 없는 것이 아닌가'는 어떤가요?

― 좋다. 또 다른 것은?

― '고통이나 쾌락이 서로 엄밀하게 구분될 수 있는 것인가'는 어떤가요? 인간이나 침팬지는 고통과 쾌락을 느낄 수 있지요. 개나 고양이도 가능할 것 같고……. 하지만 말미잘이나 해파리는 아파할 것 같지

않기 때문에 어디로 구분해야 할지 모르겠네요.

— 좋다. 그 외에도 '도대체 아픔이란 무엇인가'라는 문제도 있다. 육체적 고통만을 의미할까? 절망이나 굴욕감 등 정신적 고통도 들어가야 하는지의 여부에 따라 어쩌면 논점이 얼마든지 바뀔 수도 있다. 정신적 고통을 느끼는 것은 아마도 인간이나 영장류 정도뿐일 테니. 근거 제2의 경우에는 어떠한가?

— 음, "'고통과 쾌락을 느낄 수 있는 존재에게는 평등의 원리가 적용된다'는 것은 사실일까?'라고 말하면 되지 않을까요? 아, 모르겠어요. 잘 떠오르지 않아요.

— 그렇군, 이 부분이 좀 어렵네. 왜냐하면 동물이 고통을 느끼는지 아닌지는 사실에 속하는 문제지만 이 측면은 개념상의 문제이기 때문이다. 이런 것은 어떨까? 평등의 원리가 적용되는 존재 여부를 결정하는 가장 중요한 특징이 고통을 느끼는 데 있다는 것은 과연 적절한가? 말하자면, 인간에게는 있지만 동물에게는 없는 특성으로서, 평등의 원리가 적용되기 위한 조건으로 또 다른 무언가가 있다면 어떨까?

— 어렵네요. 제 능력으로 여기에 답하는 것은 도저히 불가능할 것 같아요. 누군가 이에 대해 논의한 것이 있는지 확인해 봐야겠어요.

— 지금까지의 논의에서 적어도 세 가지 반론을 제시한 셈이다. 이러한 반론에 제대로 답변하는 논의로 보강하면 '싱어와 한석봉 연합' 논증은 그만큼 설득력이 높아진다. 이러한 반론에 가능한 한 답변할 수 있는 논의를 구성해서 논증의 설득력을 높여야 한다.

— 와, 이거 정말 힘드네요.

— 마지막 과제라는 생각으로 조금 성격이 다른 종류의 반론을 제시하고자 한다. 이제까지는 각각의 논증이 가진 근거에 대해서 '정말 그런가?'라고 물음을 제기했지만, 이번에는 조금 다르다. 싱어와 한석봉 군의 논증을 일단 인정해두고, '하지만 그렇게 하면 그만큼 직관이나 상식에서 벗어나는 것으로 귀결된다'라고 지적하는 방법이다.

— 그것은 귀류법 같은데요?

— 그렇게 말해도 맞아. 예를 들어, '평등의 원리가 적용되기 위해서는 고통과 쾌락을 느낄 수 있어야 한다면 그런 능력을 가진 동물에게 권리를 인정해주는 반면, 그러한 능력이 없는 인간(태아나 뇌사한 사람)에게는 그 권리를 인정할 수 없는 것이 되는 것은 아닐까'라는 비판이 있을 수 있다. 이러한 비판에 대해 어떠한 방법으로든 답변을 해야만 한다.

— 음, ……논증한다는 것은 매우 혹독한 작업이네요.

철칙 27

자신의 논증을 보다 설득력 있는 것으로 만들 수 있는지는 자신의 주장에 대한 반론에 어느 정도 응수하느냐에 달려 있다. 자신의 주장에 대해 비판을 받는다면 어떠한 비판을 받을 수 있는지를 예상해서 이러한 비판에 응수할 수 있도록 최대한 노력하자.

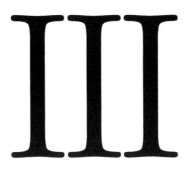

III

논문 키우기

제Ⅲ부의 기본 방침

논문은 무작정 써 내려가는 것이 아니라, 아우트라인이라는 씨앗을 뿌려서 그것을 차근차근 길러내야 한다는 것이 이 책의 근본 취지다. 제Ⅱ부에서는 희미한 문제의식부터 시작해서 어떻게 논문의 아우트라인을 구성해 낼 것인가, 그리고 논문 아우트라인의 핵심을 이루는 '논증'이란 무엇인지에 대해 다루었다. 여기까지 확실하게 실천해 준다면 자네가 만든 아우트라인의 형태는 제대로 구성된 것이라고 말할 수 있고, 여기에서부터 논리적인 구조가 제대로 갖추어진 논문으로 키워나갈 수 있는 것이다. 씨앗이 제대로 갖추어지지 않은 상태에서 시작하여 제대로 된 글의 구조를 갖춘다는 것은 매우 어려운 일이다.

하지만 아우트라인은 어디까지나 아우트라인일 따름이다. 문제 제기와 주장, 그 논거를 통해 무엇을 쓰려고 하는지에 대한 점들이 분명하게 드러나 있다고 하더라도 논문이라고 하기에는 여러 가지 측면에서 부족하기 때문에 아직 논문은 아닌 것이다. 그래서 제Ⅲ부의 과제는 이 아우트라인에 살을 붙여 제대로 된 논문으로 키워 나가는 것이다.

아우트라인을 확장시켜 나가게 되면 그 각각의 항목은 패러그래프(paragraph)를 통해 나타나게 된다. 제7장에서는 이 패러그래프에 대해 배우기로 하자. 그리고 제8장에서는 패러그래프를 구성하는 각각의 문장을 어떻게 쓰는 것이 읽고 이해하는 데 도움이 될 수 있는지에 대해 논의할 것이다. 마지막으로 제9장에서는 완성된 논문을 타인이 쉽게 접근할 수 있도록 '최종 마무리' 방법에 대해서 설명할 것이다.

'패러그래프(paragraph) 작성'의 개념

7-1 패러그래프와 단락의 차이

논문 작성법 관련 저서 『리포트의 구성법』[*]을 내가 높게 평가하는 이유는 서양의 작문 교육에서 가장 기본이 되는 패러그래프 라이팅을 어떻게든 일본 내에 정착시키기 위해 노력했다는 점 때문이다. '패러

---

[*] 『리포트의 구성법』(기노시타 고레오〔木下是雄〕), 지쿠마 학예문고.

그래프 라이팅'이란 문장을 '패러그래프' 단위로 구성하는 작성법을 말한다. 음, 말로만 들어서는 어떤 것인지 알 수 없기 때문에 세부적으로 살펴볼 필요가 있다.

'패러그래프'는 보통 '단락'을 의미하는데, 『리포트의 구성법』에서 저자는 '패러그래프'와 '단락'은 전혀 다르다고 말한다. 물론 나도 그렇게 생각한다. 따라서 이 책에서도 '단락'이 아닌 '패러그래프'라는 용어를 사용하기로 한다.

— 한석봉 군은 '단락'에 대해서 배운 적이 있는가?

— 네. 문장을 계속 이어서 쓰면 읽기 어렵기 때문에 부분 부분으로 절을 나누는 것이 좋다고 배웠어요.

— 그 말은 단락이나 절을 나누는 것은 수영에서의 숨쉬기와 같다는 것이겠지. 계속해서 읽다가 힘들어지면 잠시 쉬는, 뭐 그런 정도의 의미. 즉, 계속 이어지는 문장에서 읽기 쉽게 절을 구분하는 것이 단락이라는 것이지.

— 그렇지요.

— 논문이 아닌 글에서는 분명 그러한 단락이 사용되기도 한다. 문자에 리듬감을 주기 위해 행을 나누는 것이지. 자, 이제 패러그래프와 단락의 차이에 대해 정리해볼까?

'패러그래프'는 일반적으로 말하는 '단락'과는 전혀 다르다. 그렇다면 어디가 다를까?

둘은 그 방향이 전혀 상반된다고 할 수 있다. '패러그래프'는 하나의 문장을 읽기 쉽게 구분한 것이 아니다. 오히려 정반대다.

논문 구성을 위한 최소 단위가 바로 패러그래프인 것이다. 하나의 패러그래프에서는 단 '한 가지 상황'만을 이야기한다.

그렇게 만든 패러그래프에 접속어 등을 적절하게 넣어 패러그래프 끼리의 논리적인 관계를 적용해 가며 작성된 것이 바로 논문이다. 다시 말해서 패러그래프는 논문의 논리 전개를 위한 최소 단위라고 말할 수 있다. 비유적으로 말하자면 '단락'은 점토 덩어리를 잡아떼어낸 것이라고 한다면, 패러그래프는 일종의 벽돌과도 같은 것이다.

7-2 패러그래프의 내부 구조

― 패러그래프는 '한 가지 상황'만을 이야기한다고 하셨는데, '한 가지 상황'이란 표현은 매우 애매하네요.

― 그렇다. 여기서 말하는 '한 가지 상황'이란 하나의 단문으로 논의할 수 있는 부분이라고 생각하면 된다. 그것을 나타낸 문장을 **'중심 문장'**이라고 부른다.

― 그럼 단락은 더 많은 문장을 포함하고 있는 것이네요.

― 그렇다. 패러그래프에 나오는 나머지 문장은 반드시 다음 중 어느 하나에 해당되어야 한다.

① 중심 문장의 내용에 대한 보다 자세한 설명이나 구체적인 사례.
② 중심 문장의 내용에 대한 간략한 근거 제시.

③ 중심 문장을 다른 표현으로 바꾸어 놓은 것.

④ 전후의 패러그래프와의 연관성을 제시하는 문장. 즉, 그것을 '**뒷받침 문장**'이라고 한다.

— 중심 문장이 주인공이고 나머지는 그것을 돋보이게 하는 역할을 하는 것이라고 생각하면 되나요?

— 음, 그렇게 해도 좋지만 좀 더 구체적인 사례를 찾아보자.

좋은 패러그래프의 사례

민주주의에는 어떻게든 직접민주제를 지향하는 경향이 있다. 즉, 주권자인 민중 자신은 정치적 결정권을 직접 행사할 권리를 가져야 한다는 생각이 지배적이다. 그렇게 해서 보다 많은 사람이 결정에 참가하는 것 그 자체로 바람직하다고 생각한다.

물론 직접민주제가 절대적으로 옳은 결정을 위한 요인이라고 생각한다면, 여론조사가 정치의 동향이나 정치적 결정을 좌우하는 가장 큰 요인이 될 수 있을 것이다. 이것은 원자력발전소의 유치나 댐 개발, 그밖에 공공사업의 연속성을 둘러싼 최근의 정책 결정 과정을 보면 분명해질 것이다. 정치가나 관료 등 공적인 입장에 서 있는 사람의 시책이 직접적으로 여론에 의해 좌우되는 사태가 발생하고 있다. 왜 그와 같은 일이 벌어지는 것일까?

가장 분명한 원인은 민중이 대체로 건전한 판단력을 갖는다는 생각에 기인할 것이다. 국민의 교육 수준이 향상되고 정치가나 관료

> 들과 비교했을 때 지적 수준의 차이가 좁혀진 점을 감안한다면 직접민주제나 주민투표를 갈구하는 목소리가 점점 커지고 있다는 점이 그 증거라고 할 수 있다.

여기에는 세 개의 패러그래프가 있다. 각 패러그래프의 토픽은 굵은 글씨로 표시했다. ① 민주주의에는 직접민주제를 추구하는 경향이 있다는 것, ② 직접민주제가 옳은 방법이라고 생각한다면 여론조사가 정치 동향을 좌우하는 중요한 요인으로 작용한다는 것, ③ 민중이 대체적으로 건전한 판단력을 소유하고 있다고 생각하는 점이 ①, ②의 원인이라고 되어 있다.

제2의 패러그래프를 보다 자세하게 살펴보자.

(1) 이렇게 해서 직접민주제가 절대적으로 옳은 결정 방법이라고 여긴다면, 여론조사가 정치의 동향이나 정치적 결정을 좌우하는 가장 큰 요인이 된다. → 중심 문장
(2) 이것은 원자력발전소 유치나 댐 건설, 그 밖의 공공사업 연속성을 둘러싼 일련의 정책 결정 과정을 보게 되면 명백해질 것이다. → (1)을 지지하는 구체적인 사례
(3) 정치가나 관료 등 공적인 입장에 있는 사람의 시책이 직접적으로 여론에 의해서 좌우되는 사태가 발생하고 있다. → '공적인 입장에 있는 사람의 시책이 직접적으로 여론에 의해 좌우된다'라는 것은 잘 생각해 보면 '여론조사가 정치 동향을 좌우하는

가장 큰 요인으로 작용한다'는 것과 같다. 즉, (3)은 (1)을 달리 표현하여 강조한 것이다.

(4) 도대체 어떻게 해서 그와 같이 되는 것일까. → 다음 패러그래프로 연결.

이처럼 패러그래프는 중심 문장을 축으로 해서 뒷받침 문장이 중심 문장을 어느 정도 보강하기 위해 모여 구성된 것이다. 이 예에서는 각각의 중심 문장이 패러그래프의 문장 첫머리에 놓여 있다. 이것이 패러그래프 글쓰기의 기본이다. 어째서 이러한 방법이 기본이 되는지를 생각해 보자. 예를 들면 제3의 패러그래프를 다음과 같이 바꾸어 써 보자.

바꾸어 쓰기의 예

국민의 교육 수준이 향상되어 정치가나 관료와의 지적 수준 차이가 좁혀지면 좁혀질수록 직접민주제나 주민투표를 요구하는 목소리가 높아지는 경향을 보인다. 이를 통해 직접민주제가 올바른 의사결정을 위한 바람직한 형태라고 생각하게 된 이유는 민중이 대체적으로 건전한 판단력을 지녔기 때문이라고 생각한 데에서 찾을 수 있다.

이처럼 앞뒤를 바꾸어도 중심 문장은 변하지 않는다. 중심 문장 이외에 나머지 문장은 제2의 문장인 것이다. 즉, 이 바꾸어 쓰기의 예는 중심 문장이 뒤에 있는 패러그래프다.

― 그렇다면 중심 문장이 어디에 놓여도 좋다는 것인가요?

― 이 패러그래프만을 본다면 그렇다고 볼 수 있다. 하지만 이 패러그래프와 앞의 패러그래프의 관계에 대해 생각해 보기로 하자. 제2패러그래프 마지막에서 '어떻게 해서 이렇게 되는 것일까'라고 묻고 있기 때문에 독자는 그 답을 기대하고 다음의 제3패러그래프로 나가게 된다. 제3패러그래프에서 그 물음에 답이 되는 것은 두말할 나위 없이 중심 문장이 된다. 교육 수준의 향상이 이렇다 저렇다 하는 문장은 중심 문장에 대해 근거를 제시하는 뒷받침 문장이다. 그렇다면 바꾸어 쓴 패러그래프에서는 그 앞의 패러그래프에서 세운 물음에 대한 답을 얻기 전에, 독자는 어중간한 상태로 다른 문장을 읽게 된다.

― 역시, '음, 왜 교육 이야기로 넘어갔지?'라고 생각하게 되겠네요.

― 그렇다. 독자를 어중간한 상태가 되지 않게 하는 것, 그것이 패러그래프의 단계에서부터 문장 하나하나에 이르기까지, 모든 단계에 적용 가능한, 이해하기 쉬운 문장을 쓰기 위한 기본 중의 기본이다.

철칙 28

중심 문장은 패러그래프 첫머리에 두는 것이 패러그래프 작성의 기본이다.

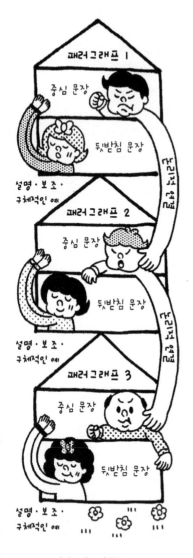

▶ 패러그래프의 구조

좀 더 자세하게 정리하면 다음과
같다.

① 중심 문장은 앞뒤 패러그래프의
중심 문장과 논리적으로 연결되어야 한
다. 즉, '민주주의에는 직접민주제를 추
구하는 경향이 있다.→ (그 결과) 여론조사
가 정치의 동향을 좌우하는 핵심요인이
된다. → (원인) 민중이 건전한 판단력을
지니고 있다고 생각하게 되었기 때문에'
라는 부분이다.

② 하지만 각 패러그래프의 뒷받침
문장은 앞뒤 패러그래프의 문장이 아닌,
오직 각 패러그래프의 중심 문장과 논리
적인 관계를 가져야 한다.

③ 따라서 오직 중심 문장과 논리적
인 연관성을 갖는 뒷받침 문장이 패러그
래프의 문장 첫머리에 오게 되면, 독자는
허공에 붕 뜬 상태가 되기 때문에 논리적
흐름을 잃어버리게 된다. 따라서 중심 문
장을 패러그래프의 첫머리에 두는 것이
무엇보다 중요하다.

그렇기 때문에 패러그래프는 일종의 봉건적인 가족 구성과 같은 것으로 이해하면 된다. 패러그래프를 대표해서 다른 패러그래프들과 연계되는 방식은 한 가족의 가장인 아버지, 즉, 중심 문장을 중심으로 해서 다른 가족 구성원인 뒷받침 문장들이 보조적인 역할을 하는 것이다.

7-3 안 좋은 패러그래프

— 제아무리 좋은 것만을 본다고 해서 공부가 되는 것은 아닐 수 있다. 좋고 나쁜 것을 서로 비교해 보는 것이 상책이다. 따라서 문제가 있는 패러그래프의 전형적인 모델을 몇 개 정도 예를 들어 보자.

— 안 좋은 패러그래프. 약어로 '나쁜 패러'라고 부르기로 하자.

— 그런 표현, 저는 정말 싫어하는데요.

나쁜 패러 1

화제가 도중에 어긋나버린 패러그래프

【예】 몇백 년에 한 번 있을 법한 규모의 홍수에 대비한다고 국내 하천에 제방 만들기 사업을 지속적으로 추진하는 것은 해외의 치수대책(治水對策) 조류에 비추어서 판단해 보면 말도 안 되는 졸속 정책이다. 제방공사에 거액을 투자하는 것을 그만두고, 유역 주민(流域住民)에 대한 보호는 경보시스템과 피난설비를 정비하는 것으

로 지키고, 주택이나 농지 등의 재산 피해에 대해서는 손해보험을 통해 보장하는 것이 현재 국제적인 상식으로 통한다. 한편 건설교통부장관은 한 텔레비전 뉴스에 출연하여, 이 정책에 반대하는 대표의 발언을 가로막고 "재해가 발생하면 당신이 책임질 것인가?"라고 협박했다고 한다. 이처럼 그 나름의 교양과 상식이 있는 장관조차 이성적인 논의가 필요한 문제에 대해서 상대방의 발언을 가로막거나 공갈(恐喝), 협박을 일삼는 태도는 공개적인 문제 해결이라는 민주주의의 최소한의 규칙이 지금까지 국내에서 제대로 교육되지 못했다는 것을 보여주고 있다. 나도 티베트의 사례를 학교에서 배운 기억은 없다. 텔레비전을 통해 발언 시간, 표정, 태도 등을 통해서 그러한 기본적인 상식의 결여를 분명하게 보여주고 있다. 텔레비전은 그것을 사용하는 사람에게는 매우 무서운 미디어인 것이다.

이 패러그래프의 주제는 처음에는 국내 치수 대책 실패에 있었을 것이다. 하지만 쓰면서 주제가 점점 이 주제로부터 벗어나기 시작하여 교육의 부재로 바뀌었다가 또다시 텔레비전이라는 미디어의 특성으로 더욱 벗어나고 있다. 다시 말하면 중심 문장이 여러 개라기보다는 제대로 된 중심 문장이 없는 문장으로서 이것은 패러그래프로서 전혀 가치가 없다.

나쁜 패러 2

중심 문장과 무관한 뒷받침 문장이 제시된 패러그래프

【예】현시점에서 국공립대학의 문과 교원은 민간기업과의 겸직이 허용되지 않는다. 물론 이러한 제한은 빨리 철폐되어야 한다. 이미 바이오테크놀로지 등의 이과 분야에서는 일정한 조건하에 국공립대학 교원이 민간기업의 중역을 겸직할 수 있게 되어 있다. 이러한 것을 보면 문과 교원의 경우에도 겸직이 근본적으로 장해가 되지 않을 것임이 틀림없다. 나는 우리나라 대학에서는 문과와 이과를 지나치게 구분해서 다루려는 경향이 있다고 생각한다. 내가 근무하는 대학에서는 이과식당과 문과식당이라는 구분이 있을 정도다. 특히, 경영학 분야 등의 경우 현장과 동떨어지게 되면 관련 지식은 빠른 속도로 낡아버리고 만다. 민간 업체와의 겸직을 통해서 현장 감각을 사회적 변화에 따라 익힐 수만 있다면 그것은 교원뿐만 아니라 학생들에게도 커다란 이익을 가져다줄 수 있을 것이다.

'나쁜 패러'라고 부르는 것이 조금은 강하게 비칠 수도 있다. 이 패러그래프의 중심 문장은 처음의 두 가지다. 즉, '국공립대학 문과 교원의 민간 겸직 금지에 대한 제한 조치는 철폐되어야만 한다'는 것이다. 그리고 그 뒤에 이어지는 뒷받침 문장에서는 '이과에서 이미 겸직이 실행되고 있기 때문에 문과에서도 크게 문제 될 이유가 없다'라고 하면서 중심 문장의 주장을 보강하고, 경영학 분야를 예로 들어 민간과의 겸직이 얼마나 교육에 이익을 가져다주는가에 대해 거론하면서 제한 철폐를 요구하는 이유의 정당성을 뒷받침하고 있다. 그야말로 제대로 된 패러그래프인 것이다. 하지만 국내 대학에서 문과와 이과의 구분이 뚜렷하다는 논의는 중심 문장과 직접적인 연관성이 없다. 있어도 상관은 없지만 없는 것이 오히려 낫다. 또한 이과 식당과 문과 식당 이야기는 전적으로 불필요한 것이다. 음, 참고로 우리 대학에서는 이과 식당이 더 맛있다.

  — 그 말은 패러그래프 중간에 논점이 벗어나서는 안 된다는 것이네요. 자신이 쓴 패러그래프가 제대로 된 패러그래프인지를 확인하는 기준은 있나요?

  — 물론 있다.

① 어느 것이 중심 문장인지를 정확하게 제시할 수 있는가?
② 각각의 뒷받침 문장에 대해서 누군가 그것이 중심 문장과 어떤 관계가 있는지를 물었을 때 답변할 수 있는가? '이 문장은 중심 문장을 바꾸어 말한 것, 이 문장은 구체적인 사례를 제시한 것, 이 문장은 중심 문장에 나오는 이 말을 설명한 것'과 같은 방식으로 전체 뒷받침 문장에 대해서 그 역할을 얘기할 수 있다면 합격이다.
③ 그 패러그래프에 제목을 달 수 있는가?

다음에 나오는 '나쁜 패러 3'의 문제점을 지적해서 보다 좋은 패러 그래프로 바꾸어 작성해 보자. 필요하다면 7-4의 방침에 따라서 패러 그래프를 분할해도 좋다.

나쁜 패러 3

【예】일찍이 노골적인 성적 표현을 내세운 청소년 만화를 '유해 도서'로서 규제하자는 움직임이 전국적으로 확산된 적이 있었다. 이때 저작물의 좋고 나쁨의 판단은 독자에게 위임해야 하는 것이고, 이러한 규제는 어린이가 판단력을 갖출 기회를 빼앗는 것으로서 오히려 유해하다는 주장이 있었다. 이러한 규제의 움직임은 여자아이 연쇄살인사건을 일으킨 청년이 포르노와 거의 흡사한 만화나 애니메이션의 광적인 수집가였다는 것이 계기가 되었는데, 내가 이상하게 생각하는 것은 이러한 주장을 하고 있는 사람들 대부분은 스스로 표현의 자유를 지키자는 자유주의적 입장에서 사안을 얘기하고 있다는 점이다. 애초에 자유주의라는 것은 판단 능력

을 제대로 갖춘 성인에게 자기결정권을 인정하여 그것을 존중해주는 것이고, 판단 능력이 형성되는 과정에 있는 어린이를 그러한 성인과 동일시하는 것은 자유주의가 주장하고 있는 사안이 아닌, 자유주의에 위배되는 사고방식이기 때문이다. 일본에서는 본질적으로 어린이와 성인을 동급으로 생각하는 경향이 강하다. 초밥집이나 선술집, 그밖에 '성인 공간'에 어린이가 자유롭게 들락거리는 것을 보면서 생기가 넘친다고 생각하는 것은 나 혼자만이 아니다. 성인들이 포르노를 자유롭게 볼 자유가 있다면 어린이들에게도 그러한 자유를 제한해서는 안 된다는 인식이다. 성인은 아무리 자신에게 유해한 것이라고 하더라도 그것이 타인에게 폐가 되지 않는 한 그것을 즐길 권리를 가진다. 하지만 어린이에게는 성인과 동일한 권리를 부여할 수 없다는 것이 자유주의의 정신인 것이다.

7-4 패러그래프의 분할

― 패러그래프의 길이에 대해 정해진 원칙이 있나요?

― 대개 한 개의 패러그래프는 200~400자 내로 작성하라고 한다. 너무 길어질 것 같은 경우에는 패러그래프를 분할하게 된다. 예를 들면 앞에서 살펴본 겸직할 수 있게 하라는 주장의 설득력을 높이기 위해서 여러 가지 자료를 모은다고 하자. 이에 대한 사례로 어떠한 것들이 있을까?

― 이과에서는 이제 어느 정도의 겸직 성과가 오르고 있다거나, 교

육적인 측면 이외에 다른 장점이 있다던가, 법률에서 관련 규정을 바꾼다면 단번에 가능하다든지…… 이 정도가 생각나네요.

　— 그러한 것들을 전부 패러그래프에 집어넣는다면 상당히 길어진다. 따라서 다음과 같이 패러그래프를 나누게 된다.

　【예】현재 국공립대학의 문과 교원은 민간기업의 겸직이 인정되지 않는다. 이것은 공무원법 제0조의 규정에 따른 것이다. (**겸직 금지의 법적 근거와 그것이 제정된 경위가 이어짐**) 하지만 나는 이런 시대에 뒤처진 제한은 빨리 철폐되어야 한다고 생각한다. 이미 바이오테크놀로지 등의 이과 분야에서는 일정 조건하에서 국공립대학 교원은 민간기업의 중역을 겸직할 수 있다. 이에 비추어 보면 문과 교원의 경우에도 근본적으로 장해가 되지 않을 것이다. 이하에서는 민간기업과의 겸직을 추진해 나가는 것이 대학 전체의 교육과 연구에 어느 정도 좋은 영향을 가져다줄 수 있는지에 대해 세 가지 측면으로 나누어 지적한다.

　우선 긍정적인 측면에서, 제한을 철폐한 이과 분야의 현상을 보자. (**여기에 이과 분야에서 겸직이 가져다 준 긍정적인 영향에 대해 쓴다**) 이처럼 이과 분야에서는 민간단체와의 겸직이 가져다주는 좋은 영향이 이미 검증되었다고 말할 수 있다.

　두 번째로, 경영학 등의 분야에서는 현장과 멀어지게 되면 애써 배운 지식이 빠른 속도로 낡아버리고 만다. 교원이 민간단체와의 겸직을 통해 현장 감각을 익힐 수 있다면 그것은 교원뿐만 아니라 학생에게도 큰 이익을 가져다 줄 수 있을 것이다.

　세 번째로, (**교육 측면 이외의 중요한 이점에 대해 지적한다**)

7-5 아우트라인이 성장해서 패러그래프가 되고, 패러그래프가 성장해서……

— 역시 이것은 아우트라인을 확장시켜 나갈 때와 매우 유사하네요.

— 사실상, 거의 같은 것이다. 즉,

① 간략한 아우트라인을 우선 만든다(각각의 항목을 제시하여 키워드를 배열한 것만으로도 좋다). **(항목 아우트라인)**

② 항목 아우트라인에는 질문과 주장이 있을 것이다. 주장의 설득력을 강화하기 위해 무엇을 더 조사하여 제시하면 좋을지, 어떤 논증이나 사례를 들면 좋을지를 생각해서 아우트라인을 확장시켜 나간다.

③ 아우트라인의 각 항목을 짧은 문장의 형태로 나타낸다. **(문장 아우트라인)**

④ 그와 같은 짧은 문장을 중심 문장으로 하고, 그 중심 문장을 보강하거나 설명하는 자료를 덧붙여가면서 패러그래프의 형태로 만든다. **(패러그래프 아우트라인)**

⑤ 여기까지 이르게 되면 어느 정도는 논문의 형태를 갖추게 된다. 그러면 어느 정도의 여유가 생긴다. 좀 더 주장에 대한 설득력을 강화하고 싶기 때문에 이러저러한 논증도 제시해 보고 싶고, 구체적인 사례도 적용해 보고 싶은 욕구가 생긴다. 이러한 것들을 모두 채워 넣어서 패러그래프를 충실하게 만들어 간다.

⑥ 그 과정에서 지나치게 긴 패러그래프가 생겨나게 된다. 이럴 경우 앞에서 언급했듯이 몇 개 정도로 패러그래프를 나누어서 각 패러그래프의 상호관계를 나타내는 연결어나 뒷받침 문장, '첫째', '둘째'라든지 '이하에서는 ……에 대해 지적한다' 등을 패러그래프에 추가한다.

⑦ 이러한 작업을 거치면서 또다시 보강해야만 하는 것, 조사가 부족한 부분이 보이기 시작한다. 그것을 찾아내어 적절히 구성하고 보완해 나간다.

⑧ 그렇게 하면, 신기하게도 어느새 논문이 완성된다.

— 제가 쓰고 있는 문장 아웃라인 좀 봐주시겠어요? 논문의 일부분인데요.

— 어디 보자. 아, 얼마 전에 둘이서 생각한 싱어의 논증 부분이네. 음, 문장 아웃라인이 제대로 되었네.

158~160쪽, 아웃라인-버전 2의 Ⅲ을 확장시킨 문장의 아웃라인

동물도 평등하게 대우받아야 할 권리를 갖는다는 싱어의 논증을 제시한다.

　(1) 평등의 원리 = '타인의 이해(利害)를 어떻게 배려해야 할지는 그 사람이 어떤 사람인지, 어떤 능력을 갖는지에 좌우되어서는 안 된다.'

(2) 평등의 원리를 적용함에 있어 그 어떠한 차별도 있어서는 안된다.

(3) 고통과 쾌락을 느낄 수 있는 것에는 평등의 원리가 적용된다.

(4) 동물은 고통과 쾌락을 느낄 수 있다.

(5) 따라서 동물 역시 차별해서는 안 된다.

싱어의 논증에 대한 반론

(1) 동물이 고통스러워하는 것을 어떻게 알 수 있는가?

(2) 고통의 경계가 어디에 있는가?

(3) 육체적인 고통만을 말하는 것인가? 아니면, 절망이나 굴욕감 같은 정신적 고통도 포함되는가?

(4) 평등의 원리가 적용되는 존재 여부를 결정하는 가장 중요한 특징이 고통을 느낄 수 있는지 여부에 있는 것인가?

(5) 그렇다면, 고통을 느끼지 못하는 인간(즉, 태아, 뇌사자)에게는 그 권리가 인정될 수 없는 것인가?

— 이제 패러그래프로 만들려면 어떻게 하는 것이 좋은가요?

— 각각의 문장을 중심 문장으로 해서 간략한 패러그래프를 만든다. 예를 들면 다음과 같다.

피터 싱어라는 윤리학자는 동물도 평등하게 대접받을 권리를 갖는다고 주장한다. 이후에는 우선 싱어의 논증을 소개하고, 싱어의 논증에 대해 제기될 만한 비판들을 제시한 다음 이에 답변하기로 하자.

(1) 싱어의 논증은 우선 평등의 원리를 인정하는 것에서부터 시작된다. 평등의 원리란 다른 사람의 이해(利害)를 어떻게 배려할지는 그 사람이 어떠한 사람인지 또는 어떤 능력을 가지고 있는지에 좌우되어서는 안 된다는 원리다.

(2) 평등의 원리가 적용되는 대상에 대해 그 어떠한 차별도 이루어져서는 안 된다. 즉, 인간에게 평등의 원리가 적용된다는 것은 피부색이 다르다거나 타고난 출신이 안 좋기 때문이라든지, 지적이지 못하다는 이유로 사람의 이해(利害)를 달리해서는 안 된다는 것이다.

(3) 고통과 쾌락을 느낄 수 있는 존재에게는 평등의 원리가 적용된다.

(4) 고통과 쾌락을 느낄 수 있는 존재는 오직 인간만이 아니다. 왜냐하면 몇몇 고등동물은 고통과 쾌락을 느낄 수 있기 때문이다.

(5) 따라서, 동물 역시 차별해서는 안 된다.

— 어때?

— 어렵네요.

— 만일 설명이 충분하지 못한 논문이라고 한다면, 글을 작성한 당사자는 분명히 알 것이다. 그렇다면 어디를 보완해야 할까?

— 우선 평등의 원리가 어려운 것 같아요. 의미를 좀 더 쉽게 설명하거나 사례를 들어 설명하는 편이 좋을 것 같아요. 그리고 (3)은 느닷없이 등장했다는 느낌이 들어요.

— 그렇다면 (2)와 (3)을 확실히 연결할 필요가 있겠네.

— 그리고 나서, (3)에서 고통을 느끼는 존재와 평등의 원리가 적용되는 것 사이의 연관성에 대해 설명할 필요가 있겠네요.

— 그럼 그렇게 해 보자. 개선된 부분에는 방선을 그어 보자.

피터 싱어라는 윤리학자는 동물도 인간과 평등하게 대접받을 권리를 갖는다고 주장한다. 이후에는 우선 싱어의 논증을 소개하고, 싱어의 논증에 대해 제기될 만한 비판들을 제시한 다음 이에 답변하기로 하자.

(1) 싱어의 논증은 우선 평등의 원리를 인정하는 것에서부터 시작한다. 평등의 원리란 다른 사람들의 이해(利害)를 어떻게 배려할지는 그 사람들이 어떠한 사람인지 또한 어떤 능력을 가지고 있는지에 따라 좌우되어서는 안 된다는 원리다.

(2) 따라서 평등의 원리가 적용되는 대상에 대해 그 어떠한 차별도 이루어져서는 안 된다는 것이다. 즉, 인간에게 평등의 원리가

적용된다는 것은 피부색이 다르다거나 타고난 출신이 안 좋기 때문이라든지, 지적이지 못하다는 이유로 사람의 이해(利害)를 달리 해서는 안 된다는 것을 의미한다.

(3) 고통과 쾌락을 느낄 수 있는 존재에 대해서는 평등의 원리가 적용된다. 왜냐하면, 어떤 존재가 고통을 느끼는 것이 명백하다면 그 고통을 고려하지 않거나 이를 무시할 수 없다는 것은 평등의 원리에 따른 것이기 때문이다. 반대로 어떤 존재가 괴로워하거나 행복을 느끼는 것이 불가능하다고 한다면 고려의 대상에 포함되지 않아도 그렇게 문제가 될 이유가 없다. 평등의 원리가 이해에 대한 평등한 배려를 의미하는 것이기 때문에 평등의 원리에 적용될 수 있는 존재인지를 결정짓는 것은 언어능력이나 높은 지적능력이라기보다는, 이해를 가진 존재가 될 수 있는지, 즉, 쾌락이나 고통을 느낄 수 있는지에 따른 것이 핵심적인 근거가 된다.

(4) 그런데 고통과 쾌락을 느낄 수 있는 존재는 인간만이 아니다. 왜냐하면 몇몇 고등동물은 고통과 쾌락을 느낄 수 있기 때문이다. 고등동물은 인간과 매우 비슷한 신경계를 갖고 있다. 만약 인간의 쾌락과 고통의 감각이 신경계통 변화에 따른 것이라고 한다면, 인간과 매우 유사한 신경계를 지닌 동물이 고통과 쾌락을 느낄 수 없다고 생각할 이유는 없다.

(5) 따라서 동물 역시 차별해서는 안 된다는 결론이 나온다. 왜냐하면 동물이 쾌락과 고통의 감각을 느낄 수 있는 존재인 이상 동물에게는 평등의 원리가 적용되기 때문에, 우리가 동물의 이해를 무시하거나 경시하는 것을 허용해서는 안 된다.

— 여전히 (2)와 (3)의 연결 관계가 불분명한데…….

— 다른 패러그래프는 '따라서'나 '그런데'라는 접속사로 연결하면 되는데, (2)와 (3)을 연결할 수 있는 적절한 단어가 생각나지 않아서요…….

— (1)과 (2)의 경우 인간에게 평등의 원리가 적용된다는 점과 그것이 무엇인지에 대해 설명하고 있다. (3)에서는 인간이 고통을 느낄 수 있기 때문에 평등의 원리가 적용된다고 언급하고 있지. 그리고 (4), (5)는 동물 역시 쾌락과 고통을 느낄 수 있기 때문에 동물에게도 평등의 원리가 적용된다고 밝히고 있다. 그렇다는 것은 (3)에서 왜 인간에게 평등의 원리가 성립되는지에 대한 이유를 설명하는 것과 같은 맥락에서 이해할 수 있을 것이다.

— 그렇군요. 인간은 평등하게 대접해야만 한다고 생각하고 있지만 그 이유를 깊게 파고들 경우, 인간이라면 누구나 쾌락과 고통을 느끼기 때문이라는 것이네요.

— 그렇다면 이와 같이 연결하는 것도 얼마든지 가능하다. 접속사로 연결하는 것이 아니라, **질문으로 연결하는** 방법이다. 다음과 같이 하면 된다.

따라서 평등의 원리가 적용되는 존재에 대해 그 누구라도 차별해서는 안 된다는 것이다. 즉, 인류에게 평등의 원리가 적용된다는 것은 피부색이 다르다거나, 혈통의 차이 혹은 지적이지 못하다는

이유로 사람의 이해를 달리해서는 안 된다는 것을 의미하고 있다.

그렇다면 인간에게는 왜 평등의 원리가 적용되는 것일까? 그것은 인간이 고통과 쾌락을 느끼기 때문이다. 인간이 고통을 느끼는 것은 자명하다. 그렇다면 그 고통을 고려하지 않거나 무시할 수는 없다. 이것은 바로 평등의 원리에 따른 것이다. 반대로 한 존재가 고통스러워하거나 행복을 느끼는 것이 불가능하다고 한다면, 고려 대상에 포함시킬 이유는 없다. 평등의 원리가 이해(利害)에 대한 평등한 배려를 말하고 있기 때문에 평등의 원리를 적용할 수 있는 존재인지의 여부를 결정하는 것은 언어 능력이나 높은 지적 능력이 아니라 이해의 결정 기준이 되는지, 즉, 쾌락과 고통을 느낄 수 있는지 없는지에 따른 것이 보다 설득력 있는 근거가 된다.

― 즉, 앞 단락의 내용에 대한 질문을 제시하면서 다음 단락을 시작하는 방법이다. 이러한 패러그래프들 사이에 유기적 연관성을 갖게 하는 방법을 많이 알고 있을수록 문장을 작성할 때 훨씬 수월하다.

타인의 반론이 오히려 논문을 키워준다.

― 교수님께서 반론해주시면 각 패러그래프에 무엇이 부족한지 보이겠네요?

― 그렇다. 패러그래프를 키워 가는 데 있어 제일 좋은 방법은 타인에게 자신의 글을 보여주고 이해하기 어려운 부분에 반론을 제기하게

하는 것이다. 예를 들어, 누군가가 '싱어가 누구지? 갑자기 나오면 모르지'라든지, '이 정도로는 평등의 원리가 무엇인지 이해하기 어려워'라고 말해주는 것이지. 그렇게 하면 싱어가 누군지를 설명해야 한다는 것을 알 수 있고, 평등의 원리에 대해 책에서 인용하는 것만으로는 독자가 이해하기 어렵다는 점을 알 수 있다.

— 그렇게 해서 설명이 필요한 부분을 짚어 가다 보면 패러그래프가 충실해진다는 것인가요?

— 좀 더 이상적으로 얘기하자면 그렇지. 자신의 문장에 대해 이러한 '반론'을 스스로 제기할 수 있도록 해야 한다. 가능한 한 이 글을 '처음 읽는 독자의 눈'으로 자신의 글에 대해 반론을 제기할 수 있도록 다양한 방법을 생각해 보는 것이 좋다. 예를 들면, 작성된 것을 바로 읽지 않고, 원고를 작성한 후 하루 정도 지나고 다음 날 찻집이나 전철 등 가능하면 작성한 장소와 전혀 다른 곳에서 읽는 것이다. 그렇게 하면 처음 읽는 독자와 비슷한 관점에서 자신의 글에 대해 보다 객관적으로 확인할 수 있다.

— 글을 소리 내서 한 문장씩 읽어야 하나요?

— 찻집에서 그렇게 한다면 이상한 사람 취급받을 수도 있기 때문에 마음속으로 읽어야 하겠지. 빨간색 펜으로 반론을 적어가며 읽어야 한다. 그렇지만 자기 스스로 확인하는 것에는 한계가 있기 마련이지. 그래서 나도 논문을 작성하면 다른 사람에게 읽어보게 한다. 하지만 한석봉 군에게는 자네의 문장을 읽으면서 '이 부분은 너무 어려워', '이

것은 무슨 말이야? 라고 반론을 제기해 주는 좋은 사람이 옆에 있잖아. 그것도 무료로.

— 앗, 누군가요?

— 그것은 바로 교수다. 교수님께 작성된 논문에 대한 코멘트를 받는 것이다. 그 코멘트에는 논문을 키울 수 있는 힌트가 많이 들어 있을 것이다.

— 교수님 연구실은 찾아가기가 좀 부담스러운데요.

— 그렇다면 주변의 친구들이나 선배들에게 읽게 해서 반론을 얻어내는 것도 하나의 방법이다. 그 방법은 꼭 권하고 싶다. 지도교수는 그 분야의 전문가이고 학생인 한석봉 군의 문장을 익히 알고 있기 때문에 조금은 설명이 부족하거나 엉터리 문장이라 할지라도 호의적으로 받아들여서 무엇을 말하고 싶어 하는지 금방 알아차린다. 어쩌면 비전문가가 오히려 혹독하고도 정확한 지적을 해줄 때가 많다. 그리고 주변 사람들에게 자네의 문장을 읽게 해도 기본적으로는 매우 긍정적으로 생각할 것이다. 아무리 학점 때문이기는 해도 자네가 상당한 시간을 들여서 조사하거나, 착상해서 작성한 글이잖아? 그런데 담당 교수만 읽는 것은 너무 아깝다고 생각하지 않나? 그러니까 주변 사람들에게도 읽어보도록 하기 바란다.

— 역시 그렇군요.

— 자네가 '밥, 학점, 잠'만 생각하는 것이 아니라, 동물의 권리에 관한 것이나, 학력 저하 논쟁에 관한 것도 제대로 생각하고 있다는 것을

주변 사람들에게 알리고 싶겠지? 그래서 토론한다거나 친구가 자네에게 '이번에는 내 논문 좀 읽어줄래?'라고 하면 얼마나 좋겠어?

— 뭔가 즐거울 것 같다는 생각도 들어요. 하지만 교수님의 말투가 너무 다정다감해서 그렇게 생각했는지도 몰라요.

자네가 정성 들여 쓴 논문을 담당 교수에게만 읽게 하는 것은 아깝다. 가급적 주변에 있는 많은 지인에게 읽게 해서 코멘트를 받도록 하자.

알기 쉬운 문장 작성을 위해

　－ 동물의 권리에 관한 논문에 넣으려고 동물실험에 대한 내용을 써 봤는데 읽어봐 주시겠어요?

　－ 음, 좋아. 어디 보자. 아우트라인의 II(1), '문제의 배경' 부분이지?

동물의 권리를 인정해야 한다는 주장이 제기된 것은 '우리 인간이 동물을 잔혹하게 대해온 것이 아닐까?'라는 반성에 기초하고 있다. 인간에게 그다지 이익이 있는 것도 아닌데, 잔혹하게 동물실험이 자행된 사례로는 신상품 개발을 위한 샴푸의 안전성 테스트를 위해 토끼의 눈에 농축용액을 주입한 제약회사, 아사(餓死) 직전의 어린 쥐가 음식을 충분히 먹고 정상적으로 성장한 쥐보다 훨씬 더 활동적이라는 것을 증명하기 위한 실험에서 결국 256마리의 어린 쥐를 굶겨 죽인 프린스턴 대학의 연구, 위스콘신 주 매디슨 영장류 연구소의 한 연구에서는 일부러 어미 원숭이를 신경쇠약으로 만들었는데, 그 어미 원숭이는 새끼 원숭이의 얼굴 부위를 바닥에 내동댕이쳐서 죽였다고 한다.

　　— 와, 그야말로 여러 가지를 조사한 것은 잘 알겠지만, 역시 대단한 한석봉 군이다. 어쩐지 최근 묘하게 이해의 폭이 넓어졌다는 생각에 조금은 허전한 마음이 들었는데, 구구절절 한석봉다운 절(節)이다.
　　— 역시 읽기 힘든가요?
　　— 응. 하지만 핵심을 찾아내면 이 문장 또한 몰라보게 깔끔해질 것이다.

8-1 알기 쉽게만 하면 되는 것일까?

그런 이유에서 이 장에서는 읽기 쉽고, 알기 쉬운 문장을 쓰기 위한 노하우에 대해 생각해 보자. 그렇지만 꼭 염두에 두어야 할 것은 **읽기 쉬움, 알기 쉬움이라는 것이 모든 문장이 지향해야 하는 절대적인 가치는 아니라는 점**이다.

나는 논문이라도 문제 설정과 논증이 제대로 되어 있다면 문체에 개성을 추구하는 것이 그렇게 문제가 되지는 않는다고 생각한다. 미국의 철학자들 중에는 논문 안에 조금의 헛소리나 비꼬는 말, 그 밖에 말장난을 담는 경우도 얼마든지 있다. 분명 이러한 말장난이 논문을 어느 정도는 이해하기 어렵게 만드는 것이 사실이다. 논문에 농담이 쓰여 있다는 것을 상상하지 못하는 성실한 학생은 '교수님, 이 부분은 아무래도 의미를 모르겠는데요?'라고 묻는다. '농담이지 농담'이라고 가르쳐줘도 어리둥절해 한다. 물론 나의 경우 그러한 논문을 읽는 것을 그렇게 꺼리지는 않는다.

그러한 이유에서 이 장의 목적 역시 제한적일 수 있다. 결코 '대체로 문장을 이렇게 써야만 한다'고 지적하려는 것은 아니다. 알기 쉬운 것이 반드시 가치 있는 것은 아니기 때문이다. 그래도 알기 쉽게 쓰는 것을 추구하는 경향은 어디에나 존재한다. 대학에서 논문 쓸 때가 그 전형이라고 할 수 있다. 논문을 알기 쉽게 쓰려고 하지만 그 의도와는 달리 갈피를 잡지 못하고 문장을 써버리는 사람을 보면 너무도 안타깝다. 이처럼 알기 쉽게 쓰려고 해도 쓸 수 없는 사람들에게 최소한의 노하우를 익히게 하는 것도 어느 정도 필요하다는 의도에 따른 것이다.

철칙 30

> 알기 쉽게 쓰는 것만이 능사는 아니다. 그렇지만 알기 쉽게 써야 할 때 그렇게 안 되는 것은 역시 불행한 일이다.

8-2 문장 괴기 대사전

문장을 이상하고 기괴하게 만들어 버리는 요인을 네 가지로 묶어 보았다. 그것들을 피해갈 수만 있어도 자네의 문장은 상당히 나아질 것이다.

고스트

— 한국의 유령은 다리가 없다. 한편으로 서양에서는 머리가 없는 유령도 있다.

— 영화 「슬리피할로우」에서 크리스토퍼 워큰이 맡은 역이에요. 목이 잘려서 죽임을 당한 뒤, 자신의 머리를 찾기 위해 나타난 유령.

— 그것과 마찬가지로 다리가 없거나, 머리가 없는 것을 문장에서는 '고스트'로 부르기로 하자. 고스트가 언제 나타나는가 하면 대개 다음 네 가지 경우다.

(1) 주어가 없는 문장

【예】 경제 활동과 관계없이 사회적 비용이 발생하는 것은 피하기 힘든 일이다. 그런데 한국에서는 유난히 저소득층에게 부담을 전가하는 형태로 처리되어 왔다.

여기에서 '처리되어 왔다'의 주어가 드러나 있지 않다. '그런데 한국에서는 그러한 비용이 유난히 저소득층에게 부담을 전가하는 형태로 처리되어 왔다'로 고치면 이해하기 쉬워진다. 주어는 가능한 한 생략하지 않는다.

(2) 술어가 없는 문장(체언 종결)

【예】 스코트 채플린의 랙타임부터 찰리 파커까지 50년. 이 사이에 혁신자로서는 루이 암스트롱, 베니 굿맨.

이것은 문장을 이해하기 어렵다고 할 정도는 아니겠지만, 문장을 체언으로 마무리함으로써 50년이라는 세월을 필자가 어떻게 생각하고 있는지, 길었는지, 짧았는지와 같은 정보가 전달되지 않는다. '스코트 채플린의 랙타임부터 찰리 파커가 비 팝 혁명을 일으키기까지 겨우 50년밖에 경과되지 않았다. 그 사이에도 루이 암스트롱이나 베니 굿맨이라는 혁신자가 나타났다'라는 표현이 적절해 보인다.

(3) 고스트로 보이지 않는 고스트(좀비 문)

【예】 실재론과 관념론의 차이는 인간의 인식 활동으로부터 독립해서 존재하는 실재를 인정할지 그렇지 않을지라는 점이 다르다.

글쓴이는 '실재론과 관념론의 차이'를 주어로 하여 글을 쓰기 시작하였다. 하지만 도중에 설정해 두었던 주어를 벗어나 '실재론과 관념론'으로 빠져 버린 것 같다. 그 때문에 술어가 '……라는 점이 다르다'가 되어 주어와 술어의 호응 관계에 문제가 발생하고 말았다. '실재론과 관념론의 차이'가 주어라면 문장 끝은 '……인정할지 그렇지 않을지에 있다'로 되어야 할 것이다. 이러한 문장을 '꼬인 문장'이라고 부른다. 언뜻 보기에는 주어와 술어, 즉, 머리와 다리 모두 갖추고 있기 때문에 문제를 풀기가 쉽지 않다. 머리도 다리도 있기는 하지만 실은 죽어 버렸기 때문에 '좀비 문'이라고 부르고자 한다.

(4) 문장의 시작과 호응되는 끝 부분이 존재하지 않는다.

【예】챌린저호 폭발 사고의 교훈은 조직 안에서의 집단적 의사 결정에서 기술자가 경영적 관점에 치우치는 일 없이 끝까지 기술적 관점에서 견해를 표명할 수 있는 구조를 구축할 필요가 있다. 왜냐하면 기술자가 경영적 관점에서 사태를 바라보게 되면 그 조직 내에서 다양한 관점을 잃게 되어 결국 집단적 사고에 빠지기 쉽다.

첫 번째 문장은 '교훈은'으로 시작하고 있으므로 '……라는 것이다'로 끝나야 한다. '챌린저호 폭발 사고의 교훈은 조직 안에서의 집단적 의사결정에 있어서 기술자가 경영적 관점으로 치우치는 일 없이 끝까지 기술적 관점에서 견해를 표명할 수 있는 구조를 구축할 필요가 있다는 것이다'가 옳은 표현인 것이다. 또는 '챌린저호 폭발 사고의 교훈은 다음과 같다. 즉, 조직 안에서의 집단적 의사결정에서 기술자가 경영적 관점에 치우치는 일 없이 끝까지 기술적 관점에서 견해를 표명할 수 있는 구조를 구축할 필요가 있다'와 같이 문장을 잘라 버리면 더욱 이해하기가 쉬워진다.

두 번째 문장도 '왜냐하면'으로 시작하고 있으므로 끝에는 '……때문이다'가 되어야 한다.

─ 체언 종결은 논문에서 사용해서는 안 되는 것인가요? 미처 몰랐어요.

— 음, 안 하는 것이 무난하다. 물론 문장을 이해하기 어려워진다는 점도 있겠지만, 필자만 흡족해하는 느낌이 들기 때문에 좋아 보이지 않는다. 물론 취향의 문제이기도 하겠지만.

— '체언 종결이 많은 문장, 즉 '이것은 나쁜 문장, 왜냐하면 싫어, 사용 안 해, 체언 종결. 그러나 이것은 나의 방침'과 같이 뭔가 번역 투나 서양 스타일 느낌이 드네요.

— 문장을 쓸 때 주의해야 할 것은 문장의 시작과 끝이 호응하도록 하는 것이다. 자네의 동물실험에 대한 패러그래프에서도 '잔혹한 동물실험이 자행된 사례로는'으로 시작한 문장은 사실은 '…… 등을 들 수 있다'로 끝나야만 호응이 잘 이루어진 것이다.

— 왜 그렇게 되는 것일까요?

— 한마디로 말하자면 하나의 문장에 여러 가지 내용이 너무 꼬여 있기 때문이라고 생각한다. 긴 문장을 쓰다 보면 문장의 시작이나 주어에 호응하는 '종결' 부분 작성을 잊어버리게 된다. 처음에는 '챌린저호 폭발 사고의 교훈은 ……라는 것이다'라고 쓰려고 생각하고 있었는데 이 '……'의 부분이 확장되는 과정에서 '……'의 부분을 쓰는 데 집중하다 보면 어느 순간 처음에 생각했던 '……라는 것이다'를 빠뜨리게 되는 것이다.

— 이제 고스트 문장을 피하는 방법도 알게 되었네요.

철칙 31 | 고스트 문장을 피하려면 다음 세 가지에 주의해야 한다.

① 우선은 주어와 술어가 갖추어진 문장을 쓰도록 한다. 작성하는 과정에서 같은 주어가 너무 반복되어서 오히려 지루하거나 그것을 생략해도 이해하는 데 큰 지장이 없을 때만 주어를 생략한다.

② 문장을 작성할 때 항상 시작(문두)과 끝(문미)이 호응하고 있는지를 체크한다. 컴퓨터를 사용할 경우, 문두를 입력했다면 곧바로 그것에 호응하는 문미를 입력해 둔다. 예를 들어, '왜냐하면'을 입력했다면 바로 '때문이다'도 동시에 입력한다. 이후 천천히 그 사이의 내용을 채워간다.

③ 하나의 문장 속에 여러 가지 절이나 내용이 꼬인 경우('**위압적인 문장**') 의미 전달에 문제가 발생할 수 있다. 문장이 확장되는 것을 항상 경계하면서 여러 문장으로 나누어 쓸 수는 없는 것인지에 대해 생각해야 한다.

'위압적인 문장'은 주어와 술어가 모두 갖추어져 있고, 호응관계에 문제가 없다고 해도 상당히 이해하기 어려운 문장이 되고 만다. 이것은 주어와 술어 사이에 굉장히 많은 어절이 결합되어 있기 때문에 읽는 중간에 의미가 불분명해져서 독자들은 주어가 무엇인지를 잊어버리고 만다. 이러한 문장은 비록 고스트 문장이 아니라고 할지라도 이해하기 어렵다. 따라서 여러 문장으로 나누는 것이 좋다.

 철칙 32

긴 문장을 적절하게 구사하는 것은 자네들에게는 아직 무리다. 가능한 한 짧은 문장으로 나누는 것이 좋다.

(1) 다음의 고스트 문장을 제대로 된 문장으로 고쳐 써 보자.

⇨ 21세기에 국립대학이 사회로부터 기대되는 사명을 다하기 위해서 중요한 것은 여러 규제의 대폭 완화와 대학이 독자적 재량의 확대라는 법인화의 이점을 최대한으로 활용해야만 한다.

(2) 다음 보기의 힙합에 대한 '위압적인 문장'을 다음 문장에 이어지도록 몇 개의 문장으로 나누어 보자.

힙합은 집, 학교, 커뮤니티 하우스, 길거리에서 이루어지는 라이브 퍼포먼스로서 댄스가 확고한 지위를 확립하고 있던 1970년대 후반, 즉 백인 저소득 계층을 주 고객으로 하는 디스코 문화의 전성기가 지나고 있긴 했지만 아직 히스패닉계, 아시아계 주민에 의한 에스닉 음악의 이입(移入)이 본격화되는 틀은 무르익지는 않았던 미국 도시부에서의 음악문화의 말하자면 공백기였고 뉴욕, 특히 브롱크스, 다음으로 할렘과 브루클린이라는 지역에 잠재된 음악적 카니발리즘의 요구가 높아지는 가운데 도시 외곽형 댄스음악에서 출발했다.

⇨ 힙합은 도시 외곽형 댄스음악에서 출발했다. ……

괴물 (the thing)

— 어, 이번에는 '괴물'입니까? 혹시 존 카펜터의 영화 「괴물」에 나온 물체를 말하는 것인가요?

— 그렇다. 우주에서 온 기생 생물로서 처음에는 개에게 들러붙었지만 차츰 다른 인간이나 생물과 결합해서 갈수록 거대해지는, 끝없는 '결합'으로 의미를 알 수 없게 되어버린 문장을 말한다. 예를 들면,

【예】 미국에서 자동차의 사회적 비용이 가장 큰 것은 교통사고로서, 1960년대를 거쳐 연간 5만 명의 사망자와 200만 명에 달하는 부상자가 나오고 있는데, 미국에서의 자동차 사고는 고속자동차 전용도로가 정비되어 있는 것과는 달리 평생 휠체어에 앉은 채로 살아야 하는 사람을 포함한 중상자나 사망자가 많아지는 경향을 보이고 있고, 교통사고 피해자의 누적(累積)수는, 평균 한 가족당 한 명에 달하고 있다는 통계도 있는데, 일반적으로 말해서 보도와 차도의 분리가 추진되고, 시가지에 어린이들을 위한 놀이터가 많이 마련되고, 신호기 교차점이 입체 교차로로 교체되고, 아동에 대한 안전교육에 많은 비용이 출자가 되고 있다는 것 등은 우리나라도 배워야 할 것이다.

— 음, 이건 정말 심하네요.

— 어떤 부분이 그렇지?

— 가장 잘못된 부분은 글이 줄줄이 이어져 있을 뿐만 아니라, 화

제가 도중에 달라지는 측면 같아요. 처음에는 미국에서 중대한 교통사고가 증가되고 있다고 말하다가, 후반에는 우리나라가 미국의 교통정책에서 배워야 할 점들에 대해 말하고 있어요. 하나의 문장 안에서 화제가 틀어져 버리면 안 되지 않나요? 아하, 이런 식으로 다른 생물들이 들러붙었기 때문에 괴물이라는 것이지요?

— 그렇다. 이런 식의 글은 뛰어난 문장가들만이 쓸 수 있기 때문에 학생들은 절대 흉내 내지 않는 것이 좋다. 쓸 수 있는 능력이 있기 때문에 줄줄 이어서 쓰는 것과 평범하게 쓰려고 하는데 자신도 모르게 괴물이 되어 버리는 것은 엄청난 차이다. 그렇다면 괴물을 만들어 내지 않으려면 어떻게 해야 하는지에 대해 생각해 보자. 사실 우리말에는 괴물이 탄생할 수 있는 요인이 얼마든지 있기 때문에 그와 같은 문장을 피하기 위해서는 왜 괴물이 탄생하는지를 알아두는 것이 중요하다.

괴물의 원인과 대안 마련

(1) 이어서 쓰는 형(連用形)

괴물이 탄생하는 가장 큰 원인은 연용형의 지나친 사용이다. 연용형을 사용하면 '……으로서, ……하고, ……되어서 ……으로서, ……'라고 계속해서 문장을 이어갈 수가 있다. 그러나 연용형으로 문장을 연결할 경우, 전후의 논리적 관계가 모호해진다. 따라서 되도록 연용형으로 연결하는 것은 피하도록 한다. 많아도 두 번 정도만 사용한다는 생각을 갖자.

(2) '······지만'

'······지만'도 악명 높은 연결어다. 이것도 연용형처럼 '······지만, ······지만, ······'라고 얼마든지 이어나갈 수 있다. '······지만' 또는 '하지만'에는 역접(逆接)의 역할 외에도 화제를 바꾸는 역할도 있다. 자네의 친구들 중에도 '하지만'이라고 말하고 나서, 전혀 관계없는 말을 시작하는 친구도 있을 것이다. 이렇게 되면 무서운 일이 생기게 되는데, '······지만'으로 문장을 이어가다 보면, 어느새 문장의 화제가 달라져버리고 만다. 앞에 나온 자동차 관련 예문에서도 화제가 달라지는 부분에 '······지만'이 나온다.

그래서 그 대안으로 제시하는 것이 **기본적으로 '······지만'으로 문장을 연결하지 않는 것**이다. 자네가 사용하려고 한 '······지만'은 '하지만'이나 '그럼에도 불구하고'로 바꾸어 쓸 수 있을 것이다. 바꾸어 쓸 수 있다면, 거기에서 일단 마침표를 찍고 문장을 마무리한다. 그러고 나서 '하지만'으로 다음 문장을 시작한다. '하지만'이나 '그럼에도 불구하고'로 말을 바꾸었을 때 이상하다면, 단순히 화제가 전환된 것이라고 생각하면 된다. 이 경우에도 일단 문장을 맺고, '한편으로'나 '그런데'를 사용하여 연결한다.

(3) '의'

'의'는 몇 개의 단어를 줄줄 이어나가면서 작은 괴물을 만들어낸다. '미국의 자동차의 사회적 비용이 가장 큰 것'이나 '교통사고의 피해의 경험자의 누적인수'가 그렇다. '의'가 연속되면 말이 안 된다는 점 외에 다른 문제도 존재한다. 조사 '의'는 실로 많은 역할을 하고 있다. 그 사례로, '나의 옷(소유)', '우리의 각오(의지)', '승리의 길(지향)'에 나오는 '의'는 역할이 전부 다르다. 따라서 '의'로만 말을 연결해 가면, 각 단어의 관계가 애매한 구(句)가 만들어져 버린다.

이에 대한 대책으로 **원칙적으로 '의'는 두 번 이상 연속해서 사용하지 않는다.** 가능한 한 다른 표현으로 말을 바꾼다. 예를 들어, '미국에서 자동차에 드는 사회적 비용 가운데 최대인 것'이나 '교통사고 피해를 입은 사람의 누적인수'로 문장을 바꾸면 좋다.

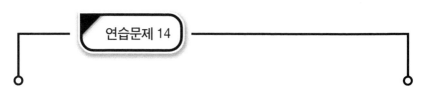

연습문제 14

(1) 246쪽의 괴물 예문(자동차의 비용 이야기)을 이러한 대안에 비추어 첨삭해 보자.

(2) 다음에서 '의'로 되어 있는 문장을 좀 더 알기 쉽게 고쳐보자.
   － 동물의 행동의 연구의 중심적 연구자
   － 독일의 추상화의 대표적 작가의 생전 마지막 전람회의 팸플릿의 표지의 그림의 제목의 마지막 단어

큰 머리 문어 외계인

— 큰 머리 문어 외계인? 이것은 무엇인가요?

— '큰 머리 문어 외계인'은 머리가 아주 좋은 외계인으로 문어와 같은 모습을 하고 있는데, 이 외계인처럼 아주 머리가 큰 문장을 '큰 머리 문어 외계인'이라고 부르기로 하자. 별 생각 없이 글을 쓰다 보면, 말도 안 되게 머리가 큰 문장이 만들어져 버린다. 예를 들면, 이런 거지.

【예 1】베트남전쟁 귀환병의 심적 외상 후 스트레스 장애 문제나, 유아 학대 또는 일명 '어덜트 칠드런' 문제에 대한 관심이 발단이 되어서 정신과 의사의 사회적 수요가 크게 높아진 미국 사회와는 다르게, 한국 사회에서는 정신과 검진에 대한 사회적 편견이 아직도 다양하게 나타난다.

— 실컷 미국 얘기를 해놓고 결국은 한국에 대한 것이 주제네요. 핵심인 한국에 대한 이야기가 나오기까지 너무 오래 걸려요. 이와 같은 것을 '머리만 큰 것'이라고 하는 건가요?

— 그렇다. 이 밖에도 주어가 너무 커진다거나 이유를 나타내는 절이 앞부분에 길게 나오는 문장도 전형적인 예라고 할 수 있지. 다음 사례를 보자.

【예 2】천성적으로 타고난 예리한 음악적 감각을 바탕으로, 단련된 육체로부터 용솟음쳐 나오는 약동감과 한국 풍토에 제대로 토

착화된 블루스 감각을 통일시켜, 전례 없는 한국적 감성으로 넘치는 새로운 독자적인 음악 세계를 확립하여, 70년대 이후의 현대 한국의 재즈계를 이끌어 온 이웅산은 근년, 클래식 음악가와의 공동 작업으로 새롭게 돌파구를 이끌어내려 하고 있다.

【예 1】에서는 '한국 사회에서의 정신과 검진에 대한 편견', 【예 2】에서는 '이웅산'이 주제다. 하지만 둘 다 그 주제가 후반에 가서야 비로소 나온다. 이런 경우, 독자는 쓰는 사람이 무슨 얘기를 하려는지에 대해 모호함을 갖게 된다. 이러한 문장을 피하기 위한 대책으로, 주제가 처음에 나올 수 있게 고쳐 써야 한다. 한번 만들어 보자. 이것도 독자를 혼란스럽게 만들지 말자는 기본원칙 중 하나다.

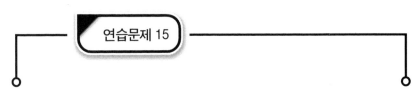

연습문제 15

앞의 【예 1】과 【예 2】를 '큰 머리 문어 외계인'으로부터 피하기 위한 대책을 세워 다시 작성해 보자.

덕지덕지 님

— 이것은 분이나 각종 화장품, 립스틱 등에 돈을 물 쓰듯 써서 자신을 덕지덕지 치장만 하다가 죽은 귀신을 의미한다. 수식이라는 것은 문장을 쓸 때 필수 불가결한 것이지만, 그 방법이 잘못될 경우 덕지덕지 님을 탄생시킨다. 다음 예를 통해 살펴보자.

【예】 사오정은 대단한 박력으로 생맥주를 마셔가면서 교육론을 마구 떠들어대는 모두에게 반론을 펼쳤다.

이것이 덕지덕지 님이다. 덕지덕지 님의 특징은 어디가 어디를 수식하고 있는지 모호해서 문장의 의미가 다양하게 해석될 수 있다.

— 음, 우선,

(a) '대단한 박력으로' 마셨는지, 떠들어댄 것인지, 반론한 것인지를 알 수 없어요. 게다가,

(b) '생맥주를 마셔가면서' 떠들어댄 것인지, 반론한 것인지도 애매하지요. 즉, 3 곱하기 2는 6, 즉 6가지 의미로 해석되네요.

— 그럼, 이것을 쓴 사람의 의도가 '대단한 박력으로'는 '반론을 펼치다'를 수식하고, '생맥주를 마셔가면서'는 '계속 떠들어대다'를 수식하는 것이었다면, 어떻게 썼으면 좋았을까?

— 음, 쉼표(,)를 사용하면 좋지 않을까요?

● '사오정은 대단한 박력으로, 생맥주를 마셔가면서 교육론을 마구 떠들어대는 모두에게 반론했다.' 이건 어떤가요?

— 음, 많이 좋아지긴 했는데…… 어순을 바꿔도 좋다.

— 아, 그래요? 그렇다면,

● '사오정은 생맥주를 마셔가면서 교육론을 마구 떠들어대는 모두에게, 대단한 박력으로 반론을 펼쳤다.' 이거는요?

— 그것도 괜찮다. 그렇지만 '사오정은'과 '반론을 펼쳤다'가 연결되기에는 너무 동떨어져 있지 않아?

— 다시 말해서,

● '생맥주를 마셔가면서 교육론을 마구 떠들어대는 모두에게 사오정은 대단한 박력으로 반론을 펼쳤다.'

연습문제 16

(1) 앞의 【예】'사오정 문장'에 대해 가능한 방법을 동원해서 5가지 읽는 법을 적용하여 모호함을 없앨 수 있도록 고쳐 보자.

(2) 다음과 같은 '덕지덕지 님'의 문장을 의미가 잘 통할 수 있도록 고쳐 보자.

계통적으로 정밀한 실험이나 관찰에 의한 엄밀한 가설(假說)의 실증이 행해지도록 된 것에 의한 느긋한 자연 연구에 있어서 종교적 요소의 후퇴 덕분에, 자연 연구를 자신의 직업으로 생각하는 '과학자'를 자칭하는 사람이 출현한 것에, 진화론을 옹호(擁護)해서 '다윈의 지킴이 개'로 불리는 올더스 헉슬리(Aldous Huxley)는 심하게 반발했다.

— '덕지덕지 님'을 피하기 위한 대응책을 정리하면, 다음과 같다.

(1) 가장 먼저 자신이 쓴 문장이 '덕지덕지 님'이 되었을 가능성이 있다는 것을 생각하자. 거기에서 우선, 몇 가지 의미로 해석될 수 있는지를 확인한다.
(2) 만약 '덕지덕지 님'이 되었다면, 어순을 바꾸거나 쉼표를 넣어서 모호함을 줄여 나간다.
(3) 그래도 제대로 안 될 경우에는 애초에 하나의 문장으로 쓰는 것을 포기한다. 예를 들어,
   • 모두 하나같이 생맥주를 마셔가면서 교육론을 떠들어댔다. 그런 모두에게 사오정은 반론을 펼쳤다. 그것은 대단한 박력이었다.
   와 같이 할 수도 있다. 좀 더 유연하게 적용할 필요가 있다!

모호함이 적은 문장이란

— 이와 같이 배열하면 모호함이 줄어든다는 것과 같은 법칙이 있을까요?

— 음, 많은 사람이 법칙을 제안하고 있긴 하다. 예를 들어, 실험적 차원에서 다음과 같은 법칙을 제안할 수 있다.[*]

- 비가 싹트는 새잎에 풍성한 윤기(촉촉함)를 부여했다.
- 비가 풍성한 윤기를 싹트는 새잎에 부여했다.
- 싹트는 새잎에 비가 풍성한 윤기를 부여했다.

이와 같은 형태로 가능한 모든 조합을 통해 어떤 것이 자연스럽고 이해하기 쉬운지 생각해 보는 것이다.

— 음, 왠지 엄청나게 고생하시는 듯한 느낌이 드네요.

— 이런 것을 10개 가까이 배열하면, 나는 머리가 멍해져서 뭐가 뭔지 모르게 된다. 조금 더 간단한 경험 법칙을 소개하겠다.

경험 법칙

(1) 수식된 말과 수식하는 말을 선으로 묶어본다.

(2) 그 선은 몇 개 정도 그어질 것이다. 그 선의 하나하나가 가능한

---

[*] 혼다 가쓰이치(本多勝一), 『일본어의 작문 기술』(朝日文庫).

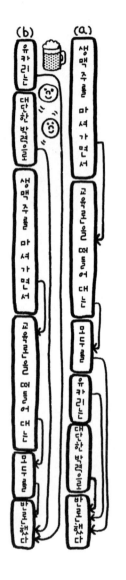

한 짧고, 겹치지 않게 한다. 그렇게 하면, 모호함도 줄어들게 된다.

예를 들어, (1)의 방식을 '사오정 문장'에 대입해 본다.

(a)와 (b) 모두 선이 가장 많이 겹친 부분은 3개지만, (b)는 (a)와 비교해서 각각의 선이 훨씬 길고, 겹친 부분의 길이도 그만큼 길다. 따라서 (a)쪽의 모호함이 덜하다.

— 교수님, 대단한 발견이네요.
— 이건 별거 아니야. 어디까지나 눈대중일 따름이지. 문장에는 리듬도 있고 문맥 속에서 의미가 드러나기 때문에 각 어절을 구분해서 읽지는 않는다. 앞의 첫 번째 예문의 경우, '비가 싹트는'이라고 두 어절을 끊어서 읽는다고 생각하지만, '비가'와 '싹트는'을 끊어 놓고 나서 읽지는 않는다는 것이다. 누구든 문장을 읽을 때, 우선 끊고 나서 의미를 해석할 리는 없잖아.
— 과거 인공지능이 그런 식으로 하려고 해서 실패한 적이 있지요?

— 맞아. 따라서 이 경험 법칙도 예외가 많기 때문에 맹신해서는 안 된다. 여러 방법으로 배열해 보고, 자신이 가장 혼동되지 않는다고 생각되는 것을 선택하는 것이 기본이다.

— 이렇게 하고 보니, 아주 단적으로 얘기하면 읽기 쉬운 문장을 쓰기 위해서는 짧은 문장으로 자르는 작업이 필요한 것 같은데요. 그렇게 생각하면 되나요?

— 맞다고 할 수도, 틀리다고 할 수도 없다. 너무 뚱뚱해지면 여러 가지 생활습관에 따라 병이 생기는 것과 비슷해. 문장도 너무 길어지면, 여기에서 다루려는 여러 가지 기이한 현상이 일어나기 쉽다. 따라서 가능한 한 짧은 문장으로 나누어서, 그 짧은 문장들끼리 접속사라는 접착제로 연결해서 문장을 조립해가는 것이 논문 문체의 기본이다.

지금 자네가 쓴 문장이 과연 최선일까? 좀 더 깔끔한 문장을 쓸 수는 없는 것일까? 여러 가지로 달리해서 써 보는 훈련을 해 보자.

제9장

최종 마무리

지금까지 씨앗부터 소중하게 길러 온 자네의 논문은 그야말로 훌륭하게 성장했다. 이제 프린트하여 제출하는 일만 남았다. 그러나 그 전에 아직 하나 더 해야 할 일이 남아 있다. 주(註)와 참고문헌, 표제어를 붙이거나 기호나 숫자를 표기하는 작업. 말하자면, 제출하기 전에 논문 형태를 검토하는 최종 마무리 단계다.

— 이 작업은 매우 귀찮다. 게다가 여기에 몰두하기 시작하면 끝이 없다.

— 아, 무언가 숨겨둔 비장의 무기 같은 것인가요?

— 하하, 그럼, 감추어 둔 비장의 무기를 꺼내 볼까? 논문을 제출할 교수님이 계시지? 그 교수님이 작성한 논문을 찾아서 손에 넣는다. 학술지에 실린 한국어 논문이 가장 좋은데, 대학 도서관 등에서 간단히 구할 수 있다.

— 오호, 그다음에는요?

— 그 논문에서 인용 방법, 주나 참고문헌 쓰는 법, 그 외의 논문 양식을 그대로 모방한다. 그것만 하면 끝이다. 제출한 뒤에 그 교수님이 '자네, 이 참고문헌 쓰는 방법이 좀 이상하지 않아?'라고 말하면, '아, 그렇습니까? 교수님의 'XX'라는 논문을 참고로 한 것인데요?'라고 말하면 된다. 그러면 더 이상 따지지 않을 것이다.

— 그런 논문이 없으면 어떻게 하나요?

— 그때는 '교수님, 요즈음 어떤 논문 쓰고 계십니까?'라고 말씀드려 봐.

— 흠, 그건 좀 아닌 거 같은데요.

— 나도 그렇다고 생각한다. 지금부터 말하는 것은 본질적으로는 일종의 '작성법'이다. 그리고 작성법 배우기의 기본은 바로 교수님의 흉내를 내는 것이다.

9-1 주(註)를 붙여야 한다

'註'라고 쓰는 것이 정식이라는 주장도 있는데, 사실 그렇지는 않다. 한자사전을 보면 알 수 있는데, '註'와 '注' 모두 맞는 표기법이다. 주가 달려 있으면 그야말로 논문처럼 보인다. 내가 봐도 학술적으로 구성된 것 같은 느낌이 든다. 그렇기 때문에 대학생들은 논문에 제대로 된 주를 달고 싶어 한다. 하지만 그것은 아주 번거로운 일이다.

(1) 주(註)에는 무엇을 써야 하는가?

주의 기본적인 역할은 무언가에 대한 설명을 본문 안에서 덕지덕지 설명하게 되면, 논지를 이해하는 데 방해되거나, 문장의 흐름이 연결되지 않아 읽기 힘들어질 경우, 본문과 떨어진 공간에 설명을 다는 것이다. 따라서 본문을 쓰면서 특정 사안을 다루고 싶지만, 본문에 넣으면 논의가 다른 쪽으로 흘러갈 것 같고, 그 모양새도 좋지 않을 것 같다면 주를 다는 것이 좋다. 그밖에 특수한 용어의 설명, 출전 등 정보를 어디에서 입수했는지, 인물이나 일어난 사안에 대한 설명 등을 주로 다는 경우가 많다.

(2) 미주와 각주

논문에서 자주 보게 되는 주는 본문 뒤에 주를 정리해서 기재하는 '미주'와, 본문 각 쪽 아래에 기재하는 '각주'가 있다. 대개의 워드프로세서에는 '각주/미주'라는 기능이 있어서, 선택하면 주의 형식이 자동으로 만들어진다.

> 과학실재론은 독립성 테제와 지식테제라는 두 가지의 테제를 함께 주장하는 입장이다.[23] 과학적 실재론 논쟁은 형이상학적인 문제로 끝나는 것이 아니라는 것을 알 수 있다.

이처럼 대부분의 경우, 본문 안에 위 첨자로 표시된 뒤, 그 부분에 대응하는 주를 해당 페이지 아래나 본문 뒤에 다음과 같이 기재한다.

> [23] 과학실재론의 이 정식화는 Papineau(1996), p.2에 의한 것임. 과학 실재론 논쟁과 관련된 문헌은 매우 방대하다. Papineau(1996)의 문헌 안내, Kukla(1998), Psillos(1999) 등을 들 수 있다.

이때 같은 번호를 머리에 붙여서 기재한다. 워드프로세서의 각주 기능은 이 번호를 자동으로 매겨준다. 주 23 앞에 주를 하나 더 추가하면, 추가한 것이 주 23이 되고, 기존의 주 23은 주 24로 변한다. 처음 이 기능을 사용했을 때, 너무 편리해서 감탄했던 기억이 있다.

9-2 인용 방법

논문에 반드시 제시해야 할 또 다른 것은 참고문헌, 인용문헌이다. 반드시 제시해야 하기 때문에 이를 번거롭다고 여겨서는 안 된다. 번거로움에는 그 나름의 이유가 있다. 대개의 경우, 연구라고 하는 것은 타인이 이미 명백하게 밝혀낸 방대한 지식에 자신이 처음으로 밝힌 일을 조금 부가해서 추진하게 된다. 그 '조금'을 '창의성(originality)'이라고 부르는 것이다. 따라서 자신의 창의성을 주장하기 위해서는 자신이 타인의 어떤 업적에 의거하고 있는지를 명확히 해야 하고, 자신의 독창적인 공헌을 가능하게 해 준 그 업적에 대해 경의를 표해야 한다. 그리고 논문 안에서 이를 수행하기 위해 참고문헌을 통해 밝히는 것이다.

학생이 쓴 논문도 마찬가지다. 창의성이 부족한 별 볼 일 없는 논문이라고 할지라도, 인용과 참고문헌의 표시가 제대로 되어 있다면, 단지 '별 볼 일 없는 논문'으로만 생각하고 넘어간다. 하지만 인용이나 참고문헌을 표시하지 않고, 타인의 생각과 자신의 생각이 제대로 구별되어 있지 않다면 그것은 '꿀꺽', 즉, 표절이 된다. 따라서 이러한 관례를 제대로 익혀두지 않으면 엄청난 일이 발생하게 된다.

철칙 34

논문에서 참고문헌이나 인용문헌을 일일이 밝히는 것은 선행연구의 창의성을 존중하기 위함이다.

인용문의 표시 방법

우선, 한두 줄 정도의 짧은 인용문의 경우, 작은따옴표로 묶어 본문에 넣는다.

과학이 인식론에 기초를 두는 것이 아니라, 반대로 인식론이 과
학에 기초를 두고 있다는 콰인의 주장에는 동의한다. 그러나 이러
한 점에서 콰인은 '따라서 인식론은 자연과학 내부의 기획으로서,
심리학의 1장인 것이다(Quine, 1969, p.65)' 라고 규정하고 있다.

(Quine, 1969, p.65)란 뭐지? 이것에 대해서는 인용문헌의 예시 방
법에서 알아보자. 좀 더 인용문이 길어지면, 다음과 같이 한다.

최근 봉쥬르(L. Bonjour)도 콰인의 자연화 프로그램을 지식에 대
한 급진적인 회의주의를 표방하는 견해라고 혹평하면서 다음과 같
이 지적하고 있다.

결국 콰인의 견해에 따른 회의주의는 오직 경험과학 내부에서 발
생하므로 경험과학 그 자체에 의해서만 최상의 답변이 가능하다. (중
략) 따라서 자연화된 인식론에 대한 콰인의 주장은 원칙상 회의주의
를 다루는 데 매우 적절하다(Bonjour, 2002, 243쪽).

자연화 전략의 핵심이 인식규범의 자연화에 있다고 했을 때, 콰
인의 자연화 프로그램에서는⋯⋯

이처럼 긴 인용문의 경우는 작은따옴표로 묶지 않고, 앞뒤에 1행씩
비운 뒤, 왼쪽에서 다섯 글자 정도 띄움으로써 인용문이라는 것을 알
수 있다.

인용문으로 넣기

263쪽 두 번째 예문에서 '(중략)'이라는 것은 인용한 사람이 삽입한 것이다. 독자들이 참고했으면 하는 부분이 인용문의 시작과 끝에 있지만, 그대로 인용하면 인용문이 너무 길어질 우려가 있어 중간을 생략할 경우에 사용한다.

인용문은 가능한 한 그대로 인용하는 것이 원칙이지만, 그 밖에 다음과 같은 최소한도의 가공이 허용되기도 한다.

①(방점 인용자)

인용문에서 특정 부분을 강조하고 싶은 경우, 인용문에 강조를 위한 방점을 찍어도 좋다.

> 그러나 이러한 점에서 바로 콰인은 '따라서 인식론은 자연과학 내부의 기획으로서, 심리학의 1장인 것이다(Quine, 1969, p.65, 방점 인용자)'라고 규정하고 있다.

콰인이 '심리학'이라고 말하고 있다는 것을 강조하고 싶은데 원문에는 이 방점이 없기 때문에, '방점은 인용자가 찍은 겁니다'라고 명시하기 위해서 '(방점 인용자)'라고 적는다.

②(원문 그대로)

인용하고자 하는 문장에 명확한 오·탈자가 있었다면 어떻게 할 것인가. 우선 그대로 인용한 다음, '이 오자(誤字)는 인용한 나의 실수가 아니고, 원문에 있었으며, 원문 그대로 인용했습니다'라는 것을 나타낸다. 예를 들어,

> 수학적 實在物들은 진정한 대상이 아닐뿐더러 추상적, 혹은 자기-보존적이지도 않다. 수학적 명제들은 旣述(원문 그대로)들이 아니다. 수학은 수학적 실재물들을 기술하지 않는다(박만엽, 2005, 375쪽).

여기서 만약 '(원문 그대로)'를 자네가 논쟁에서 완벽하게 제압하고자 하는 상대의 문장을 인용할 때 쓴다면, '나는 이렇게 한자(漢字)도 틀릴 정도로 치밀하지 못한 상대와 논의를 펼치고 있다'와 같이 상대를 비난하는 메시지를 전달할 수도 있다. 그렇지만, 이것은 매우 고도의 기술이다.

③ (괄호 안 인용자)

인용하려는 부분이 '따라서 그것은 자연과학 내부의 기획으로서, 심리학의 1장인 것이다'라고 하자. 물론 원문에는 앞뒤 맥락에 비추어 '그것'이 지칭하고 있는 것을 알 수 있다. 하지만 이 문장만을 끄집어내게 되면 '그것'이 무엇을 의미하는지 알 수 없다. 이러한 경우에는 다음과 같이 한다.

이것을 통해 곧바로 콰인은 '따라서 그것(=인식론)은 자연과학 내부의 기획으로서, 심리학의 1장인 것이다(Quine, 1969, p. 65, 괄호 안 인용자)'라고 규정하고 있다.

　　— 인용자에 대한 존칭은 어떻게 해야 하나요?

　　— 문장에 처음 등장할 때는 '엘빈 골드만(Alvin I. Goldman)'과 같이 성명을 다 쓰고, 그 이후에는 '골드만'으로만 표기한다. '골드만 씨' 등과 같은 존칭은 사용하지 않는다. '홍문학 군'도 당연히 안 된다. 이것은 학문 세계에서 일종의 공통된 의식을 공유하는 것이다. 만약 편지를 쓸 때, 이름에 '~씨, ~군' 등을 붙이지 않는다면 무례한 사람이라고 생각될 것이다. 하지만 누구도 '뉴턴 씨의 역학법칙'이나 '다윈 씨의 진화론'이라고는 부르지 않는 것처럼 논문 내에서도 존칭을 쓰지 않는다. 이것은 그 사람들과 독자를 같은 수준으로 취급하는 것으로, 어쩌면 상대에 대한 존중을 나타내는 것이기도 하다.

　　— 그렇군요. 그래도 여러 가지로 복잡하다는 생각이 드네요.

　　— 음, 나는 이미 습관이 되어 있고, 항상 하는 일이기 때문에 그렇게 복잡하다고 생각하지는 않았는데, 이렇게 다시 써 보니 짜증스럽게 느껴지긴 하네.

　　— 조금 편하게 하는 방법은 없을까요?

　　— 흠, 컴퓨터를 사용한다면, 상용구를 만들어서 그것을 사용하는 방법도 있다. 예를 들어, 인용 출처를 나타내는 '(홍병선, 2012,

181~2쪽)'을 인용할 때마다 입력하려면 불편하고, 오타가 나기도 쉽다. 따라서 '인용이다', '인용인데'라고 적당하게 이름을 붙여서, 이 문자 자체를 상용구로 등록해 버린다. 그 뒤에 인용할 때마다 '인용이다'라고 키보드에 입력한 뒤 단축키를 누르면 척하고 '(홍병선, 2012, 181~2쪽)'이 나오는데, 필요에 따라 저자명이나, 쪽수 등을 바꾸면 된다.

— 오호, 다양하게 응용해서 쓸 수 있겠네요.

철칙 35

논문의 세부적인 관례를 적용하는 것은 정말 쉽지 않다. 컴퓨터의 편리한 기능을 활용해서 가능한 한 편리하게 이용할 수 있는 방법을 찾자.

9-3 가장 귀찮은 것 가운데 하나가 참고문헌이다

— 자, 드디어 참고문헌(references) 작성 방법이다. 생각만 해도 마음이 무겁다.

— 왜요?

— 논문의 여러 구성 가운데 가장 논란이 많은 부분이기 때문이다. 학문 세계에 한정되지 않을 경우 '관습'이란 것은 기본적으로는 어떻

게 해도 상관없는 것이다. 인용 부분에 관해서도 어디에서 인용했는지만 알 수 있다면 크게 문제가 되지 않을 것이라고 여긴다. 하지만 일반적으로 인정되는 것을 넘어서는 것이 바로 관례인 것이다. 관례에는 대개 다음의 두 가지 경향이 있다. 하나는 학문 분야에 따라 서로 다를 수 있다는 것이고, 또 다른 하나는 비록 관례가 있다고 해도 자신의 방법만이 옳다고 여기는 사람이 있다는 것이다.

— 그렇다면, 제가 논문을 제출해야 하는 교수님의 논문을 모방하는 것이 가장 무난하겠네요.

— 음, 그 교수님이 그런 것에 집착하는 분이라면 그렇게 하는 것이 좋을지도 모른다. 자네가 대학원에 진학하여 관련 분야에서 살아남고 싶다면, 그곳의 관례를 몸에 익히면 된다. 그렇지만, 이 책은 논문 작성법의 기초에 대해 다루고 있다. 따라서 특정 분야에서 하는 방법만을 소개할 수는 없고, 있을 수 있는 모든 방법을 전부 소개하는 것 역시 무리일 수 있다. 그런 이유에서, 여기에서는 가장 표준적이면서 대부분 사람이 관심을 갖는 방법을 소개하고자 한다. 담당 교수로부터 특별한 지시가 없다면, 이러한 방법을 그대로 따르면 적절할 것이다.

참고문헌의 양식(체재 구성)

(1) 단행본

노양진(2004), 『논리적 사고의 길』, 전남대출판부.

변순용·송선영(2015), 『로봇윤리』, 어문학사.

웨스턴 A., 이보경 역(2004), 『논증의 기술』, 필맥.

홍병선 외(2012a), 『논리세우기』, 연경문화사.

홍병선(2012b), 『지식의 본성』, 어문학사.

Eden, K.(1997), *Hermeneutics and the Rhetorical Tradition*, Yale University Press, New Haven & London.

Freeley, A. J.·Steinberg, D. L.(2000), *Argumentation and Debate*, Wadsworth.

Monroe, M. *et al.*(1988), *Rich People with Emotional Problems*, Bedpan&Co.

이것을 따라 하면 좋다. 같은 해에 동일 저자의 저작이 두 개 이상인 경우, '(2012a), (2012b), ……'처럼 알파벳으로 구별한다. 공저의 경우는 사람 수가 적다면 가운뎃점(·)으로 연결하면 좋고, 사람이 많은 경우에는 한 사람의 이름 뒤에 '외'를 붙인다. 양서(洋書)의 경우, 도서명은 이탤릭체로 한다. 다만, 하나의 참고문헌 안에서는 표기 방법을 하나로 통일할 것. "et al."은 '외'라는 의미다. 이것도 저자가 다수일 때 사용한다. 이탤릭체로 하는 것과 al 뒤에 마침표 붙이는 것을 잊지 말 것.

(2) 인용 부분의 표시 방법

본문 안에서 다음 책들을 인용했을 때, 이미 앞에서 본 것처럼 인용 부분 끝에 각각 삽입해 보면 좋다.

(노양진, 2004, 12쪽)	(홍병선, 2012b, 156~8쪽)
(변순용·송선영, 2015, 23~4쪽)	(Eden, K, 1997, pp. 120~31)
(웨스턴 A, 2004, 12쪽)	(Freeley, A. J.·Steinberg, D. L., 2000, p.52)
(홍병선 외, 2012a, 105쪽)	(Monroe *et al.*, 1988, p. 145)

이렇게 해서 참고문헌과 인용 부분 표시가 대응되었다면, 인용 부분을 나타낼 때 하나하나 서명이나 출판사를 반복해서 쓸 필요는 없다. 이때는 이 방법이 가장 쉽다.

국내 문헌의 경우에는 '23쪽'이나 '23~6쪽'으로 '쪽'을 붙이면 된다. 인용 부분이 복수의 페이지에 걸쳐서 있을 때는 양서의 경우 'pp.123~4'나 'pp.529~31'과 같이 p를 겹쳐서 쓴다(p.은 pages의 준말). '123~124'라고 써도 되겠지만, 관례상 반복되는 숫자는 생략한다. 'p.'는 소문자로, 뒤에 마침표 붙이는 것을 잊지 말 것(관례). 자기만의 방식으로 한다고, 'P12'나 '12페' 등으로 표시하지 말기 바란다.

또한, 인용은 아니지만 '이 논문은 이 책의 어느 부분을 참고로 한 것입니다'라는 것을 나타낼 때, 또는 자신의 언어로 다른 저자의 견해를 정리한 경우에도, 다음과 같이 참조한 부분을 나타낼 필요가 있다.

> 비판적 사고의 수행은 논리 규칙은 물론 상황 판단에 따른 요인에 대한 고려를 포함하는 것으로써 옳은 가치에 대한 우리의 정합적 선택을 의미한다(홍병선, 2011, 464~5쪽).

또는, 참조 부분으로서 책의 특정 페이지가 아닌, 책 전체를 나타내는 경우도 있을 것이다. 그럴 때는 쪽수를 생략해도 좋다.

> 특히, 수사학과 인문학의 관심 영역은 기본적으로 일치하는 것이라고 지적하고 있다(홍길동, 2011). 이러한 연구는……

> 이제는 형식적 측면만을 고려한 기존의 글쓰기 방식에서 탈피하여 그 실질적 내용을 이루는 전제의 진리성을 형식적 측면과 공히 고려함으로써 실제 글쓰기에 적용할 수 있는 모델이 제시되어야 할 것이다(홍길동, 2014 : 홍문학, 2015).

(3) 단행본에 수록되어 있는 논문

몇 사람의 논문을 모아 한 권의 책으로 만드는 경우가 있다. 이러한 책으로 묶어진 논문을 인용한 경우, 다음과 같이 표시한다.

> 홍병선(2006b), 「선험적 지식에 대한 칸트의 유산」, 『이성과 비판의 철학』, 철학과현실사, 31~40쪽.
> Simpson, L.(2001), "How to Play the Alto-Saxophone", Murphy, B. G. ed. *Mordern Jazz Performance*, Horny Dick Press, pp. 156~201.

보통 논문 제목은 낫표(「」), 단행본은 겹낫표(『』)로 표시한다. 영어로 된 논문이나 단행본의 경우, 논문 제목은 큰따옴표(" ")로 감싸고, 책명은 이탤릭체로 표시한다. 또, 논문이 실린 책의 쪽수는 끝에 'pp.156~201'이라고 적는다.

'홍병선의 논문'을 '(2006b)'라고 표시한 이유는 같은 해에 쓴 논문이 이미 한 편 더 있기 때문이다. 참고문헌에서는 단행본, 논문 구별 없이, 모두 저자명의 알파벳순 또는 가나다순으로 배열하면 된다.

편저자(編著)가 복수일 경우에는 '홍문학·홍길동 편', '홍문학 외 편', 'Murphy, B. G. & Szyzlack M. eds.', 'Murphy, B. G. *et al.* eds.'로 하면 된다. 'eds.'는 'editors'를 뜻하며 끝에 복수형의 's'가 붙는다.

인용 부분 표시법은 단행본의 경우와 같이 (Simpson, 2001, p.158) 과 같이 한다.

⑷ 잡지 논문

> 홍병선(2011), 「'비판적 사고'가 갖는 철학적 함의」, 『철학논총』,
> 제66집 4호, 새한철학회, 453~73쪽.
> Burns, M.(1999), "How to Subsidize Anti-nuclear
> Activists", *Journal of Nuclear Plant Management*, vol.15, No. 3,
> pp.156~201.

논문 제목은 「」, 잡지명은 『』로 묶는다. 외국어의 경우, 논문 제목
은 " "로 묶고, 잡지명은 이탤릭체로 표시한다. 나머지는 단행본에 수
록된 논문과 같다. 차이점은 잡지명 뒤에 권, 호를 넣는 정도다. 물론,
마지막에는 수록된 쪽수를 적는다.

음, 대개는 이런 정도다. 요점은 자네의 논문을 읽은 사람이 인용이
나 언급되어 있는 책, 논문의 원문을 읽고, 자네의 인용이 제대로 되어
있는지, 본래의 논문 주지를 옳게 이해한 상태에서 자네가 논하고 있
는지를 체크할 수 있게 해두라는 것이다. 즉, 정확하게 인용한 부분을
표시해서 참고문헌 표를 제대로 작성해 두는 것은 타인이 자네 논문을
체크할 수 있는 가능성을 높이기 위함이다.

영어권에는 End Note와 같은 논문 데이터베이스를 작성해 두면,
자신의 논문에서 인용한 논문의 리스트를 참고문헌 표 형태로 자동으
로 배열해주는 프로그램이 있지만, 자네들은 거기까지 하지 않아도 된
다. 다만 개인용 컴퓨터에 '참고문헌'이라는 이름의 문서를 하나 만들

어 둘 것을 추천한다. 거기에는 지금까지 소개한 것과 같은 몇 개의 유형을 입력해 둔다. 논문을 작성할 때 그 문서를 열어서 활용하면 매우 편리하다.

9-4 내용이 조금 부족하다면 적어도 형식만이라도 깔끔하게 해두어야 한다

용지 등 서식의 설정

이것은 대부분의 경우, 담당 교수가 지정해 주기 때문에 그것에 따르면 된다. 만일 지정해 주지 않을 경우에는 A4 용지를 세로 방향으로 해서, 타이핑을 하면 된다. 또 읽는 사람을 배려해 용지에 빽빽하게 글자를 치는 것보다 충분히 여백을 두는 것이 좋다. 그것만으로도 한결 읽기 쉽고, 좋은 인상을 준다. 특히 첨삭을 받을 생각이라면, 담당 교수가 코멘트를 써넣을 여백을 상하좌우뿐만 아니라, 행간에도 남겨두길 바란다.

서체(폰트)와 문자 크기를 통일

서체는 통상 명조체(이 책의 본문은 명조체로 인쇄되어 있다)로 한다. 포인트는 11~12포인트 사이가 표준이다. 가끔, 표제어를 고딕체나 궁서체로 하는 등 여러 가지 서체를 논문에 혼재시키는 사람이 있는데, 이렇게 할 경우 매우 혼란스러울 뿐이다. 여러 가지 서체를 사용해 보고 싶은 마음은 충분히 이해한다. 하지만 논문에서만큼은 반드시 피해야 한다. 표제 크기를 키우는 것은 괜찮지만, 본문은 명조체 11~12포인트로 통일하기를 바란다.

표제어 번호를 붙이자

아우트라인을 키워서 만들어진 논문은 전체가 몇 부분으로 나누어져 있고, 각각의 부분이 또다시 몇 개의 하위 파트로 나누어져 있을 것이다. 이러한 구조를 보기 쉽게 하기 위해 표제어를 붙이는데, 각각의 표제어에 번호를 붙인다. 중요한 것은 무엇이 상위 표제어고, 무엇이 하위 표제어인지를 일목요연하게 알 수 있게 하는 것이다. 세 가지 예를 들어 보자.

【예 1】
Ⅰ 서론
Ⅱ 사고의 개요와 배경
1. 사고의 개요
2. 사고의 원인
   (1) 기술적 요인
   (2) 기상적 요인
     (이하 생략)

【예 2】

서론

제1장 사고의 개요와 배경

제1절 사고의 개요

제2절 사고의 원인

   1. 기술적 요인

   2. 기상적 요인

    (이하 생략)

【예 3】

1. 서론

2. 사고의 개요와 배경

2-1 사고의 개요

2-2 사고의 원인

   2-2-1 기술적 요인

   2-2-2 기상적 요인

    (이하 생략)

【예 1】의 방법에서는 로마 숫자 대문자 → 아라비아 숫자 → (아라비아 숫자) → (알파벳 소문자)와 같은 형태로 계층화하는 것이 보통이다. 【예 3】의 방법은 계층이 너무 깊어질 수 있는데, '2-3-6-5-1'과 같은 것이 논문에 보이면, '자네가 비트겐슈타인이야?'라고 말하고 싶어진다(무슨 말인지 모르겠지? 비트겐슈타인의 『논리철학논고』라는 책을 읽어 봐). 제3계층 정도에서 멈추는 게 좋다.

들여쓰기와 금칙 처리

자, 더욱 세부적인 논의로 들어왔다. 자네들은 들여쓰기(indent)라는 말을 들어 본 적이 있는가. 단락의 가장 첫 행은 한 글자 정도 들여서 쓰는 것을 말한다. 단락의 첫 단어는 들여 쓰라는 규칙을 영어에서는 'Indent the first word of a paragraph'라고 한다.

또한, 행 처음이나 행 끝에 써서는 안 되는 문자나 기호가 몇 개가 있는데, 이 룰을 금칙이라고 한다. 예를 들어,

(1) 행 처음에 나오면 안 되는 문자

「 , 」「 . 」「 ' 」「 " 」등의 구두점,「) 」「 』」「 」」등 닫기 괄호는 행 처음에 나오면 안 된다. 또, 주(注)의 윗부분에 붙는 윗첨자 숫자도 행 처음에 나와서는 안 된다.

(2) 행 끝에 나오면 안 되는 문자 「 (」「 『 」「 ' 」등의 열기 괄호.

대부분의 워드 프로세서에서는 이러한 금칙 위반이 일어나지 않게 자동으로 문자를 다음 행으로 보내거나 다음 행으로 가지 않도록 막아서 처리해 준다.

(3) 하나의 영어 단어가 한 줄에 들어가지 못하고 두 줄에 거쳐서 들어가야 하는 경우가 있다. 이때는 하이픈(–)으로 연결해야 하는데, 마음대로 잘라도 괜찮다고 생각하면 오산이다. 그 예로, beautiful을 be-autiful로 나누어서는 안 된다. beau-tiful, beauti-ful의 두 가지 방법으로 잘라야 한다. 어디서 자르면 좋을지는 사전을 찾아보면 나와 있다. 사전에서 이 단어를 찾아보면 beau·ti·ful로 나와 있을 것이다.

이「·」이 있는 부분에서 자르면 된다. 오랜 세월 '이「·」은 대체 무엇일까' 생각하면서 영한사전을 사용해 온 사람들은 이제 그 궁금증이 풀렸을 것이다.

철칙 36 ▶ 기호는 가급적 사용하지 않는 것이 좋다.

기호를 많이 사용하면 글을 이해하기 어려워진다. 차라리 다음의 기호들에 한해서, 제대로 익혀서 사용할 것을 추천한다. 그것은 구두점〔, 와 .〕, 괄호〔「」, ( ),『』〕, 중점〔·〕, 강조를 위한 아랫선 또는 방점까지 7개다. 그 이상은 가급적 피하는 것이 좋다.「?」나「!」「→」일지라도 사용하지 않는 것이 좋다.

이 7개의 기호에 대해 보충적인 설명을 해 둔다.

(1)『』는 서명과 잡지명, 그 외에 곡명 등의 작품명은「」를 사용한다.

(2) 중점「·」은 문장 안에서 이야기를 병렬시킨다. 또한「,」에 의한 병렬과 동시에 사용할 수도 있다.

(3) ( )와 ' '에 대한 약속

이것들 안에 문장을 넣을 때, 문장 끝에 마침표를 붙이지 않는다는 것에 주의하자. 즉,

"'보통의 여자아이로 돌아가고 싶다.'라는 명대사를 남기고 캔디즈가 해산한지 20년 이상이 된다."라고 쓰면 안 된다.

"'보통의 여자아이로 돌아가고 싶다'라는 명대사를 남기고 캔디즈가 해산한 지 20년 이상이 된다."가 맞다. ( )에 대해서도 같다.

9-5 마지막으로 다시 한 번 더 읽어 보라

— 논문 형태를 정돈했으면, 일단 프린트로 출력해서 '논문 제출 직전의 체크리스트'에 따라 다시 한 번 확인하자. 가능하다면, 주변 사람들에게 읽어보게 해도 좋다. 자신이 찾아내지 못한 오·탈자나 부적절한 표현, 이해하기 어려운 부분, 중복된 부분 등을 찾아줄 것이다. 그런 작업을 한석봉 군은 하지 않았던 것이다.

— 아뇨, 안 한 게 아니라 그럴 틈이 없었습니다. 제출 직전까지 논문을 작성했거든요.

— 모두가 컴퓨터를 사용하면서 오·탈자는 줄었지만, 반대로 변환 실수는 많아졌다. 또는, 몇 번이고 문장을 자르거나 붙이거나 하다 보면, 오래된 문장의 조각들이 남기도 한다. 가장 신경 써야 할 부분은 인명이나 중요한 키워드 등에 실수는 없는지 체크하는 것이다.

— 제가 제출한 논문에는 '싱어'가 '상어'로 되어 있었습니다.

— 그런 것이 '이 사람, 내 수업을 듣기는 한 건가?'라고 교수의 신경을 거슬리게 한다. 나에게도 논리학 수업 기말시험에서 "선생님의 '윤리학' 수업 재미있었어요"라고 답안지에 써서 낸 학생도 있고, 담당교수인 내 이름을 '홍문학'이 아닌 '홍운학'으로 적어낸 학생도 셀 수 없이 많다.

— 과목명이나 교수님 이름을 틀리게 해서 제출하는 것은 너무하네요.

— 따라서 최소한 이러한 부분이 틀리지 않았는지 정도는 확인해 두는 것이 좋다. 그렇게 해서 마지막 수정을 거쳤다면 이제 제출해도 된다. 여기에서 신경 써야 할 점은 시간적인 여유를 갖는 것이다. 그 뒤에는 어떤 논문이든지 제출 전에 따로 복사본을 만들어 한 부씩 보관해 두는 것이 좋다. 가끔 학생들이 제출한 논문을 교수님들이 잃어 버리는 경우도 있기 때문이다. "제출했습니다", "난 못 받았는데?"라고 교수와 실랑이를 벌이기보다는 "예비용을 제출하겠습니다"라고 말하는 것이 생산적이다.

매우 발전한 한석봉 군의 논문

독자 여러분은 한석봉 군의 수업 성과가 궁금할 것이다. 이제 한석봉 군이 작성한 논문을 게재(揭載)하겠다. 이 책을 제대로 읽고 연습한 다면, 예전의 한석봉 군과 같은 사람도 이렇게 논문을 쓸 수 있게 된다.

'와우, 대단하다, 대단해……'라고 말한다면 속보이려나.

교수인 나의 코멘트는 괄호로 구분해서 써넣었으니 참고하길 바란다.

동물의 권리를 인정해야만 하는가

한석봉
○○대학 공학부 전자공학과

I 들어가기

본 논문은 고등동물도 권리의 주체일 수 있다는 피터 싱어의 주장을 옹호하는 것을 목적으로 한다. 그기 위해 우선, '동물의 권리를 인정해야만 하는가'라는 문제에 주목하게 된 배경을 간단히 정리함과 동시에, '동물의 권리'라는 측면에서 어떤 것들에 의미가 있는지에 대해 명확히 제시하고자 한다(제Ⅱ절). 다음으로, 동물의 권리를 인정해야만 한다는 주장의 전형적인 사례로, 싱어의 논증을 소개하고, 이에 대해 비판할 수 있는 것들을 생각한 뒤, 그 비판으로부터 싱어의 논증을 옹호하고자 한다(제Ⅲ절). 마지막으로, 동물의 권리를 인정하는 것이 인간이 동물을 대하는 방법에 어떤 결과를 불러올지에 대해 검토한다(제Ⅳ절). **(논문의 목적과 개요가 제대로 정리되어 있다. 싱어를 옹호하는 것이 목적이라고 단호하게 잘라 말하는 용기는 매우 훌륭하다.)**

II 동물권리론의 배경과 의미

동물의 권리를 인정해야만 한다는 주장은 우리 인간이 동물을 어떻게 대해 왔었는지에 대한 반성에 기초하고 있다. 동물실험을 예로 들어 보자. 예를 들어, 제약회사는 새롭게 개발된 샴푸의 안전성을 테스트하기 위해 토끼의 눈에 농축용액을 넣는다. 또 프린스턴 대학의 한 연구자는 음식을 주지 않고 256마리의 어린 쥐를 아사(餓死)시켰다. 이것은 아사 직전의 어린 쥐가 음식을 충분히 섭취해 정상적으로 성장한 쥐보다 훨씬 활동적이라는 것을 증명하기 위한 것이었다. 더욱이 위스콘신 주 매디슨에 있는 영장류연구소에서는 고의로 어미 원숭이를 신경쇠약으로 만드는 연구가 행해졌다. 이 연구 결과, 신경쇠약에 걸린 어미 원숭이는 새끼 원숭이의 얼굴을 바닥에 내던져서 죽였다고 한다.[1] (제8장의 서두에 소개한 패러그래프를 읽기 쉽게 바로잡았고, 너무 긴 문장은 잘 분할해 두었다.)

또 다른 사례로 식육(食肉) 산업을 들 수 있다. 소비자들 기호에 맞는 고기를 생산하기 위해, 또는 생산 효율성을 높이기 위해 동물 본래의 생태에 반하는 인위적인 사육 방법이 행해지고 있다. 예를 들어, 흰 살에 부드럽고 피 냄새가 나지 않는 송아지 고기를 생산하기 위해, 송아지를 못 움직이게 가두고, 철분이 없는 먹이를 줌으로써 인위적으로 빈혈 상태를 만들거나, 배터리 케이지(battery cage)라고 부르는 극도로 좁은 우리에 닭을 가두고 사육하는 일이 자행되고 있다. (인위적인 사육 방법의 서브 범주가 송아지와 닭의 사육법으로, 범주의 계층이 명확하다. 5-6 참조.)

동물을 제대로 사육하자는 이유의 근거로서, 전통적으로 유력했던 것은 학대 반대라는 사고방식이다. 즉, 인간에게 뚜렷한 이익이 창출되는 것도 아닌데 동물에게 불필요하게 고통을 주는 행위는 윤리적으로 정당화될 수 없다는 생각이다. 예를 들어, 이 논리에 의하면 작은 동물을 괴롭히거나, 덫이나 그물에 걸린 동물을 장시간 방치해서 고통 속에서 서서히 죽어가게 만드는 행위는 부당한 것이다.

하지만 이와 같은 반(反)학대 윤리에는 한계가 있음이 점점 명백해지고 있다. 왜냐하면, 동물에게 심한 고통을 주는 사육의 대부분은 의도적인 학대에 의한 것만은 아니기 때문이다. 그것은 식료의 확보, 의학의 진보, 약품의 안전성 확보라고 하는 명백하게 좋은 의도에 기초하고 있다. 이것들을 '잔혹하다', '가학적이다'라고 비난만 하는 것은 근거가 부족할 뿐만 아니라 사실을 그릇되게 받아들일 수도 있다. (이 부분의 패러그래프는 중심 문장을 제대로 앞쪽에서 다루고 있기 때문에 전개를 쉽게 알 수 있다. 7-2 참조.)

이러한 문제점에 대한 자각과 동물사육에 관한 관심이 높아짐에 따라 반(反)학대를 초월하여 '동물에 대한 윤리'를 추구하게 되었다. 그것이 동물권리론인 것이다. 동물의 권리를 인정한다는 것은 단지 학대를 반대하던 것에서 한 발자국 더 들여놓은 입장이다. 즉, 인간사회에서 개인을 지키기 위한 근거가 되는 '권리'를 동물에게까지 확장함에 따라, 동물에 대한 새로운 윤리를 세우자는 것이 동물권리론자들의 기본적인 입장인 것이다.

그렇다면, 동물의 권리를 담보로 한다는 것은 어떤 점에서 단순한 반학대 윤리를 넘어서는 것이 되는 것일까. 우선 첫 번째로, 동물의 권리를 인정하는 경우, 학대 의도가 있든 없든 동물에 대한 잔혹한 사육을 금지할 수 있다는 점을 들 수 있다. 말하자면 학대 의도가 있든 없든, 우리의 행위가 동물의 권리를 침해하고 있다면, 그것은 반드시 멈추어야만 한다는 것이다. 두 번째로, 동물의 권리를 인정한다면, 동물을 적절하게 사육한다는 것은 '다정함'이나 '동정심'이 아닌, 우리의 의무가 되는 것이다. 반학대 윤리나 동물애호사상에 의해서 만들어지는 '다정함'은 의무를 넘어선 선의의 발로지만, 동물권리론에서 문제시하는 것은 우리가 동물에 대해 얼마만큼 의무를 다할 수 있느냐 하는 점이다. **(이 대목에서 '동물에게 권리가 있는 것인가'라는 물음이, 정확히 어떤 물음인지가 분명해진 것으로 보인다.)**

Ⅲ 동물의 권리를 옹호하기 위한 논증

물론, 동물에게도 권리를 인정해야 한다고 하기 위해서는 그것을 정당화하는 논증이 필요하다. 여기서는 그러한 논증의 한 사례로, 호주의 윤리학자 피터 싱어의 논증을 통해 살펴보기로 한다.

1. 싱어의 논증

싱어의 논증은 우선, 평등의 원리를 인정하는 것에서 시작한다. 평등의 원리란, 타인의 이해(利害)에 대한 배려가 그 사람의 특성이나 능력에 의해 좌우되어서는 안 된다는 원리다. 평등의 원리를 인정한다면, 피부색, 집안 형편, 성별 등을 이유로 사람의 이해를 무시하거나 경시해서는 안 된다는 것으로 귀결된다. **(평등의 원리란 이해하기 어렵다. 따라서 두 번째 문장에서 풀어서 좀 더 쉽게 설명하고 있다. 이것은 나의 집요함 덕분이다. 7-5 참조.)** 더 나아가, 다음과 같은 논증을 펼친다. 평등의 원리가 인간에게 적용된다면, 같은 이유로 동물에게도 적용된다. 따라서 인간이 평등한 관계의 권리를 갖는다면 동물역시 그 권리를 가진다.

이 주장이 성립되기 위해서는 평등의 원리가 왜 인간과 동물 모두에게 적용되어야 하는지에 대해 명확하게 하지 않으면 안 된다. 여기서 싱어는 19세기 영국의 공리주의자 제레미 벤담(Jeremy Bentham)의 생각에 호소한다(싱어, 1991, pp.65~6). 벤담에 의하면 고통과 쾌락을 느낄 수 있는 능력이야말로, 어떤 하나의 존재가 평등한 배려를 받는 권리를 얻기 위해서 갖추어야 하는 필수적인 성질이라는 것이다. **(참고문헌 제시 방법은 제대로 되어 있다. 9-3 참조.)**

이러한 벤담의 생각에 기초해서, 싱어는 다음과 같은 논증을 전개 한다(싱어, 1991, pp. 66~7). 평등의 원리가 적용되기 위한 조건은 그 사람이 백인 남성이거나, 고귀한 집안 출신이거나, 고도한 지성이나 계산 능력을 갖고 있거나 하는 것이 아닐 것이다. 이 조건들은 모두 자의적인 것으로 이에 대한 근거가 될 수 없다. 여기에서 평등의 원리는 어떤 사람의 이해 또한 대등하게 고려해야만 한다는 원리라는 것에 주의하자. 그렇다고 한다면 이 원리를 적용하기 위한 가장 자연스러운 조건은 그 사람이 이해를 가질 수 있는 존재라는 것, 따라서 고통과 쾌락을 느끼는 존재일 수밖에 없다. 그리고 적어도 고등동물은 고통과 쾌락을 느낄 수 있는 능력이 있다고 생각한다. 따라서 동물도 이해를 안고 살아가는 것이고, 그 이해는 대등하게 계산되어야 한다는 것이다. **(싱어의 논증이 제대로 요약되어 있다. 요약을 단지 짧게 하는 것이라고 생각하고 있다면 이러한 요약이 이루어지지 않는다. 4-3 참조.)**

2. 싱어의 논증에 대한 비판과 그에 대한 응수

(이러한 형태로 소제목을 붙이면, 내용의 끊고 맺음이 분명해서 읽기가 쉬워진다. 9-4 참조.)

싱어의 논증에 대해 어떠한 비판이 있을 수 있을까. 여기에서는 가능한 두 가지 비판을 도출해서 동물의 권리를 옹호하는 입장에서 재반론을 펼칠 것이다. 우선, '동물이 고통과 쾌락을 느낀다는 것을 어떻게 알 수 있는가? 우리가 단지 자신에게 투영해서 그렇다고 여기는 것은 아닐까?'라는 반론을 생각할 수 있다. 이 반론은 우리가 동물의 몸이 되어 쾌락이나 고통을 느껴볼 수 없는 이상, 동물이 쾌락과 고통을 느낀다는 판단에는 아무런 근거가 없다는 것이다.

이 반론에 대해, 다음과 같이 답변할 수 있을 것이다. 분명 나는 눈에 농축용액을 과다하게 투여한 토끼의 고통을 느낄 수 없고, 상상하는 것에 지나지 않는다. 만일 그렇다고 한다면 나는 못(釘)을 밟아 피를 흘리고 있는 동생의 고통 또한 느낄 수 없을 것이다. **(이 부분은 유비추론에 기초해서 논증하고 있다. 이것만으로는 약하지만, 패러그래프의 후반에 신경계가 거의 같다는 측면에서 인간과 동물은 중요한 점이 닮았다는 논점이 보충되어 있기 때문에 넘어갈 수 있다. 6-5 참조.)** 동물의 몸이 되지 못해서 아픔을 느낄 수는 없는 것이라면, 타인의 아픔 또한 느낄 수 없는 것이다. 우리가 타인도 자신과 똑같은 쾌락과 고통의 감각을 가지고 있다고 확신하는 것이 자신과 타인이 유사한 신체적 구조를 갖고 있기 때문이라고 한다면, 적어도 고등포유류는 인간과 매우 비슷한 신경계와 뇌를 가지고 있기 때문에 크게는 인간과 거의 같은 쾌락과 고통을 느낀다고 생각하는 것이 합리적이다.

두 번째로 다음과 같은 반론도 생각할 수 있다. 역시, 인간이나 인간과 비슷한 침팬지는 고통과 쾌락을 느낄 수 있을 것이다. 개나 고양이 또한 그럴 것이다. 하지만 말미잘이나 해파리는 신경계의 형성으로 보아도, 고통을 느낀다고 생각되지 않는다. 고통을 느낄 수 있는 존재와 아닌 존재 사이에 선을 긋는 것이 어떻게 가능할까.

이와 같은 반론에 대해 다음과 같이 답변할 수 있을 것이다. 분명, 고통을 느끼는 것과 느끼지 못하는 것이 서로 연속되어 있다는 점은 인정하자. 하지만 경계선을 그을 수 없다는 것은 '고통을 느끼는 것'이라는 개념이 공허하다는 것을 의미하지는 않는다. 색상 스펙트럼을 생각해 보자. 빨간 광은 파장이 짧게 됨에 따라서 점점 파란 광으로 변해간다. 여기까지가 빨강이고, 여기부터 파랑이라고 구분 짓는 선을 긋기는 어렵다. 그렇다고 해서, '빨강', '파랑'이라는 개념이 무의미하다고 말할 수는 없다. 왜냐하면 양극단의 차이가 뚜렷하게 존재하기 때문에, 애매한 경우가 있다고 해서 그 개념이 가진 의미를 방해할 수는 없기 때문이다. **(이쯤에서 몇 가지 패러그래프의 서문을 보기 바란다. 생각할 수 있는 반론을 설명하는 패러그래프, 그 반론에 답변하는 패러그래프라는 것이 서문에 명시되어 있다. 이러한 연결법도 유효하다.** 7-5 참조.)

싱어의 논증에 대해서는 그 밖에도 비판이 가능할 것이다. 여기서는 두 가지만 다루었지만, 나는 싱어의 논증은 우리의 매우 자연스러운 직관에 기초하는 것이고, 충분히 옹호할 수 있다고 생각한다.

IV 동물의 권리를 인정하는 것의 귀결

앞 절의 논증을 통해 동물에게까지 평등의 원리를 확장해서, 동물의 권리를 인정하는 것이 충분히 정당성이 있다고 받아들이자. 다음으로 제기되는 물음은 이와 같이 동물의 권리를 인정하는 것으로 인해, 우리가 동물을 대하는 방법이 부득이하게 어떠한 변화를 겪게 될 것이냐에 관한 것이다. 동물에게도 생존권이나 고통을 줄일 권리가 있다면, 일체의 동물실험이나 육식은 윤리적으로 정당화될 수 없는 것일까.

나는 그렇지 않다고 생각한다. (**물음에 대해 곧바로 답하고 있다. 알기 쉽다.**) 왜냐하면, 평등의 원리에서 요구하는 것은 다음의 사안에 지나지 않기 때문이다. 즉, 동물에 대한 이해는 그야말로 동물의 이해일 뿐이라는 이유로 무시되어서는 안 된다. 동물을 이용할 때는 인간의 이익뿐만 아니라, 동물에 대한 이해도 고려해야 한다. 그렇다고 한다면 동물과 인간의 이해를 모두 계산에 넣은 뒤, 그렇게 해도 인간의 이익이 동물의 불이익에 앞선다고 판단될 경우에는 동물실험도 육식도 허용된다. 따라서 동물의 권리를 인정하는 것이 곧장 인간이 동물을 이용하는 것을 모두 포기하는 결과로 귀결되는 것은 아니다.

하지만 그렇다고 해서, 현상을 있는 그대로 긍정해서도 안 된다. 동물의 권리를 인정한다는 것은 동물의 이용을 동물의 권리라는 관점에서 확인하고, 필요하다면 변경할 필요도 있다는 것을 의미한다. 동물실험의 경우라면, 많은 인간에게 동물의 희생 못지않게 많은 이익을 가져다주는 실험이라는 것을 확인한 후, 불필요한 고통이나 희생 등을 주지 않는 것, 사육환경을 자연의 생태에 가깝게 하는 것, 마취제나 진정제를 투여한 상태에서 실험하는 것, 고통이 길어지지 않게 안락사시키는 것 등이 인간으로서의 의무일 것이다.

마찬가지로, 식육에 대해서도 쾌적한 목장에서 본래의 생태에 가까운 방법으로 길러낸 가축을 고통 없는 방법으로 잡아서 식용으로 이용한다는 것은 동물의 권리를 인정하는 상황에서도 얼마든지 가능할 것이다. 다만, 이 경우에도 현행의 집중사육이나 송아지 사육법을 윤리적으로 정당화하는 것은 절대 안 된다. **(이 Ⅳ절을 이나마 쓸 수 있었던 것도 자신이 가진 무기의 부작용을 확인하자는 RPG법 덕분이다. 5-5 참조.)**

Ⅴ 결론

본 논의에서는 동물권리론이 생기게 된 배경과 싱어의 논증을 소개하고, 생각할 수 있는 두 가지 비판으로부터 동물의 권리를 인정해야만 한다는 주장을 옹호하였다. 또한, 동물에게 권리를 인정한다는 것은 동물에 대한 우리의 태도 변화를 가져다주지만, 그렇다고 해서 절대 동물의 이용을 전면적으로 금지하는 것으로 이어지지 않는다는 것도 보았다. **(논문에서 무엇을 수행하려 하는지 간단명료하게 정리되어 있다.)**

하지만 여기에서 충분히 동물의 권리를 옹호했다고 생각하지는 않는다. 우선, '고통'에 대한 원론적인 측면에서의 논증이 제대로 이루어지지 않았다. 논의에서는 육체적 고통만을 다루었는데, 절망이나 굴욕감 같은 정신적인 아픔도 그 고통의 범주에 넣는다면 동물의 권리가 인정되는 범위는 상당히 달라질 것이라고 예상한다. 또한 싱어의 주장을 있는 그대로 받아들이자면, 생명의 질이 저하된 인간보다 건강하고 지능이 높은 동물 권리가 우선시되는 경우도 얼마든지 나올 것으로 생각된다.[2] 이것은 적어도 나의 직관과는 반대된다. 하지만 이점에 대해 나는 아직 확고한 생각을 가지고 있지 않으므로, 본 논의에서는 다루지 못했다. 이상의 두 가지는 이후의 과제로 남기고 싶다. **(앞으로의 과제로 넘기면서 끝내는 것은 글을 마무리하는 방법의 표준이다. 4-4 참조.)**

주

(1) 여기서의 사례는 (싱어, 1991, p.76)에 의한 것임. 이러한 사례는 인간에게 어느 정도의 이익이 되는지에 대해 확립되지 않은 채로 잔혹한 동물실험이 자행되고 있는 경우에 따른 것이다. 그렇다면, 이러한 '동물실험'을 금지하려면, 반학대 윤리로 충분할지도 모른다.

(2) (가토 1994, p.174)에 똑같은 지적이 있었다. 가토는 "만약 아무리 어리석은 인간이라고 하더라도, 선량한 동물보다 그 생명은 존중되어야 한다는 원칙은 바꿀 수가 없다"라고 했지만, 그 근거가 나타나 있지 않다.

참고문헌

싱어 P. 저, 황경식, 김성동 역(2013) 『실천윤리학』, 연암서가.
가토 히사타케(1994), 『응용윤리학의 진보』, 마루젠 라이브러리.

물론, 아직 만족스럽지 못한 부분은 있다. 참고문헌이 빈약하고, 싱어의 문헌을 번역본에만 의존하고 일차 문헌(원서)을 참조하지 않은 점 (음, 대학 1~2년생의 논문이라면 허용될 수 있겠지만, 학위논문으로서는 이 정도의 번역본으로 넘어가려는 것은 인정할 수 없다). 또한, 한석봉 군이 해결한 '반론'은 싱어의 논증에 대해 생각할 수 있는 여러 가지 반론 가운데, 가장 간단하게 해결한 것에 지나지 않는다고 말할 수 있다. 그렇다고 하더라도 지금까지 공들인 점과 논문 작성의 지침을 제대로 살려 작성된 점을 감안하면 일단 두말할 필요 없이 A+를 받을 것이다.

연습문제의 해답

연습문제 1 ····· 29쪽

(1) ① 加工(만들다), 架空(창작), 可恐(두려워하다)

　　② 怨讐(원한이 맺힌 사이), 元首(우두머리), 元帥(군대 계급)

　　③ 固守(지키다), 高手(능력이 매우 뛰어난 사람), 鼓手(북 치는 사람)

(2) 국어사전의 또 다른 활용법으로는 연결되는 단어(連語)를 조사하는 것이 있다. 단어는 아무 단어와 연결해서는 안 되고, 연결 상대를 선택해야 하는 경향이 있다. 예를 들어, 영어에서는 수술(operation)을 '하다'라고 말하고자 할 때, 'do'나 'execute', 'run'을 사용해도 괜찮을

것 같지만, 반드시 'perform'을 사용해야 한다. 이러한 현상을 언어 현상이라고 한다.

연습문제 2 ...... 55쪽

(1)

① 이것에 대해서는 95쪽 참조.

② 독후감이란, 좀 특이하게 구성된 글이다. 우선, 어떤 면에서 무의미하고, 유해하다는 비판을 받으면서도, 아직까지 학교 교육 현장에 남아 있어 많은 학생들로 하여금 작문과 독서를 싫어하게 만들고 있다는 사실이 안타깝다. 독후감에는 목적이 없다. 감상문은 서평과 달리, 책을 소개·비판하는 것을 목적으로 하는 것이 아니다. 미국의 초등학생에게도 책을 읽고 문장을 쓰는 숙제가 나오지만, 그것은 Book Report라고 해서, 그 책의 내용이 무엇인지 아직 읽지 못한 사람들에게 보고한다는 목적을 지닌 글이다. 반면 감상문은 책을 읽고서 생각나는 점에 대해 쓰는 것이라고 한다. 또한, 감상문은 물음이나 주장 그리고 논증이 없어도 된다. 그 점에서 감상문은 보고형의 논문도 논증 형태의 글도 아닌 묘한 장르인 것이다.

③ 영화 팸플릿에 게재되어 있는 '해설'도 논증적인 글이 아니라는 것만큼은 확실하다. 그래서 물음과 주장이 있을 리가 없다. '과연 이 영화는 걸작(傑作)인가'라는 물음은 물론, 필자가 시간을 들여 조사한 자기만의 정보가 보고되어 있는 것도 아니다. 적어도 내 입장에서는 무엇을 위해 존재하는 것인지를 잘 알 수 없는 문장의 전형으로 보인다.

(2)

- 제1패러그래프 : 과제를 선택한 개인적 이유는 논문 안에 쓰지 않아도 된다. 전부 삭제.
- 제2패러그래프 : 사전을 그대로 베낌. 이것도 전부 삭제!
- 제3패러그래프 : 처음의 4개 문장은 이 논문 안에서 결국 어떤 의미로 '권리'를 사용할 예정인지, 명확하게 드러나지 않았다. 삭제! 더욱이 마지막 문장은 '얼버무림'. 이것도 삭제. 이러한 이유로 결국 전부 삭제.
- 제4패러그래프 : 하지만 나는 동물에게 권리가 있다고 생각한다 (**여기는 한석봉 군의 주장이다. 드물게 통과**). ~~앞에서도 언급했듯이 예전에 개를 길렀었고~~(**이 부분은 개인적인 사정. 그 뒤의 문장만 있으면 된다**) 개는 사람처럼 상대를 생각해주거나 친구의 죽음을 슬퍼하는 마음을 갖고 있기 때문이다. 차이점에 대해서는 구체적으로 말하기 어렵지만, 짖는 소리가 상황에 따라 다르기 때문에 그것은 일종의 언어와 같은 것일지도 모른다. 얼마 전 텔레비전에서 침팬지

에 대한 방송을 보았을 때 학자가 침팬지에게 수화를 가르쳐주고 있었다. 침팬지는 수화로 자신의 의지를 전달하거나 감정을 전하고 있었다. 하지만 이렇게 사고, 감정을 갖고 있는 침팬지가 동물실험에 쓰이고 있다. 개나 원숭이를 동물실험에 사용해서 산채로 해부하거나, 뇌를 꺼낸 상태로 전기를 연결하거나, 병원균을 넣어서 병들게 하는 등의 연구가 진행되고 있다는 점에 대해 수업시간을 통해 들었다. ~~상어처럼 동물에게 권리가 있다고 주장하는 사람들의 마음도 이해가 간다~~ **(상어가 아니라 싱어! 싱어의 마음을 이해할 것이 아니라, 싱어의 논증이 제대로 전개되고 있는지를 검토해야 한다. 삭제).** 인간 자신들의 건강이나 이익을 위한 실험일 텐데, 그렇다면, 인체실험을 하면 될 텐데, 동물실험을 한다는 것은 인간의 에고이즘이라고 생각한다**(이 뒷부분은 아주 개인적인 기억으로 이루어져 있고 동시에, 동물실험 얘기와는 상관없지 않을까. 삭제).**

- 제5패러그래프 : 이상의 이유로 나는 동물의 권리에 찬성한다. 동물실험도 하지 말고 동물원에서 동물을 해방시켜야 한다고 생각한다. 인간과 동물이 정말 평등하고 서로를 배려하며 살아갈 수 있게 되었으면 좋겠다는 생각이 든다.

- 제6패러그래프 : 처음 두 개의 문장은 돌연 화제를 바꿈과 동시에, 일단 도출해낸 결론을 다시 되돌리고 있다. 따라서 삭제. 그 뒤의 문장은 핑계와 점수 달라는 어필, 마지막은 편지를 마무리하는 느낌, 전부 삭제. 결국 전부 삭제.

(1) 저자명 '송호근', 논문명 「한국사회와 시대정신 : 우리는 무엇을 잊고 사는가」, 『철학과 현실』 통권 96호, 68~83쪽, 2013년 봄호

(2) 2014년 봄호. 100호 기념 특별좌담으로 4시간 반 동안 열여섯 명이 벌인 토론 한마당으로 참석자는 강영안, 곽영훈, 김광수, 김기봉, 김상환, 김선영, 김혜숙, 소광섭 성영은, 엄정식, 이덕환, 이명현, 이승종, 정복근, 조인래, 홍성욱 등이다.

(3) 논문명으로 '한국 전자책'이라고 입력해 보았다. 그러자 매우 많은 논문을 찾을 수 있었다. 각각 그 방면의 전문가들이 읽는 잡지였으므로, 검색해 보지 않으면 그러한 잡지가 있다는 것조차 알 수 없었을 것 같다. 3개의 논문을 소개하면 다음과 같다.

이용준(2010), 「학술논문한국전자책 시장에 대한 수용자 인식 연구」, 『한국출판학연구』 제36권 2호, 한국출판학회, 213~50쪽.

손원성 외 6인(2001), 「한국 전자책 문서표준(EBKS)의 개발」, 『정보관리학회지』 제18권 2호, 통권 제40호, 한국정보관리학회, 255~71쪽.

고승규 외 4인(2003), 「한국 전자책 문서표준 및 관련 표준과의 변환 기법에 관한 연구」, 『한국멀티미디어학회논문지』, 제6권 5호, 한국멀티미디어학회, 876~88쪽.

연습문제 4 ······ 97쪽

제2장에서는 '논문이란 어떤 문장인가'를 문제로 다루고 있다(물음). 이 물음에 대해 필자는 다음과 같이 답변하고 있다. 논문이란, 주어진 물음 또는 자신이 세운 물음에 대해 명확한 답을 주장하고, 그 주장을 뒷받침하는 근거를 제시하여 논증한 문장이다(주장). 이처럼 논문이란 무엇인가를 정의한 뒤에 필자는 그 정의로부터, 이러한 목적을 제대로 달성하기 위해서 주의해야 하는 형식을 이끌어내고 있는데, 다음의 5가지로 정리하고 있다. 즉, (1) 모호함과 얼버무림을 피할 것, (2) '문제, 답변, 논거' 이외의 개인적인 잡다한 생각·제대로 적지 못했다는 핑계·과제를 선택하게 된 경위 등을 적지 말 것, (3) 주장의 진위보다는 그 주장에 도달하는 논증의 설득력 향상을 목표로 할 것, (4) 자신의 가치판단이나 주관적 기술을 적는 것은 어쩌면 필요하지만, 그것을 제대로 된 근거가 있는, 보편화시킨 형태로 전개할 것, (5) 논문의 객관성을 제삼자도 확인할 수 있도록 인용 방법이나 참고문헌의 제시 방법 등에 대해 관례에 따를 것.

연습문제 5 ······ 107쪽

이 학교에서는 20년 전부터 수업 앙케트 등을 통해 학생에 의한 수업평가가 도입되어 오늘에 이르렀다. 하지만 현재의 상황을 살펴본 결과, 이러한 구조가 실제 수업 개선으로 이어지고 있다고 말하기는 어렵다. 따라서 본 논문에서는 이러한 학생에 의한 수업평가를 이후에도 계속해야만 하는지에 대한 문제를 다루고자 한다. 미리 결론을 제시하자면, 나는 학생에 의한 수업평가는 지속되어야 한다고 생각한다. 이 결론을 뒷받침하기 위해 우선, 제1장에서는 **이 학교에서 학생에 의한 수업평가가 어떻게 실시되고 있는지에 대해 제시할 것이다.** 다음으로 제2장에서는 **이러한 수업평가가 어떤 목적으로 도입되었는지에 대해 그 경위와 목적, 또한 도입할 때 어떠한 논의가 있었는지를 일목요연하게 제시할 것이다.** 제3장에서는 **몇 개의 사례와 조사 결과를 토대로 해서, 이 학교의 수업평가가 수업 개선으로 연결되지 못하고 있다는 점에 대해 제시할 것이다.** 제4장에서는 **현재 행해지는 수업평가가 왜 수업 개선으로 이어지지 못하는지에 대해 몇 개의 가설을 설정하고, 수업평가 방법의 문제점에 대해 지적할 것이다.** 마지막으로 5장에서는 **그러한 문제점에 대한 개선 방안에 대해 제안하고, 학생에 의한 수업평가가 지속되어야 한다는 당위성에 대해 논하고자 한다.** (대학이 취한 논점을 보여주고 있다)

연습문제 6 …… 126쪽

본 논문의 과제는 우주 개발 사상 최악의 사고인 스페이스 셔틀 챌린저호 폭발 사고를 막을 수 없었던 이유는 무엇인지, 그리고 앞으로 그와 같은 사고를 방지하기 위해서는 어떻게 하면 좋을지에 대해 분명하게 밝히는 것이다. 그러기 위해 우선 제2장에서 사고의 개요와 배경을 정리한다. 제3장에서는 발사 결정에 이르는 의사결정의 경위를 통해서 부스터 개발 기업인 사이오콜사(社)는 당초 발사를 반대하고 있었는데, NASA와 발사 직전에 가진 회의에서 돌연 발사를 찬성하는 태도로 돌변한 점에 대해 밝히고자 한다. 그렇다면, 이러한 태도 결정의 변화가 왜 생긴 것인지가 문제 될 것이다. 이로부터 제4장에서는 이 변화의 원인에 대해서, 몇 개의 가설을 제시하고 그 타당성을 검토한다. 필자의 주장은 사이오콜사 내부의 의사결정은 사회심리학이 명확히 해온 「집단사고 (Groupthink)」의 존재를 전제했을 때 이를 동일한 맥락에서 해석할 수 있고, 이것이 태도 결정 변화의 주요 원인이 되었다고 할 수 있다. 마지막으로, 이상의 고찰을 바탕으로 제5장에서는 그와 같은 사고를 방지하려면, 의사결정의 메커니즘을 개선할 필요가 있다는 주장과 함께 의사 결정 메커니즘이 집단사고에 묻히지 않도록 하기 위한 몇 가지 대안을 제안한다.

연습문제 7 ······ 138쪽

   (1) 사형 제도 폐지를 위해 생각되는 논거
     ① 사형은 잔혹한 형벌이다.
     ② 사형 제도 폐지는 세계적인 추세다.

③ 억울하게 죄를 뒤집어쓸 가능성은 언제나 있다. 잘못된 판결에 의해서 죽임을 당한다면 돌이킬 수 없다.

(2) 사형존속론자가 말하는 논거

④ 피해자의 감정을 생각해 보면 사형 제도의 존속이 필요하다.

⑤ 여론조사 결과를 보면 사형 제도 폐지를 주장하는 사람은 소수다.

⑥ 사형이 있기 때문에 흉악 범죄가 억제되고 있다.

⑦ 사형은 범죄자가 자신의 중대한 죄를 갚는 하나의 방법으로서 남겨둘 필요가 있다.

⑧ 외국 사례를 얘기하자면 미국의 많은 주에서는 사형을 허용하고 있다.

(3) 사형존속론자가 펼칠 것 같은 비판

①에 대해서 → 고통을 주지 않는 사형 집행 방법을 수용하는 것도 좋다. 게다가 종신형은 잔혹한 형벌이 아닌가?

②에 대해서 → 각국이 사형 제도 폐지를 지향하고 있다 해도, 그것이 사람들의 여론을 반영한 것만은 아니다. 나라에 따라서 사법제도는 다르다. '세계적인 추세'라고 해서 받아들여야만 한다는 것은 대외의존주의에 지나지 않는다.

③에 대해서 → 사형 제도에 억울한 죄에 대한 폐해가 있다는 것은 인정한다. 하지만 그것에서 도출되는 것은 폐해를 없애자는 발상일 것이다. 이러저러한 폐해가 있기 때문에 그것을 없애버리라고 하는 것은 잘못된 판단이다.

(4) 사형존속론자의 주장을 논박하기 위해 펼칠 수 있는 반론

④에 대해서 → 사형으로 피해자의 감정을 달랜다는 것은 국가가 피해자를 대신해서 복수하는 것에 지나지 않는다. 복수를 국가가 대신한다는 것은 옳지 않다.

⑤에 대해서 → 여론 조사는 사형의 폐해에 대해 충분한 설명 없이 피해자에 대한 동정심이나, 가해자에 대한 증오심을 부추기면서 행했을 가능성이 높다.

⑥에 대해서 → 사형에 의한 흉악 범죄 억제 효과는 입증된 것이 아니다. 검거율이 낮으면, 어떤 큰 죄를 범하고도 도망갈 수 있다고 생각하기 때문에 사형은 억제 효과가 없다. 반대로 검거율이 높다면, 사형보다 가벼운 형으로도 충분하게 억제 효과가 있을지도 모른다. 또한, 사형은 범죄의 본보기로서는 지나치게 과도한 중형일 수 있다.

⑦에 대해서 → 범죄자의 바람이나 희망에 따라 사형이 집행되어서는 안 된다.

⑧에 대해서 → 총이 인가(認可)되어 있어서 일상적으로 발포사건이 일어나고 있는 미국과 그렇지 않은 한국을 같은 선상에서 다루는 것은 불가능하다.

'①에 대해서'에 대해서 → 사형을 선고받는 것 자체가 고통이고 잔혹하다.

'②에 대해서'에 대해서 → '세계적인 추세'이기 때문에 받아들여야만 한다는 것은 아니다. 세계적인 추세에는 그 나름의 이유가 있으므로, 그것을 존중해야 한다.

'③에 대해서'에 대해서 → 당신의 이유가 옳다고 한다면, '마약
에는 중대한 폐해가 있기 때문에, 마약을 전면적으로 금지하
자'고 하는 것도 잘못된 판단이 되는 것은 아닐까?

연습문제 8 ······ 148쪽

제목(가제) '학력 저하 논쟁에 있어서 학력관의 차이'

I 서론

- 문제 설정 → 대학생의 학력 저하 논쟁을 둘러싸고, 학
  력저하가 존재한다는 논자와 존재하지 않는다는 논자
  사이에서, 학력이란 무엇인가에 대한 서로의 이해가 어
  떻게 다른지를 명확히 한다.

- 각 절 내용의 개요

II 문제의 배경과 정식화

  (1) 학력 저하를 둘러싼 논쟁의 흐름

  (2) 서로 의견이 맞지 않는 부분에 대한 지적

  (3) 학력관이 논쟁 당사자 간에 서로 다른 것은 아닌지

III 학력 저하가 일어나고 있다고 주장하는 논자의 학력관

IV 학력 저하는 일어나지 않았다고 주장하는 논자의 학력관

V 생산적인 논쟁으로 되돌리기 위한 제안

  (1) 두 가지의 학력관 대비

(2) 중요한 논점을 도출시키기

(3) 생산적인 논쟁으로 되돌리기 위한 제안

VI 결론

제목(가제) '학력 저하의 원인은 무엇인가'

I 서론

■ 문제 설정 → 학력저하론은 왜 나타난 것인가

■ 각 절 내용의 개요

II 문제의 배경과 정식화

　　(1) 문제의 배경

　　　학력 저하가 문제시된 경위

　　　학력 저하 현상의 실태

　　　　몇 가지 통계를 근거로 학력 저하가 현재 일어나고 있

　　　　다는 것을 보여줌

　　(2) 문제 → 학력 저하의 원인은 무엇일까

　　　여기서 말하는 '학력'의 의미

III 가설 제시

　　학력 저하의 원인에 대해서 몇 가지 가설을 제시하기

IV 가설의 검증

V 제안되고 있는 대책의 유효성 검토

VI 결론

(1)

● 교사를 고민하게 만드는 학생의 '문제 행동'

　수업을 받는 예의의 결여

$$\begin{cases} \text{수업 결석} \\ \text{중간 입실, 중간 퇴실} \\ \text{수업 방해 행위} \end{cases}$$

$$\begin{cases} \text{수업 중 잡담} \\ \text{수업 중 휴대전화 사용} \end{cases}$$

　시험에서의 부정행위

　　커닝 페이퍼 지참

　과외 활동에서 일탈 행위

　　'원샷' 강요

(2)

● 한국 정치시스템의 문제점

　정경 유착

$$\begin{cases} \text{낙하산 인사} \\ \text{무분별한 공공사업} \end{cases}$$

　간접민주제의 문제

　　선거제도의 부패

$$\begin{cases} \text{선거 위반} \\ \text{금품 선거} \\ \text{2세 의원의 전횡} \end{cases}$$

정당정치의 문제

파벌 싸움

연습문제 10 ······ 178쪽

(1) 이러한 형식을 가진 잘못된 논증으로서는 다음과 같은 것이 있다.

> 잘못된 논증: 비가 내렸다면 땅이 젖는다. 비가 내리지 않았다. 따라서 땅은 젖지 않았을 것이다.
>
> 반대 사례: 그렇게 단정할 수는 없다. 비가 내리지 않았어도, 누군가가 물을 뿌렸거나 수도관이 파열되었다면 땅은 젖는다.

(2) 반대 사례가 없다는 것을 나타내 보자. 우선 이 논증 형식이 타당하지 않다고 해 보자. 즉, 반대 사례가 있다고 가정하는 것이다. 이 논증 형식에 반대 사례가 있다고 한다면, 'A라면 B이다'와 'B가 아니다'가 성립하지만, 'A가 아니다'는 성립하지 않는 경우다. 그럼, 이 사례에서는 'A는 아니다'가 성립하지 않기 때문에 'A이다'가 성립한다.

그렇다면, 이 사례에서는 'A라면 B이다'와 'A이다'가 성립하기 때문에, 'B이다'도 성립할 것이다. 하지만 이미 본 것처럼, 이 사례에서는 'B가 아니다'가 반드시 성립해야 한다. 'B가 아니다'와 'B이다'가 동시에 성립하는 것은 안 되기 때문에, 이 논증 형식에 반대 사례가 있다고 가정한 것은 오류였다. 즉, 이 논증 형식은 타당한 것이다.

- 부정식의 형태이면서 〈조건 1〉을 만족시키는 논증의 사례

  만약 오징어가 척추동물이라면 등골을 갖고 있을 것이다. 오징어는 등골을 갖고 있지 않다. 그러므로 오징어는 척추동물이 아니다.

- 부정식의 형태이면서 〈조건 1〉을 만족시키지 못하는 논증의 사례

  만약 당신이 난민 구제를 진지하게 생각하고 있다면, 이 진미(珍味)를 살 것이다. 당신은 이 진미를 사지 않는다. 따라서 당신은 난민 구제를 신중하게 생각하지 않는다.

어떤 컬트 교단이 기부를 강요할 때의 논법인데, 이것은 〈조건 1〉을 만족시키지 못한다. 제1의 근거 '만약 당신이 난민 구제를 진지하게 생각하고 있다면, 이 진미를 살 것이다'에는 설득력이 전혀 없기 때문이다. 난민 구제를 신중하게 생각하고 있는 사람이 난민 구제로 공헌하는 방법은 고액의 진미를 사는 것으로 한정할 수는 없다. 그 외에 많은 유효한 수단이 있기 때문이다.

연습문제 11 ······ 184쪽

'그때 나는 앤서니를 보았다'라는 차드의 증언이 참이라고 하자. 범행 시각에 앤서니는 맨해튼에서 프리와 함께 식사를 하고 있었기 때문에 앤서니를 목격한 차드 역시 맨해튼에 있었을 것이다. 하지만 범행 시각에 차드는 존과 함께 시애틀에 있었다고 한다면, 차드는 같은 시간에 맨해튼과 시애틀에 있었던 것이 된다. 한 사람이 동일한 시간에 서로 다른 공간에 존재한다는 것은 불가능하다. 따라서 차드의 증언이 참이라는 가정은 오류고 차드는 거짓말을 한 것이다.

연습문제 12 ······ 221쪽

이 패러그래프의 중심 문장은 '유해 도서 규제에 반대하는 사람은 자신이 표현의 자유를 지키자는 자유주의적 입장에서 얘기하고 있다고 생각하지만, 그것은 이상하다'는 것이다. 이 중심 문장이 패러그래프의 속에 묻혀 있기 때문에 중심 문장이라고 알아차리기 어렵다. 유해 도서 규제와 그것에 대한 반대론이 어떻게 해서 생겼는지에 대한 설명은 패러그래프를 별도로 세워 적는 것이 좋다(해답의 제1패러그래프). 또한, '초밥집이나 선술집' 얘기는 주제에서 벗어났기 때문에 삭제하고, 제2패러그래프는 자유주의가 어떠한 것이고, 유해 도서 규제 반대론자를 왜 자유주의자라고 말할 수 없는가에 대한 논증에 집중하는 것이 좋다. 이를 재구성하면 다음과 같이 된다.

일찍이 노골적인 성적 표현을 내세운 청소년 만화를 '유해 도서'로서 규제하자는 움직임이 전국으로 확산된 적이 있었다. 이러한 규제의 움직임은 여자아이 연쇄살인사건을 일으킨 청년이 포르노와 거의 흡사한 만화나 애니메이션의 광적인 수집가였다는 것이 계기가 된 것이다. 이때 저작물의 좋고 나쁨의 판단은 독자에게 위임해야 하는 것이고, 이러한 규제는 어린이가 판단력을 갖출 기회를 빼앗는 것으로서 오히려 유해하다는 주장이 있었다.

　　내가 이상하게 생각하는 것은 위와 같은 주장을 하면서 규제에 반대하는 사람들이 자신은 표현의 자유를 지키는 자유주의적 입장에서 사안을 얘기하고 있는 것이라고 믿어 의심치 않았다는 점이다. 내 생각으로는 그들을 자유주의자라고 말할 수 없다. 그것은 왜일까. 애초에 자유주의라는 것은 판단능력을 제대로 갖춘 성인에게 자기결정권을 인정하여 그것을 존중한다는 생각이고, 판단능력이 형성되는 과정에 있는 어린이를 그러한 성인과 동일시하는 것은 자유주의가 주장하는 측면이 아니다. 달리 말하면 그것은 자유주의에 반하는 사고방식인 것이다. 그러한 자유주의에 따른다면, 성인은 만약 자신에게 유해한 것이라고 할지라도, 타인에게 폐가 되지 않는 한 그것을 즐길 권리를 갖는다. 하지만 어린이에게는 성인과 동일한 권리를 줄 수 없다. 즉, 성인에게 포르노를 볼 자유를 인정한다면, 어린이의 그러한 자유도 제한할 수 없다고 생각하는 것은 자유주의에 반하는 것이다.

(1) '21세기에 국립대학이 사회가 기대하는 사명을 다하기 위해 중요한 것은 여러 규제의 대폭적인 완화와 함께 대학의 독자적인 자유재량 확대라는 법인화의 이점을 최대한 활용하는 것이다.'

또는,

'21세기에 국립대학이 사회로부터 기대되는 사명을 다하기 위해서는 여러 규제의 대폭 완화와 대학의 독자적인 자유재량의 확대라는 법인화의 이점을 최대한으로 활용하는 것이 중요하다.'

(2) 힙합은 도시 외곽형 댄스음악으로 출발하였다. 그것은 1970년대 후반의 일이었다. 70년대 후반은 정확히 집, 학교, 커뮤니티 하우스, 길거리에서의 라이브 퍼포먼스로서 댄스가 확고한 지위를 확립해가고 있었던 시기, 즉 백인 저소득층을 중심적 대상으로 하는 디스코문화가 그 최성기를 지나고 있던 시기였다. 하물며 당시는 아직 히스파닉계, 아시아계 주민에 의한 에스닉 음악의 이입이 본격화되는 기틀이 무르익지는 않았다. 이와 같은 미국 도시의 음악문화 공백기에 브롱크스, 이어서 할렘과 브루클린이라는 뉴욕의 여러 지역에 잠재하는 음악적 카니발리즘의 요구가 높아지는 가운데, 힙합은 생겨난 것이다.

(1) 미국에서 자동차에 드는 사회적 비용 가운데 가장 큰 비중을 차지하는 것은 교통사고다. 자동차는 1960년대를 거쳐 연간 5만 명의 사망자와 200만 명에 달하는 부상자를 내고 있다. 고속도로망이 정비되어 있기 때문에 미국에서 자동차 사고는 오히려 사망자나 중상자가 많아지는 경향이 있는데, 예를 들면 평생 휠체어에 앉은 채로 살아야 하는 사람도 포함되어 있다. 더욱이, 교통사고 피해자의 누적 숫자는 평균 한 가족당 한 사람에 달한다는 통계도 있다. 하지만 미국으로부터 우리나라가 배워야 할 점도 있다. 예를 들면, 대체적으로 보도와 차도가 분리되어 있는 것, 시가지에 어린이들을 위한 놀이터가 많이 설치되어 있는 것, 신호기 교차점이 입체 교차로로 교체되어 있는 것, 아동에 대한 안전교육에 막대한 출자가 이루어지고 있다는 것 등을 들 수 있다.

(2) – '동물행동연구의 중심적 연구자'
　　　– 우선 '독일 추상화의 대표적 작가가 생전 마지막으로 개최한 전람회에서 제작한 팸플릿의 표지를 장식한 그림에 붙여진 제목의 마지막 단어'로 말을 바꿀 수 있지만, 이렇게 긴 수식 어구는 '의'가 이어지든 안 이어지든 관계없이 처음부터 안 쓰는 것이 좋다.

연습문제 15 ······ 251쪽

【예 1】한국 사회에서는 정신과 진료에 대한 사회적 편견이 아직 팽배하다. 이것은 미국 사회와는 크게 다르다. 미국 사회에서 정신과 의사의 사회적 수요가 크게 늘어난 것은 심적 외상 후 스트레스 장애로 아파하는 베트남전쟁 귀환병 문제나, '어덜트 칠드런' 또는 유아 학대 문제에 대한 높은 관심이 발단이 되었다.

【예 2】이웅산은 천성적으로 타고난 음악적 감각의 예리함을 바탕으로, 빼어난 육체로부터 뿜어내는 약동감과 한국의 풍토에 제대로 토착화된 블루스 감각을 통일시켰다. 이로 인해 그는 유례없는 한국적 감성이 넘치는 새로운 독자적인 소리 세계를 확립하여, 현대 한국에서 70년대 이후의 재즈계를 이끌어 왔다. 그리고 근년에는 클래식 음악가와의 공동 작업으로 새로운 돌파구를 모색하고 있다.

연습문제 16 ······ 253쪽

(1) 312쪽 표 ①을 참조할 것.
(2) 정밀한 실험이나 관찰을 통해서, 엄밀한 가설이 계통적으로 실

증된 것에 의해서 자연 연구로부터 종교적 요소가 천천히 물러나기 시작했다. 이러한 종교적 요소가 물러난 덕분에 자연 연구를 자신의 전업으로 생각하는 사람들이 나타나고, 그들을 '과학자'라고 부르게 되었다. 이러한 경향에 심하게 반발한 것이 진화론을 옹호하는 '다윈의 불도그'로 불리는 올더스 헉슬리였다.

표 ①

		대단한 박력으로		
		마셔버렸다	떠들어댔다	반론을 펼쳤다
생맥주를 마시면서	떠들어댔다	생맥주를 대단한 박력으로 마시면서 교육론을 마구 떠들어대는 모두에게 유카리는 반론을 펼쳤다.	생맥주를 마시면서 대단한 박력으로 교육론을 마구 떠들어대는 모두에게 유카리는 반론을 펼쳤다.	생맥주를 마시면서 교육론을 마구 떠들어대는 모두에게 유카리는 대단한 박력으로 반론을 펼쳤다.
	반론을 펼쳤다	교육론을 마구 떠들어대는 모두에게 유카리는 생맥주를 대단한 박력으로 마시면서 반론을 펼쳤다.	교육론을 대단한 박력으로 마구 떠들어대는 모두에게 유카리는 생맥주를 마시면서 반론을 펼쳤다.	교육론을 마구 떠들어 대는 모두에게 유카리는 생맥주를 마시면서 대단한 박력으로 반론을 펼쳤다.

부록

A. 논문 제출 직전의 체크리스트

- **구성 등**
  - 글자 수 등의 조건이 지켜졌는가.
  - 표제어나 장 구성 번호가 중복되거나 빠진 것은 없는가.
  - 초록은 본문과 제대로 호응하고 있는가.
  - 결론은 본문과 제대로 호응하고 있는가.

- **문장의 질**
  - 문두와 문말이 잘 호응하고 있는가.

- 지나치게 긴 문장은 없는가.
- 워드 프로세스에서 잘못 변환된 부분은 없는가.

- 논문 형식
  - 주(註)의 번호가 중복되거나 빠진 부분은 없는가.
  - 인용 부분은 앞뒤 한 줄을 비워두고, 5자 정도 들여쓰기를 했는가.
  - 인용 뒤에는 제대로 문헌명과 인용 출처를 나타냈는가.
  - 참고문헌에 빠진 것은 없는가.
  - 참고문헌 서식은 일관되는가.
  - 참고문헌은 저자명을 가나다순(알파벳순)으로 제대로 배열했는가.

- 서식 설정 등
  - 복수의 서체, 문자 크기가 혼재되어 있지 않은가.
  - 행간·상하좌우에 여백을 두고 있는가.
  - 쪽수가 적혀 있는가.
  - 파일의 복사본은 준비되어 있는가.

- 제출의 매너
  - 자신의 이름, 소속, 학년을 제대로 기입했는가.
  - 제출 원고를 자기 보관용으로 복사해 두었는가.
  - 쪽수가 뒤섞이거나 누락된 것은 없는가.

B. 논문 완성 흐름표

(번호는 해당 내용을 다루고 있는 장, 절을 표시하고 있다)

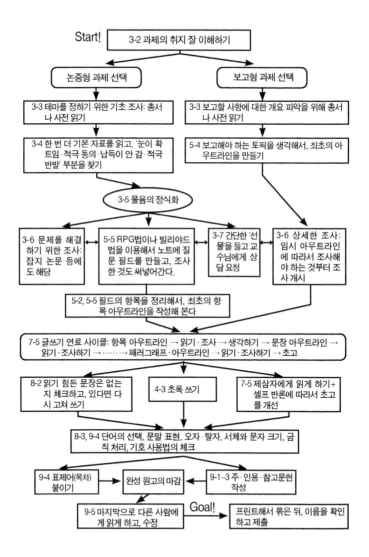

C. 여기서만 알려주는 알짜 정보: 논문의 평가 기준

논문에서 좋은 평가를 받으려면, 담당 교수가 어떤 평가 기준에 따라 논문 점수를 부여하고 있는지 알아두는 것이 가장 좋다. 이것은 이 책의 독자에게만 알려주도록 하겠다. 논문의 일반적인 평가 기준은 다음과 같다.

★★★ 논문으로 되어 있는지에 대한 최소한의 기준이라는 점에서 논문을 제출하는 입장이라면 가장 중요한 기준.

★★ 좋은 논문이 되기 위한 기준.

★ 학위논문과 같은 '대(大)논문'의 경우에 한해서 적용되는 기준.

1. 평가 이전의 상식

① 표절 행위가 없는가.

② 잘 제본되어 있는가.

③ 소속·학년·이름이 적혀 있는가.

④ 주어진 과제에 제대로 답하고 있는가.

⑤ 그 외의 요건(제한 매수 등)을 제대로 따랐는가.

2. 내용

2-1. 서론(초록)

① 논문의 목적, 다루려는 문제가 제대로 설명되어 있는가. ★★★

② 문제의 중요성이 설득력 있게 기술되어 있는가. ★★

③ 본문 구성이 간단명료하게 되어 있는가. ★★★

④ 다루고 있는 주제가 독창성이 있는가. ★

2-2. 본론

① 문제의 상세한 제시

- 문제는 예비 지식이 없는 독자들도 알기 쉽게 해설되어 있는가. ★★★

② 주장

- 주장은 도입부에서 설정한 물음에 제대로 답변한 것으로 되어 있는가. ★★★

- 주장은 명확하고, 모호하지 않은 것으로 되어 있는가. ★★★

③ 논증

- 선행 연구를 제대로 파악하고 있는가. ★

- 다른 텍스트를 이용하는 경우, 그것들은 제대로 이해하고 있는가. ★★★

- 논거는 충분히 제시되어 있는가. ★★

- 논거로 한 데이터의 신뢰성은 잘 검토되어 있는가. ★★

- 조사 방법, 데이터의 질과 양, 분석 방법은 적절한가. ★★

- 데이터는 논지와 관련성이 있는 것인가. ★★

- 논증은 타당한가. 즉 논거로부터 제대로 결론이 귀결되는가. ★★★

- 자신의 주장에 대한 반론에 대해 효과적으로 응수하고 있는가. ★★

④ 그 외
- 질문을 세우는 방법, 주장, 논증에 참신한 관점이나 독창성이 있는가. ★
- 서로 내용이 모순되는 부분은 없는가. ★★★
- 본문의 각 패러그래프가 독자가 논증의 흐름을 쉽게 이해할 수 있도록 배치되어 있는가. ★★★
- 다루고 있는 분야의 기본 개념이 올바르게 이해되고 있는가. ★★★

2-3. 결론
① 결론은 도입부에 나오는 물음에 제대로 답변하는 형태로 기술되어 있는가. ★★★
② 무엇이 명확해졌고, 무엇이 아직 명확하지 않은가. 이후의 과제는 무엇인지 제대로 얘기되었는가. ★★★

3. 수업과의 관련성(교과목 논문의 경우)
① 지금까지의 수업 내용을 이해하고 있는 것이 나타나 있는가. ★★★

4. 형식
① 패러그래프 라이팅이 되어 있는가. ★★★
② 문두와 문말의 호응이 이루어지고 있는가. ★★★

③ 오자, 탈자가 없는가. ★★★

④ 단어 선택이나 연결어 등 표현 능력은 적절한가.★★

⑤ 각주는 적절하게 달려 있는가. ★★

⑥ 인용 방법은 적절한가. ★★

⑦ 참고문헌이 적절하게 들어가 있는가. ★★

D. 반드시 피해야 하는 표현! 한석봉 군의 제멋대로 표현 톱 10+α

나는 최근 20년에 걸쳐 학생들이 제출한 짧은 문장들을 첨삭하고 있다. 그것은 매우 힘든 일이다. 조금이라도 시간을 줄이기 위해 전자메일로 제출하게 한 뒤, 첨삭도 메일로 답을 주고 있다. 그것을 지속하다 보면 컴퓨터에는 수많은 문장 샘플들이 쌓여 간다. 그것을 보다 보면 학생들이 쓰는 '한석봉 유형'의 문장들에는 신기하게도 특정 단어나 표현이 빈번하게 사용되는 것을 알 수 있다. 이런 표현들만 삭제해도 문장은 매우 좋아 보이고, 실제로도 좋아진다. 그래서 '반드시 피해야 하는 표현'들을 부록으로 공개하기로 한다. 여기에서 예로 든 표현들을 피하면서 논문을 쓰기 위해 노력한다면 자연스럽고 좋은 문장이 될 것이다.

(1) 여기서……하여 본다

패러그래프의 시작 부분에 '여기서 dialogue와 debate의 차이에 대해서 생각해 보기'라는 유형의 문장이 나온다면, 앞에 나와 있는 내용과 어떤 관련이 있는지 모르는 독자는 혼란스럽기만 할 것이다. '여기서 ······하기'는 문장을 어떻게 연결하면 좋을지 모르는 사람들이 탈출구로 사용하고 싶어 하는 표현으로, 한석봉 군이 가장 좋아하는 표현이다. '여기서 신랑의 대학 시절 친구의 말을 들어 보자'라는 것은 논의의 흐름을 끊기 위해 사용하는 것이다.

(2) 그럼, ······

'그럼, 문민정부 시절의 대학 정책에 대해 살펴보면'과 같이 '그럼, ······'으로 시작하는 패러그래프도 많다. '그렇다면'은 '그렇다면 다음으로는 계절에 대한 화제입니다'와 같이 화제 전환으로 사용하는 연결어다. 따라서 논리적으로 연결해서 전개하는 논문 같은 형식의 문장에는 거의 나타나지 않는다고 말할 수 있다. 예외적으로 직전에 나타난 내용에 대해서 '그렇다면, ······는 무엇일까?'라고 물을 때 사용되는 정도다.

(3) ······에 대해 살펴본다, 살펴간다

전형적인 한석봉 군의 표현이라고 할 수 있다. ······에 대해서 '비판적으로 검토하기'인지 '간단하게 소개하기'인지 '배경을 거슬러 올라가기'인지, 자신도 무엇을 쓸 예정인지 알지 못하므로 '살펴본다' 또는 '살펴간다'라는 모호한 표현으로 덮어버린다. 그와 같은 속셈이 교수에게는 전부 보인다. '······에 대해 생각해 본다'도 같은 유형에 해당한다.

(4) 그러한 가운데, ······

예를 들어 앞의 패러그래프에서 서유럽의 정치 상황에 대해서 쓰어 있을 때 다음 패러그래프가 갑작스럽게 '그러한 가운데, 동유럽에서는……'으로 시작하기도 한다. 그것은 '어떤 가운데'인지를 정확하게 말하지 못하는 사람이 사용하는 표현이다. '이와 같이 서유럽에서는 배타적인 이민정책이 일정의 지지를 획득해 가는 상황인 가운데, 한편 동유럽에서는……'과 같이 '어떤 가운데'인지 다시 한 번 전체를 고치면 좋아진다.

(5) '여백'이라는 단어의 의미를 몰랐었기에 조사해 보았더니……

논문을 쓸 때 단어의 의미를 찾아보는 것은 매우 당연한 일이지만 찾아보았다는 것까지 적을 필요는 없다. '여기서 말하는 〈여백〉이란 ……'과 같은 정도로 조사한 결과만을 적으면 된다.

(6) (유치한 지적일지 모르지만), (나만의 견해일지 모르지만)와 같은 자기 집착

보기 불편하다. 자신의 생각이 유치할지 모른다고 생각되면 조금 더 조사해서 생각을 더 깊이 하면 좋을 것이다. 무엇보다도, ( )를 너무 많이 사용하면 안 된다.

(7) ……에 대해서 검증하기, ……를 검증하기

'어설픈 사기 내막을 검증하기'와 같은 표현이 자주 보이는데, 이것은 매스컴 용어다. 본래 '검증'이라는 것은 가설의 타당성 여부를 실험이나 조사를 통해서 확인한다는 의미이므로 그저 단순히 '……에 대해서 상세하게 조사해 보기'라는 의미로 사용하는 것은 이상하다. '콜라와 맨토스를 동시에 마시게 되면 내장이 파열된다는 것이 정말인지 아닌지 검증해 보기'가 본래의 사용 방법이다.

(8) 의문사와 '어떤지'의 병용

'무엇을 할지 말지', '어떻게 해서 ······할지 말지' 등 여기서의 '말지'는 군더더기다. '무엇을 할지', '어떻게 해서 ······할지'로 써야 한다.

(9) 유치어

'세포가 호르몬을 내보낸다', '수업에서 대학사(大學史)를 한다', '정말'과 같은 부류. '내보내다'라면 '분비하다', '공포하다', '선언하다', '발사하다', '출자하다' 등과 같은 표현으로 구별해서 써야 한다. 즉, 어휘를 늘려야 한다는 말이다.

(10) 갑작스러운 맺음 표명

논문의 마지막 문장은 어렵다. '여기서 논문을 끝내도록 하겠습니다'처럼 결혼식 연설과 같은 것은 논외다. '이것으로 논문을 대신하도록 하겠습니다'라고 한다면, 셀프 패러디로서 재미는 있겠지만 말이다. 보통 논문을 '나도······ 라고 하는 것을 잘 알겠다. 이것을 자료로 해서 앞으로도······ 해나가고 싶다' 또는 '······라고 생각하고 있었지만, 그렇지 않다는 것을 깨닫고 반성하였다. 이제부터는······해야겠다고 생각하였다'와 같이 결의를 표명하며 끝내는 사람이 많다. 이와 같은 표현을 쓰지 않으면 글이 끝나지 않았다는 느낌이 드는 사람은 고교생에게 나타나는 '발전적인 감상을 쓰면 좋은 점수를 받을 것이라는 증후군'의 범주에 속한다. 제대로 된 논문의 마지막은 의외로 간명하게 끝낸다는 느낌을 주어야 한다.

저자 후기

　나는 소프라노 색소폰을 가지고 있다. 사실 이것은 첫 월급을 받고 (그때는 지금과 같이 전액 자동이체가 아니고, 일부는 현금으로 받았었다) 터벅터벅 거리를 걷던 중 전당포 앞쪽에 진열되어 있었던 것이 눈에 들어와서 충동 구매한 것이다. 소프라노 색소폰은 재즈 음악의 솔로 악기 중에서도 특히 내 마음에 드는 것이다. 애드리브를 끝내고 존 콜트렌이나 마이클 브레카처럼 불어 보자고 생각한 나는 곧바로 야마하에서 『모던 재즈 색소폰 연주법』과 『색소폰 애드리브의 모든 것』이라는 교본을 사 와서 숙독했다(나는 야마하에서 교본은 샀어도 악기를 산적은 없다. 악기를 사는 곳은 언제나 전당포다). 어! 그런데 소리가 안 나네?

　무엇을 얘기하고 싶은지 알겠는가? 그렇다. 여러분들이 이 책을 읽고 곧바로 논문을 쓸 때, 잘 써지지 않는다고 해도 이 책 때문은 아니라고 미리 선을 그으려는 것이다. 참으로 소심한 사람이다. 논문도 색소폰도 잘하게 되려면 연습이 필요하다는 얘기다. 그래도 걱정할 필요는 없다. 논문은 아마도 색소폰 애드리브보다 만 배 정도는 간단하기 때문이다. 이 책에 쓰여 있는 것을 생각하면서 논문을 2, 3편 정도 써 보길 바란다. 틀림없이 잘 쓸 수 있게 될 것이다. 만약, 그래도 잘 써지지 않으면 이 책을 한 권 더 사서 읽어보기 바란다. 이번에는 잘 될지도 모른다.

화제를 바꿔서, 내가 좋아하는 데이빗 핀처 감독의 영화 「파이트 클럽」에는 이런 장면이 나온다. 사람의 마음 깊은 곳에 잠재해 있는 폭력성을 해방시켜 세상을 바로잡아가는 것을 연기한 브래드 피트가 총을 들고 편의점을 습격한다. 그는 떨고 있는 아르바이트생의 뒷머리에 총을 대고 그의 지갑에서 빼낸 기한이 지난 학생증을 보면서 다음과 같이 말한다. "레이먼드⋯⋯. 자네는 무엇이 되고 싶었어? 말해 봐. 자네는 뭐가 되고 싶었는지." 레이먼드가 수의사라고 대답하자, "동물, 좋지. 자네가 어디에 사는 누군지를 알았으니 지금부터 계속 지켜보겠다. 알았지? 6주 이내에 수의사 공부를 다시 시작해라. 만약 재개하지 않으면 ⋯⋯그때는 너를 죽일 것이다"라고 말한다. 뭐하는 거냐고 그의 동료가 항의할 때 브래드 피트는 이렇게 호언장담한다. "내일 아침, 레이먼드가 먹을 아침밥은 지금까지 우리가 먹은 그 어떤 아침밥보다 맛있을 거야."

영화관에서 이 장면을 본 나는 무심코 '해 보고 싶다'는 생각이 들었다. 브래드 피트는 레이먼드를 '계몽'시키려 하고 있다. 교육시켜 다시 태어나게 하려는 것이다. 이 장면은 계몽이나 교육이라는 것이 본질적으로는 폭력이라는 것, 그리고 기본적으로 '쓸데없는 잔소리'라는 것을 그야말로 알기 쉽게 그려내고 있다.

나는 이 책을 통해 독자 모두를 '계몽'시키려는 노력을 많이 했다.

한석봉 군에게 설교도 했다. 설교도 계몽도 나의 가학적인 성향을 충족시켜준다. 그렇다. 나는 말하는 것을 좋아한다. 그리고 동시에 말하는 것을 좋아하는 나 자신이 제일 싫다. 그렇기 때문에 때때로 나는 이 장면을 보고, '네가 하고 있는 일은 애써 따져보면 이러한 것이다. 너는 사실은 이러한 일이 하고 싶을 따름이지?'라고 자신에게 말하면서 정신의 균형을 잡아가고 있는 것이다. 음. 그래서 '논문 작성법 세계의 괴테'라는 이름은 반납하려고 생각한다. 이제부터는 '논문 작성계의 브래드 피트'로 불러주기를 바란다.

또 다른 얘기를 하자면 이 책을 쓰면서 새삼스럽게 아우트라인의 중요성과 제삼자에게 읽게 하는 것이 대단히 중요하다는 것을 뼈저리게 느꼈다. 정말 이 책에는 중요한 내용이 쓰여 있다는 것을 느끼는 순간이었다. 아우트라인을 때때로 살펴보지 않았다면 나 자신이 만담(漫談) 대본이 아닌 논문 작성법을 쓰고 있다는 사실을 잊어버렸을지도 모른다. 또한 이 책의 분위기를 잘 이해할 수 있도록 일러스트를 재미있게 그려준 가즈모토 도모미 씨에게 감사의 말을 전하고 싶다. 마지막으로 NHK 출판의 오바 단(大場旦) 씨로부터 적절한 코멘트와 주문(注文)이 없었다면, 본서는 완성되지 못했을 것이다. 우수한 편집자를 만난 것도 나에게는 행운이었다. 오바 씨가 부디 『논문 작성법을 쓰게 하는 법』이라는 책을 냈으면 좋겠다고 생각한다.

2002년 10월

戸田山和久

이와 같은 '후기'를 적은지 어느새 10년이 지났다. 어떤 이유에서인지 오바 씨는 아직 『논문 작성법을 쓰게 하는 법』을 쓰지 않고 있다. 또한 나를 '브래드 피트'로 부르는 사람도 나타나지 않고 있다. 하지만 학생과 교수 모두의 지지를 받은 덕분에 본서는 많은 분들이 읽어주었다. 감사하게 생각한다.

10년 동안 많은 일들이 있었다. 슬프게도 내가 추천했던 잡지 몇 개는 폐간 위기에 몰렸고, 그 대신 새롭게 추천할 만한 훌륭한 서적들이 출판되었다. 전자 사전과 웹 사전이 보급되고 문헌 검색 방법도 상당히 변화했다. 도서관은 학습지원 역할을 강화하여, '박인비 누구?'와 같은 키워드 정도로도 간편하게 검색할 수 있다. 그 때문에 본서 내용 중에는 유효 기한이 지난 것들도 어느 정도 있었다.

그래서 출간 10년을 기점으로 내용을 개정하고자 하였다. 우선 현재의 독자들이 이해하기 어려운 사례나 고유명사 등을 새로운 것으로 바꾸었다. 두 번째로는 추천도서, 문헌검색 데이터베이스, 웹상의 사전 등의 정보를 최신으로 업데이트했다. 세 번째로는 이 10년 동안에 한층 더 충실해진 나의 '한석봉 논문 컬렉션'으로부터 반드시 피해야 하는 표현을 부록으로 추가한다. 이렇게 개정하여 본서는 보다 더 이해하기 쉽고, 편리해졌다고 생각한다.

과학 기술은 점점 변화되고 있지만 논리적으로 생각하고, 쓰고, 소통하는 방법의 기본은 변하지 않는다. 또한 그 중요성도 흔들리지 않을 것이다. 모든 독자가 이 책에서 배운 내용을 사회에서 활용할 수 있기를 바란다.

이번에도 개정해야 할 부분과 개정 방침에 대해서 꼼꼼히 정성 들여 지적해주신 오바 씨에게 많은 도움을 받았다. 오바 씨가 포스트잇에 수정 사항을 가득 적어 붙여주신 구판(舊版)을 스타벅스 안에서 읽으면서 어떻게 수정할지를 고민하고 있을 때 점원이 '대단히 열심히 공부하시네요'라고 말하며 방긋 웃어주었다. '인기의 비결은 삼색 펜보다는 포스트잇이 아닐지'라는 주장이 검증된 것이라고 생각하겠다.

2012년 6월

도다야마 가즈히사

" ♥ 역자 후기

국내에는 논문 작성법에 관한 책이 매우 넘쳐나기 때문에 어떤 책을 읽어야 할지 선별하는 것도 쉽지 않은 일이다. 또한 대입 논술준비, 대학에서 개별 논문이나 보고서, 졸업논문을 작성하는 데 결정적으로 도움을 줄 수 있는 책도 그리 많지 않은 것이 현실이다. 그리고 이 책은 그리 많지 않은 책 가운데 하나일 것이다.

대부분의 번역이 그렇듯이 번역하는 작업 그 자체는 매우 고통스러운 일이다. 하지만 이 책은 그렇지가 않았다. 번역하는 과정에서 그 다음 내용이 기대되었던 유일한 책이었기 때문이다. 이 책의 저자 도다야마 가즈히사가 후기에서 밝히고 있듯이 그동안 읽었던 모든 논문 작성법 관련 책 가운데 끝까지 읽은 책이 바로 이 책이라는 점은 번역하는 과정에서 역자 역시 동일한 느낌을 받았다.

이 책이 갖는 차별성은 설정된 캐릭터와 저자가 대화하는 방식으로 논의를 이끌어가고 있기 때문에 그대로 읽어 나가기만 한다면, 논문 작성에 대한 기초를 충분히 마련할 수 있는 국내 유일의 번역서일 것이다. 굳이 자기 주도 학습을 할 필요도 없이 언제 어디서나 틈나는 대로 읽기만 하면 저절로 이해되고 논문 작성 훈련이 자연스럽게 이루어지기 때문이다. 아마도 이 책을 쓰기 위해 도다야마 가즈히사 교수는 주어진 시간 동안 이 작업에만 혼신의 노력을 기울였을 뿐만 아니라, 관련된 모든 자료를 총동원하여 착상이 이루어졌으리라 짐작한다. 그리고 논문 작성법 관련 책 가운데 이 정도의 책이 존재한다는 것은 독자 입장에서는 큰 행운이라고 생각한다.

대학교육이 지향하는 바가 공동체 구성원 상호 간의 소통을 통한 진리 탐구에 있다고 했을 때, 그러한 소통을 가능하게 해주는 논증적 글쓰기 교육이 근간이 되어야 할 것이다. 현재 국내 대학들이 글쓰기의 근간이 되는 논문 작성 관련 교육을 제대로 하고 있는지 단정할 수는 없지만, 설득을 위한 논증적 글쓰기 교육에 대한 지향점은 결코 다르지 않다. 이 말은 곧 이 책의 유용성에 관한 측면으로 이어지는데, 만일 각 대학에서 논문이나 보고서 등 논증적 글쓰기 중심의 교육이 제대로 이루어지고 있다면 이 책이 갖는 파급력은 충분하리라 예상할 수 있다.

최근 한 통계에 따르면 공공기업에서 6~7년 이상 근무한 중견 직장인의 업무 가운데 70% 이상이 프레젠테이션, 각종 보고서 및 논문 작성 등 설득 관련 글쓰기라고 한다. 이는 체계적으로 논문 작성 관련 훈련을 받지 않고서는 업무를 수행하기 불가능하다는 의미로도 해석할 수 있을 것이다.

앞에서 언급했듯이 이 책은 독자에게 논문 작성에 대한 흥미를 일

깨워주고, 이를 실천에 옮기는 것만으로도 소기의 목적을 달성한 것이라고 생각한다. 그래서 이 책을 통해 독자가 삶의 방식을 터득하고 자신의 미래를 개척하는 데 기여할 수 있다면 이 책의 소임은 어느 정도 한 것이라 자부한다.

번역은 또 다른 창조라는 말처럼 그 문화와 의식에 맞게 재구성하는 것이다. 그래서 최대한 우리 실정에 맞게, 우리 눈높이에 맞게 수정하는 데 많은 노력을 기울였다. 그럼에도 불구하고 저자의 의도에 맞게 적절히 번역이 이루어졌는지에 대해서는 독자의 판단에 맡기는 수밖에 없다.

끝으로 정성을 다해 오역을 잡고 편집에 최선의 노력을 기울여준 유태선 씨에게 고마움을 전하며, 저간의 사정으로 인해 출간 여부가 불투명한 상황도 있었지만 이 번역서가 세상에 나올 수 있도록 적극적으로 도와준 어문학사 윤석전 대표님께 깊은 감사를 드린다.

2015년 8월

역자 홍병선·김장용

초보자를 위한
논문 쓰기
교실

초판 1쇄 발행일 2015년 9월 23일

지은이 도다야마 가즈히사
옮긴이 홍병선 · 김장용
펴낸이 박영희
책임편집 유태선
디자인 김미령 · 박희경
마케팅 임자연
일러스트 가즈모토 도모미
인쇄 · 제본 태광인쇄
펴낸곳 도서출판 어문학사
　　　　서울특별시 도봉구 쌍문동 523-21 나너울 카운티 1층
　　　　대표전화: 02-998-0094/편집부 1: 02-998-2267, 편집부 2: 02-998-2269
　　　　홈페이지: www.amhbook.com
　　　　트위터: @with_amhbook
　　　　인스타그램: amhbook
　　　　블로그: 네이버 http://blog.naver.com/amhbook
　　　　　　　　다음 http://blog.daum.net/amhbook
　　　　e-mail: am@amhbook.com
　　　　등록: 2004년 4월 6일 제7-276호

ISBN 978-89-6184-384-3　03800
정가 15,000원

이 도서의 국립중앙도서관 출판예정도서목록(CIP)은 e-CIP홈페이지(http://www.nl.go.kr/eci와
국가자료공동목록시스템(http://www.nl.go.kr/kolisnet)에서 이용하실 수 있습니다.
(CIP제어번호: CIP2015023176)